文艺

回望辛亥百年

⊙南京市文艺评论家协会 编

南京出版社

图书在版编目(CIP)数据

　文艺：回望辛亥百年 / 南京市文艺评论家协会编
. — 南京：南京出版社，2011.10
　ISBN 978 - 7 - 80718 - 798 - 1

　Ⅰ. ①文… Ⅱ. ①南… Ⅲ. ①文艺评论—南京市—近
现代—文集②文艺评论—南京市—当代—文集 Ⅳ.
①I209.953.1 - 53

　中国版本图书馆 CIP 数据核字(2011)第 192723 号

书　　名:文艺:回望辛亥百年
编　　者:南京市文艺评论家协会
出版发行:南京出版社
　　　　社址:南京市成贤街 43 号 3 号楼　邮编:210018
　　　　网址:http://www.njcbs.com
　　　　联系电话:025-83283871(营销)　025-83283883(编务)
　　　　电子信箱:njcbs1988@163.com
责任编辑:沈丽国
装帧设计:周　涌
印　　刷:江苏凤凰通达印刷有限公司
开　　本:787×1092 毫米　1/16
印　　张:12.5
字　　数:192 千
版　　次:2011 年 10 月第 1 版
印　　次:2011 年 10 月第 1 次印刷
书　　号:ISBN 978 - 7 - 80718 - 798 - 1
定　　价:32.00 元

南京版图书若有印装质量问题可向本社调换

《文艺:回望辛亥百年》编委会

主　　任　许慧玲

副 主 任　张玉宝　李海荣　汪　政

编　　委　王廷信　王振羽　吕效平　李　彤

　　　　　何言宏　何　平　陈　敏　章世和

　　　　　舒　克　薛　冰

执行编辑　陈　敏

编者的话

说到辛亥革命，人们首先想到的就是推翻帝制，建立共和，辛亥革命似乎仅仅是一次社会与国家制度的大转变。其实，这场革命的酝酿不少是从文化入手的，海内外的许多革命组织在一开始就是因文化、文学而结社的。可以想见，一场结束了中国几千年政治制度的运动是怎样改变了国人的思想观念、生活方式，包括中国的文化，从内容到形式，也是自辛亥革命起走上了一条全新的道路。所以，以辛亥革命作为一个起点，观照百年以来的文艺变化，是非常有价值的。

南京市文艺评论家协会于今年成立，在商量年度重点工作时，大家不约而同地想到，2011年是辛亥革命100周年，能不能为纪念那场伟大的革命做点事情。随着讨论的进行，思路渐渐明晰，建议邀请文艺界的专家们就辛亥革命一百年以来中国的文艺变迁搞一次笔谈，于是就有了这本《文艺：回望辛亥百年》。

这本文集的作者都是我市文艺研究领域有建树、有思考的学者，文章论题基本上覆盖了各文艺门类。他们或者对这一百年来艺术变迁进行宏观的描述和思考，或者对一些具体的文艺现象、文艺问题进行评析与探讨。总体上看，对辛亥革命题材的文艺作品，对民国时期的文艺现象的研究投入了更多的关注,从而体现了这本文集编撰的初衷。南京是辛亥革命的重镇,又是民国时期的中国首都,南京的文艺研究者将目光聚集到辛亥革命百年以来中国的文艺史,同时对南京地域的近现代的文艺史有所侧重,这是地理与历史之缘,也是非常有意义的。

从策划到编就,只有短短的几个月时间,绝大部分文章都是作者为文集专门撰写的。编委会对学者们的理解与帮助,对给予文集的编写和出版以大力支持的南京市文联、南京出版社,表示衷心的感谢! 由于时间仓促,一定存在不少问题,恳请读者批评指正。

南京市文艺评论家协会
2011 年 9 月

目　录

新旧文学的分水岭

——寻找被中国现代文学史遗忘和遮蔽了的七年（1912～1919）

丁　帆

谨以此文献给为辛亥革命牺牲了的革命先烈！

———

中国现代文学史的边界问题已经困扰了中国现代文学史学界近百年，尤其是因为《新民主主义革命论》对五四新文化运动的定性。60余年来，我们的教科书可谓独尊新文学起点为五四之说，虽然近年来在学术界有不同的观点出现，但是鲜有进入教科书序列之例，直到最近严家炎先生在其主编的《二十世纪中国文学史》中，才正式在教科书中将中国现代文学史推至19世纪80年代末至90年代初，应该说是一个新的创举。中国现代文学的时间段从三十年上溯至五十年，其中可以发掘出的可资的文学史内容可谓难以计数。但是，我以为，即便是如此的创新也不能改变我们持续近百年来对文学史断代起点的一些偏见。

不可否认，对文学史边界不同的划分，其背后一定会隐藏着巨大而深邃的学术和学理内涵，一定有充分的理论支持。翻开一部中国文学史，从古到今,其文学史的断代分期基本上是遵循一个内在的价值标准体系——以国体和政体的更迭来切割其时段,亦即依照政治史和社会史的改朝换代作为标尺来划分历史的边界,而唯独是在新旧文学的断代分期上却产生了巨大的分歧意见,现在应该是到了重新定位的时候了。

董乃斌先生认为:"有各种断代法,或按王朝更替,或按公元整切,均曾有人尝试,各有利弊。有的方法已约定俗成,形成惯性,如古代文学史中按王朝断代(如唐、宋、明、清)或几个王朝连写(如秦汉、魏晋南北朝、宋元之类)的做法。这种方法用得久了,暴露出种种不足,受到许多非难,然而又有相当的合理性和方便之处,一时还难以全盘否定,至于彻底抛弃,恐怕更不可能。""中国文学史的断代,又有古代、近代、现代、当代的习惯分法,但争议更大:最根本而经常发生的是各段与下一段的分界问题。古代到何时为止? 近代之首理应紧接古代之尾,倘古代止于何时不明,则近代的起点又如何确定? 事实上,这里正是观点各异,或云止于清亡(1911),或云应止于鸦片战争爆发(清道光二十年,1840),亦有说应止于晚明至明中叶者,说法很多,各有理由,很难归于统一,也很难说谁是谁非。"[1]我同意董先生对中国文学史约定俗成的断代方法,但是却不同意他和许多历史学家和文学史家将"古代"和"现代"之间嵌入一个所谓的"近代"的楔子。杨联芬先生也认为,几十年来"为突出并促使'现代文学'作为一门独立学科存在,中国现代文学最终被固定为以五四为起点,而晚清则作为古典文学的尾声、现代文学的背景,长期以来以'近代文学'的身份,处于被古典文学和现代文学'悬空'的孤立研究状态"[2]。的确,应该给这段历史一个说法了,但是我以为晚清应该归入古典文学的研究范畴,它的下限不应该止于五四,而是 1911 年辛亥革命之后的民国元年1912 年。

我以为,无论是中国的政治史上还是社会史上,抑或是文学史上,只存在着"古代"与"现代"之分,其实这是一个常识性的问题,也就是说,中国几千年的封建制度的终结(1911 年 10 月 10 日的武昌起义),一个新的具有现代意义的民主共和国体与政体的诞生(1912 年 1 月 1 日),成为中国历史上将"古代"与"现代"断然切开的具有标志性意义的大断代——与长达几千年的封建制度的国体和政体告别。因而,从此断开,既合乎中国历史(包括文学史)切分法的惯例,同时又照应了中国文学史的"现代性"

演变的史实内涵。

迄今为止,一部中国现代文学史的断代分期就有着多种不同的切分法:

"1919 说"是以五四新文化运动为起点的正统切分法,此说已经哺育了几代中国的人文知识分子,成为延时最长,至今仍然在教科书中使用的断代说。

"1917 说"显然是以"文学革命"为发轫,虽然连许多五四时期的学者也都认同这种从形式主义开始的"文学革命"的说法,但是随着 30 年代以后"拉普"文学思潮进入中国文坛,它也就暗含了对苏联十月革命影响的接受,因为"十月革命一声炮响,给我们送来了马克思主义",此说似乎表面上是遵循了文学的内在规律,然而骨子里却更多的是暗合了左倾的文化和文学思潮,仔细考察 30 年代以来左倾文艺理论的接受史就可证明。

"1915 说"是以《新青年》杂志诞生来划界的,它对一个杂志作用的夸张与放大,从某种意义上来说,可能在那个独尊五四新文学一说的治史时代来说,就很有些另类的想法了,但这毕竟不是一种历史主义的划分。

"1900 说"是近年来的一种新切割法,这种世纪之交切分似乎有着勃兰兑斯治史的影子,虽简单明了,但终究不能解决历史环链中还紧紧相连着的许多切割不掉也切割不尽的东西。

"1898 说"是强调"戊戌变法"的"现代性",它力图将改良主义的历史作用提升到一个新的高度,将中国的"现代性"转型提前到这个时间的节

《新青年》书影

点上。看似有很充分的理论依据,此番历史的挣扎纵有更多的细节去证明它的合理性,却并没有在国体和政体上撼动封建体制的根基。因此,即使有再多的理由,它在巨大的历史变迁的环节中只是一段前奏曲,以此作为断代,无疑显得有些牵强。

"1892 说"是以《海上花列传》的发表为界,范伯群先生在其《中国现代通俗文学史》中阐明,通俗文学此时已经具备了现代启蒙意识,此说甚有道理,从文学的本体进行考察,不管它是什么样式和内涵的文学,其合理性是无可置疑的,但是从文学史乃至文学史与文化史的关联性上来考查,可能就缺乏更多的理论支持了。现在,严家炎先生也在纯文学史的教材中沿此说法,并且找出了更多的论据,也是令人欣喜的,毕竟他们把现代文学 30 年的僵死格局打破了,还文学史研究一个多元的格局,因此我才敢于做进一步的思考和推论。

当然还有一些其他的切分法,比如干脆一刀切至 1840 年的鸦片战争,所有这些较为偏执的切分法我就不再进行陈述论证了。

我要强调的问题是,在这些切分法当中,恰恰被遗忘的是"1912 说"这个不该被忘却的历史节点。寻找这个被中国现代文学史遗忘和遮蔽了的 7 年,是我近几年来的一个学术心结,其实这一文学史切分法的萌动肇始于 1984 年那场关于五四新文学领导权问题的讨论。

时至今日,严家炎先生提出了新文学起点不在五四的主张是有学术贡献的:"像过去那样,现代文学史就从五四文学革命写起,如今的学者恐怕已多不赞成。相当多的学者认为:中国现代文学史或 20 世纪文学史,应该从戊戌变法也就是 19 世纪末年写起。但实际上,这些年陆续发现的一些史料证明,现代文学的源头似乎还应该从戊戌变法向前推进 10 年,即从 19 世纪 80 年代末、90 年代初算起。"[3] 其理由就是近年发现的三个方面的史实可以支撑这个理论推演:一是"五四倡导白话文所依据的'言文合一'(书面语和口头语相一致)说,早在黄遵宪(1848~1905)1887 年定稿的《日本国志》中就已提出,它比胡适的《文学改良刍议》《建设的文学革命论》等同类论述足足早了 30 年"。二是陈季同通过八本法文著作以及给他的学生、《孽海花》作者曾朴讲课的若干中文材料,提出了"小说戏剧亦中国文学之正宗""世界文学用中国文学之参照""提倡大规模的双向的翻译"等主张,打破了千年来某些根深蒂固的陈腐保守、妄自尊大的观念,对中国文学现代化起到了重要的推动作用。三是"继陈季同 1890 年在法国出版第一部现代意义上的中长篇小说《黄衫客传奇》之后,1892年,韩邦庆的《海上花列传》也在上海《申报》附出的刊物《海上奇书》上连载"[4]。严家炎先生认为,上述三项史实可成为中国现代文学源头考证的三个标志性成果,以此而推出中国现代文学的发轫应该是从 19 世纪 80年代末或 90 年代初的结论。显然这一论断迎合了前些年一批学者,尤其是从事通俗文学研究者的文学史理论主张,这不能不说是文学史断代的又一次突破。

由此我们可以看出的一个端倪是,文学史的断代分期已经有了一个基本的共识——不能再沿用近百年来,尤其是近 60 年来对"由无产阶级领导的五四新文化运动"而产生的中国新文学,铁定将 1919 年作为它的发轫期的说法了,这个说法应该提上甄别的日程了。提出中国现代文学断代分期否定五四起源说的这一具有挑战性的回答得到了普遍的认同,应该是无可非议的学理性和学术性结论,是中国现代文学史学界的一件大事。

但是如何给中国现代文学史一个准确的断代分期呢?这恐怕是一个更加艰难的命题。我个人是不同意将中国现代文学的断代由 19 世纪末向前进行延伸的,尤其是将它无限延伸到鸦片战争时期。我不否认所有这些断代分期的节点都是有其内在学理性的,但是这些切分的理由似乎都是站在局部的视点上来考虑问题的。我以为我们的学术视野应该站得更高更广阔一些,其重要的因素就是我们要与整个已经约定俗成的中国文学史的断代分期体例相一致,既定的统一标准是不宜破坏的;更要从其所倡导的人文理念的角度去进行分析和考察。既然否定了"1919 说",那么就似乎更有理由在"1912"这个历史的节点上找回那个更为合乎历史逻辑的答案,因为作为上层建筑的一个组成部分,它最具备历史分水岭的意义,不仅中国现代社会史、政治史和文化史应如此划界,而且中国现代文学史亦理应如此切分,否则它将会成为一个违反历史划界的常识性错误。

二

查阅五四以后 20 年间的文学史资料,我发现这样一个事实,即承认

(尚不算隐含承认者)中国新文学(或曰中国现代文学)应该从 1912 年的民国算起的有：

赵祖抃《中国文学沿革一瞥》一书的第二十六章为"民国成立以来之文学"(上海光华书局,民国十七年一月版)，其划界的意识无论是在"有以后注意"还是"无以后注意"的心理层面,都是一个较早成书的论断。

周群玉在其《白话文学史大纲》中专设了"中华民国文学"(上海群学社,民国十七年三月版)一章,显然作者是有意识地将民国文学作为新文学的起点,虽然书中的分析和举证尚不够清晰宏阔,但是毕竟成为一家之说。

钱基博在其《现代中国文学史长编》一书中明确将"现代"划至中华民国初年以后,他在"绪论"的第三节中曰："民国肇造,国体更新;而文学亦言革命,与之俱新。""吾书之所为题现代,详于民国以来而略推迹往古者,此物此志也,然不题民国而曰现代,何也？曰：维我民国,肇造日浅,而一时所推文学家者,皆早崭然露头角于让清之末年;甚者遗老自居,不愿奉民国之正朔;宁可以民国概之！而别张一军,翘然特起于民国纪元之后,独章士钊之逻辑文学,胡适之白话文学耳！然则生今之世,言文学而必限于民国,斯亦廑矣！治国闻者,傥有取焉！"[5]应该说,钱基博先生道出了民国与"现代"的微妙之关系,事实证明,时至今日这种微妙之关系已经不复存在,此乃中国文学史治史大家的金石之言,其学理性和学术性至今仍然有其顽强的生命力。

王羽在其《中国文学提要》(上海世界书局,民国十九年出版)中也设有"民国的文学"专章,虽为片言只语之说,但是亦可见之一斑——以民国起点的文学似乎为理所当然的划界。

陆侃如、冯沅君在其《中国文学史简编》第二十讲"文学与革命"中就有一段非常精妙的话,当为最早的"没有民国,何来五四"的逻辑源头："一九一一年十月十日,武昌的革命军爆发了。无论从哪一点上来看,这总是件中国史上划时代的大事。过了五年,便有白话文学运动。又过了十年,便有了无产文学运动。(着重号为笔者所加)前者革了文学形式之命,后者革了文学内容之命。到了这个时代,中国文学史方大大的变了色,而跨入了另一个新的时代。"[6]其言是非常典型的民国文学为新文学起源之说。

胡云翼在其《新著中国文学史》(上海北新书局,民国二十一年出版)一书第二十八章"最近十年的中国文学"中开章明义地直陈:"最近十年来中国新文学进展的历史,虽为时甚暂,但在文学史上实是一个很重大的转变。由这个转变,简直把旧的文学史截至清末民国初年为止,宣告了它的死刑;从最近十年起,文学界的一切都呈变异之色,又是一部新时代文学史的开场了。"作者是将民初作为"旧的时代是死了"为前提来阐释新文学发端的,可谓旗帜鲜明地将新旧文学的分水岭划为两截,颇有西方文学史以但丁的作品来划分新旧文学时代的大气象。

容肇祖在其《中国文学史大纲》(朴社出版社,民国二十四年九月版)一书的第四十七章"民国的文学及新文学运动"里,明确将民国初年的文学作为新文学发轫的,似乎没有任何商量的余地。

王哲甫在其《中国新文学运动史》一书中有着非同一般的表述:"新文学的前前后后——新文学运动,虽然发动于民国五、六年,但它已经有很久的来源,在上章已经说过了。在清末民国初年的中国文坛,文学已呈现着五光十色的花样,一部分人正在那里模仿桐城的古文,如林纾便是服膺桐城派的一人;也有一部分人,如王闿运、章太炎之流,从事古文的复兴运动,极力做些周秦以上的古文,能懂得的读者自然是更少了。梁启超在日本办《新民丛报》《新小说》则极力解放文体,掺用白话文和日本名词,他的文笔常带感情,已趋向于白话文的途径。民国成立以后,章士钊一派的谨严精密的政论文亦盛行一时,但不能普及通俗,所以对于民众没有很大的影响。"[7]这样的观点在钱基博的《现代中国文学史长编》中也同样呈现了,也就是说,如果我们将古文运动思潮、现象和作品在此时段的发展也纳入中国现代文学研究的视野(近年来也有学者力主将现代文学时段中的古典文学创作和研究也纳入中国现代文学史研究领域),那么,上述民国初期的这些思潮与现象将成为中国现代文学史研究的重要领域,但是这些现象不在本文中作论证,因为它不是本文阐释的主旨内容。

我曾经也十分推崇文学的划界要遵循自身的内在规律,还文学自身的独立性,但是和西方文学史的发展规律不尽相同,就中国古今文学史的内在规律而言,它没有,也不可能与它所处时代的政治和文化发展的历史语境相剥离,如果强行剥离,那肯定是生硬的、牵强的,甚至是无视中国文学与历朝历代的社会政治有着水乳交融之关联的铁的事实存在,中国现代文学史亦更是如此。因此,我要强调的是狭义的中国现代文学史(不含1949 年以后的所谓"中国当代文学史")不是"中国现代文学 30 年",而应该是"中国现代文学 37 年"。

我之所以考虑将 1912 年的民国元年作为中国现代文学的起点,其理由就在于:

1. 如前所述,中国现代文学史的断代标准应该与整个中国文学史的断代分期的逻辑理念和体例相一致,既定的,也是约定俗成的统一标准不宜因某一自以为的主导性理论而遭到破坏。那么,为什么这个既定的中国文学史划界标准就会轻而易举地就被抛弃了呢? 仔细考证,这一法则的运用是从五四以后的一些曾经"文学革命"的先驱者们的文章开始的。当然,我们可以清楚地看到,1917 年开始的"文学革命"之口号,从形式到内容都为文学史的划界提供了可靠的理论依据,那么,如果谈到这样的"文学革命",黄遵宪的"诗界革命"则更有理由作为"现代"和"古代"间的区分,这一论点似乎早已成为许多学者创新理论之共识。显然,从文学的内在规律开始到后来这一理论的演化、蜕变,尤其是 1949 年后对它革命性内涵的阈定和强调,逐渐就演变成一种意识形态要求的必然结果。倘若我们打破这种思维定势,回到历史切分法的原点来考虑问题的话,那么,1912 年将成为一个封建社会终结的改朝换代节点,无疑,它也就同时成为新文学发端的起点所在。

诚然,它也会带来一个同样难以回避的问题,即:既然新旧文学的分水岭定在 1912 年,既然中国现代文学史和中国当代文学史必须打通,那么这样的切分是否也有按照政治标准来切割的嫌疑呢? 其中国现当代文学不是又得重新进行二次性分割而陷入一种逻辑的悖论了吗? 所以我下面要强调的恰恰是由此而带来的对民国核心人文理念与价值内涵的重新阐释,因为从今后长远的历史眼光来看,中国的所谓现当代文学终究是要合流的——它的"现代性"毕竟会最后将它们融为一体。

2. 1912 年中华民国成立时,以孙中山为代表的资产阶级民主核心价值理念——"三民主义"——就开始渗透在其执政的国体和政体的纲领之中,其"自由、平等、博爱"已然成为这个新生的共和国国体,乃至于整个民族和每一个公民所支撑和依赖的精神支柱。这样的价值观念显然是引进西方启蒙时代以后,尤其是法国大革命所倡导的具有世界性意义的普遍价值理念,它不仅是从国家政治的层面确定了它对公民与人权的承诺,同时它也是在民族精神的层面倡导了对大写的人的尊重。所以才有了后来的所谓五四"人的文学"的诞生,所以才有了中国现代文学史上20年代和30年代文学的大繁荣。我们不老是说中国现代文学30年的成就远远超过了后来的70年吗?(其实我并不完全同意这一观点)然而我们却没有想到的问题是:正是由于"自由、平等、博爱"的价值理念统摄和笼罩着中国现代文学史,它才有可能产生五四前后的大作家和大作品,才会出现如雨后春笋一般的文学社团和流派。其实这样的理念也始终盘桓在包括1949年以后的20世纪中国文学史的上空,即使是在封建法西斯统治下的"文革"时期,这样的人文理念也仍然存活在那些呼吸过民国和五四文化和文学新鲜空气的知识分子作家脑际中。换言之,"自由、平等、博爱"的价值理念从来就没有离开过中国作家作品,直到新世纪的今天亦是如此,尽管在20世纪后半叶,它往往是在或隐或现的状态中闪现,但是它毕竟成为中国作家头顶上永远挥之不去的那片灿烂星空。

3. 1912年为中华民国元年,它标帜着一个资产阶级民主共和政体的诞生。帝制被推翻也就断然在形式上宣告了与延续了几千年的封建古代国体、政体和意识形态进行了形式上和法律上的切割(虽然它在意识形态内容上还不能进行精神脐带上的完全剥离)。这就在政策和法规的层面为新文学在形式(从文言向白话转型)和内容("人的文学")上奠定了稳固的政治基础,并提供了可靠的法律保障。经过资产阶级武装斗争的辛亥革命而成立的共和政府,创建了第一部具有民主意识的《临时约法》:"首先是确定了中国的国体,确认以'国民革命'的手段推翻清王朝,代之以'自由、平等、博爱'的资产阶级民主共和制度,从而肯定了资产阶级民主共和的国家性质和主权在民的原则,从根本上否定了封建君主专制制度。""最后,《临时约法》不仅以根本大法的形式彻底否决了封建专制制度,确定了资产阶级共和国的国体和政体,还规定中华民国人民一律平等,享有人身、财产、营业、言论、出版、集会、结社、通讯、居住、迁徙、信仰等自由,享有请愿、陈诉、考试、选举和被选举等民主权利。"[8]"南京临时政府的建立,是近代中国人民艰苦奋斗的伟大成果,它虽然存在时间短暂,但却在中国近代史上做出了卓越的贡献,具有重要的地位。它建构了中国现代国家的雏形,展示了未来的图景,开辟了中国历史的新纪元。它最大的特点是历史的首创性。"[9]"《临时约法》反映了革命党人对民主共和国的基本构想,他们汲取了近代西方国家资产阶级民主政治的基本原则,把这些原则在中国第一次以根本大法的形式肯定下来,具有划时代的意义。"《中华民国开国法制史——辛亥革命法律制度研究》一书中指出《临时约法》的历史意义主要有以下几点:

(1)在政治上,它不仅仅是宣判了清王朝封建专制统治的死刑,而且以根本法的形式废除了在中国延续了两千年的封建君主专制制度,确立起资产阶级民主共和国的政治体制。

(2)在思想上,它改变了人们的是非观念,使民主共和的观念深入人心,树立了帝制自为非法、民主共和合法的观念。

(3)在经济上,确认资本主义生产关系为合法,在当时的历史条件下,符合中国社会经济发展的趋势,客观上有利于中国民族资本主义经济的发展和社会生产力水平的提高。

(4)在文化上,《临时约法》颁布后,资产阶级、小资产阶级知识分子便利用《临时约法》规定的集会、结社、言论、出版自由,纷纷组织党团和创办报刊,大量介绍西方资本主义国家的政治、经济、法律、文教情况,为新文化运动创造了条件。

(5)在对外上,《临时约法》强调中国是一个领土完整、主权独立、统一的多民族国家,具有启发人民爱国主义的民族感情、防止帝国主义侵略的意义。

(6)在国际上,《临时约法》在亚洲民主运动宪政史上也占有重要的历史地位,在20世纪初年的亚洲各国当中,是一部最民主、最有影响的民权宪章。[10]

我们的历史教科书都不否认其合理的存在——它是中国封建王朝在政体和国体上的最终解纽,我们还有什么理由不承认它对新文学的发生所产生的巨大的决定性影响和深远的历史作用呢?!还有什么理由不承认其所涵盖下的文学存在于特殊历史时段的合理性呢?!虽然孙中山的临时政府遭遇了袁世凯的帝制复辟,充分暴露出了辛亥革命的不彻底性,被鲁迅那样的五四新文化运动的先驱者们所诟病,成为新文学初期文学艺术作品中抨击与揭露的靶子。然而，新文化运动不是一日兴起、一蹴而就的，从发生学的角度来考察，没有辛亥革命的推动，没有中华民国的政策与法律法规的保障，没有引进西方民主自由的国体和政体的先进理念，没有"自由、平等、博爱"的启蒙精神理念作先导，其新文化运动是不可能发生的；没有资产阶级共和的政体与国体的保障（即便它是短命的，即便它有许许多多的不足），也不可能在哪怕是袁世凯复辟帝制统治时期还保有民主宪法的形式，以及出版、言论、结社的自由，其间的"二次革命"和"三次革命"都是遵循了对这种精神理念的追寻——这就是民国政府《临时约法》所产生的巨大"现代性"的连锁效应。

倘若我们进一步追问下去，其答案是显而易见的：辛亥革命的不彻底性，五四新文化运动解决了吗？五四新文化运动以后解决了吗？鲁迅死后解决了吗？鲁迅没有看见的人民共和国又解决了吗？！百年后的今天，当我们回眸这场资产阶级共和理想给中国一个世纪的意识形态留下的诸多思考时，我们在不得不扼腕叹息其短命之余，恐怕更要看到它对历史的深远影响。于是，我不想把这样的有着历史缺憾的学术思考带到它诞生的百年之后。因此，我的论证结果就是——我们既然承认1949年以后的人民共和国的文学史，难道我们就没有气量和胆识承认和容忍那个资产阶级民主共和国的文学史的客观存在吗？！

三

如果真正从"文学革命"的形式上来考察的话，白话文运动、通俗文学和"文明戏"的发生与发展显然应该是新旧文学划界的一些重要元素，那我们就来看看这些文学元素在民国初年所呈现出来的具体状态。

首先，倡白话、开报禁，言论出版自由的启蒙意识被法律法规的形式所阈定和保护，民声民言的畅达促进了新文化和新文学运动的萌动进入了一个自由发展之空间，为提升新文学的数量与质量打下了基础。民国初年，言论广开，新闻通讯社有了发展，1912～1918年间，新创办的通讯社达20余家，这就大大地保障了言论的自由。民国初年，从南方到北方，由于言论出版的自由，人们思想活跃，代表着各种文化和政治利益的组织也如雨后春笋般的成长起来。我以为，正是因为资产阶级民主共和的思想被规约和融化为一种法律法规的形式,这就为中国新文学的发生和发展奠定了坚实的基础。没有这样一个思想基础和法律形式的保证和保护,中国现代文学,尤其是 20 至 30 年代文学是不可能产生文学大家和传世经典之作的,也不可能产生出像鲁迅这样的与旧世界和旧文化彻底决裂的叛臣逆子来的,更何谈产生出那么多文学社团和流派来。

中华民国《临时约法》中规定的言论出版自由等条款为白话文的开展提供了便利,倘若没有这一前提,"文学革命"的"白话文运动"是不可能发展得如此迅猛的。其实,白话文兴起的源头是在晚清,这已经成为学界之共识,黄修己先生认为:"早在 19 世纪后半期,提倡白话,要求改革文字、改良文学的呼声就已经此起彼伏,形成了一定的声势。语言的变革也有自己的规律,但社会发展的需要更是巨大的推动力。"[11]没有"推动力"的根本原因就在于:"新文学运动以前,国内文坛的趋势,已倾向于白话文学,但是没有一个人出来高举义旗,提倡文学革命,这是什么缘故呢?这是因为这十余年来,虽然有提倡白话报的,有提倡白话书的,有提倡官话字母的,有提倡简字字母的,他们虽说也是有意的主张,但他们可以说是'有意主张白话',却不可以说是'有意主张白话文学'。因为他们始终以为白话文不过是一般平民阶级的便利,而在他们自己却仍然保持着古文古诗为文学的正宗,这么一来,把他们自己与平民阶级分成两个阶段了。"[12]其实,夏志清先生也认为:"事实上,远在胡适先生提倡白话文以前,中国已经有不少流行小说是用白话文写成的了。像《老残游记》和《官场现形记》这种晚清小说,不但说明了一般人对白话文学的兴趣愈来愈广,而作者也越来越依靠白话文来讽刺和暴露当时的政治和社会的弱点了。另一方面,报业兴起,积极提倡使用白话文,因此,白话文除了小说外,多了一个派用场的地方。""在胡适以前,白话文、新文言体和汉字拉丁化的运用,主要是为了适应政治上和教育上的需要而已。"[13]无疑,这些论者都是说明一个道理,即所谓白话文运动的起源并不在五四。

我尚未对民国至五四时期的白话文推广的情形做一个细致的调查和统计,不能得到其确切的进展状况,这一工作尚留待今后考订,但是有一点是可以肯定的,那就是这一时期的白话文已经开始流行,其最重要的原因就在于由出版和言论自由法律规约下的报纸和刊物在民国初期的发展。尤其是"在文化上,《临时约法》颁布后,资产阶级、小资产阶级知识分子便利用《临时约法》规定的集会、结社、言论、出版自由,纷纷组织党团和创办报刊,大量介绍西方资本主义国家的政治、经济、法律、文教情况,为新文化运动创造了条件"[14]。毋庸置疑,这些优越的政治条件为文学的素材——社会新闻的广泛流传提供了舞台,它不仅促进了通俗文学的发展,而且成为中国报告文学与小说混成杂交的最早的"纪实文学"之雏形。换言之,它就是中国现代"纪实文学"文体的源头所在,它与中国古代"笔记小说"的根本区别就在于它的现代人文精神的批判性开始显现,以及文体形式上的真实与虚构的交融性大大扩展了它的受众面,更重要的是它所释放出来的巨大信息量为现代性的文化发展提供了空间。

无疑,通俗文学在民国初期得到了长足的发展,这不仅是在法律形式上保障了白话通俗小说的发表的自由,而且从创作和接受两个层面使陈旧的封建文学形式解体而走向平民化。从另一个维度为新文学的启蒙及迅猛发展提供了可靠的场域。

民国初年,文坛上鸳鸳蝴蝶派小说、黑幕小说及侦探、武打小说的发行量猛增,其"鸳蝴派"小说是创作之重镇,民国初年成为它的极盛时代。其阵地除报纸副刊外,还创办了不少刊物,如《中华小说界》《小说丛报》《礼拜六》《眉语》等,总共不下 20 余种。如果我们把通俗文学也作为中国新文学不可分割的重要一支,无条件地让其入正史的话,那么,有一个现象是需要注意的——民国初期的通俗小说已经开始从晚清的谴责与黑幕的体式向社会小说转型。[15]也就是说,民国开始的民众对文学的接受在很大程度上是一种社会政治的参与,这就是梁启超们之所以总结出"小说的群治关系"的缘由。也正是在这一点上,我们看到了五四以后的小说为什么会首先定位在"社会小说"和"问题小说"上,以至于到后来为什么会形成"为人生"的写实主义小说创作大潮,甚至找到了为什么会在以后近百年的各种文学潮流中凸显现实主义思潮的真正缘由。

我非常同意范伯群先生关于纯文学和通俗文学的"双翼说",也同意他认为中国现代文学史由于没有通俗文学的植入是一部"残缺"的文学史的观点,更同意他一再强调中国现代俗文学对启蒙运动的贡献。他认为:"中国现代通俗文学作家在 19 世纪末到'五四'之前是中国启蒙主义的先行者。在中国,文学的现代化之路是与启蒙主义有着内在联系的。将通俗文学与启蒙主义联系起来,咋听似乎是一种'痴人说梦',但是我们认为中国早期社会通俗小说——谴责小说就已经有了启蒙的因素。"[16]同样的观点还来自于杨联芬先生:"晚清新小说的'新民'理念,意味着用小说塑造读者,叙述者遂成为启蒙者。"[17]当然,范先生和杨先生将启蒙元素在通俗文学中的显现推及至清末是有道理的,但是我们却不能忽略的是,民国的建立对巩固和保障这一元素的延展是起着至关重要作用的。之所以此时的"文以载道"能够大行其道,民众可以在小说中找到对社会政治的宣泄,无疑通俗小说起到了表达民声的桥梁作用,所以我既不同意将通俗文学史向前推至19世纪八、九十年代,也更不同意有些学者将通俗文学史在与纯文学史的合并中,将其开端置于1919年的框架体系中。

杨联芬认为:"晚清新小说运动大致可以1900年为界分为两个阶段:1900年前(实是戊戌变法失败前),维新知识分子对小说的倡导,基本上是属于思想界发现和论述小说重要性的理论呼吁阶段,小说只是作为抽象概念被置于配合政治改革的思想启蒙位置,也就是说处于维新运动'外围'之意识形态方面,还没有被视为文学,所以关于小说创作和具体形式的探讨,在那时几乎没有涉及。1900年后,维新派知识分子参与政治改革的可能性丧失,伴随着梁启超身份和事业的转移,这种情形也才发生了改变。"[18]这样的情形到了民国初年又有所变化,也就是此时的文学创作巩固了小说开发民智和启蒙教化作用,并且也突出了小说的文学地位。我以为,其实所谓的新文学并无雅俗之分,只有好坏之分,至于人为地将两者分为雅和俗、纯与杂,是不符合文学史研究的学术性和学理性的人为切割行为。民国的这些新小说的理念和手法不是都一一渗透在后来的中国现代文学史林林总总的作家作品之中了吗?

"我们发现一个非常重要的现象:围绕着政治、文化、教育、女权等话题而展开的中国社会现代化的讨论,而晚清一直持续到五四;而这些讨论,在民初至五四主要是通过杂志的社评、杂说、游记、通讯、随笔等报刊文章进行的,如《东方杂志》《妇女杂志》《新中国》《新教育》《新青年》等。"[19]杨先生发现了民国初年至五四这些属于"大散文"文类的文章对中国现代化的讨论所起到的重要作用,这就从另一个侧面反映了由于宪法的保证才得以使启蒙主义思想得到广泛而良好的传播。

更为重要的是,"民国初年,在刊物上掀起了一股宫闱笔记、历史演义和反映称帝、复辟事件的小说热。在辛亥革命前后,许多历史性的政治事

件频频爆发,而由于清廷
倾覆,使众多历史内幕得
以'解密',人们可以无所
顾忌地发表过去讳莫如
深、只能在私下里口口相
传的宫廷、官场秘闻,窃
窃私语的时代已经过去,
人们可以将真相公之于
众,能'写的'就将过去的
积累和盘托出,喜'读的'
更是乐此不疲,于是激发
人们再去向纵深开掘,形
成了出版物中一道新的
风景线、编辑与书商的一
个'大卖点'。在清末民
初的几个大刊上,如《小
说时报》《小说月报》《小

《小说月报》书影

说大观》和《中华小说界》等刊均有笔记文学的一块地盘"[20]。由此可见,
民国小说的发展不仅是继承了晚清谴责小说的批判遗风,而且更是开创
了小说的"写实性"风格,为五四小说现实主义批判主潮奠定了牢固的基
础,同时它也是中国小说文体变革的源头所在——将"纪实与虚构"的文
学样式推上了历史的舞台,这不能不说是民国初年小说的一大进步。这
样的风格一直延续到五四前夕,其中经过的"揭黑小说"风潮,还不能简单
地与晚清时期的"黑幕小说"相类比,因为它所接受的西方文化与文明的
理念是不可忽视的,而参照同时期的欧美文学创作元素也是不容小视
的。[21]所有这些都有力地证明了民国文学的开放性是与其政治文化的制
度保障背景分不开的。

　　毫无疑问,自民国初年开始的"文明戏"运动也是我们考察中国现代
文学史断代的一个重要依据。虽然"文明戏"有着"文以载道"的理念,虽
然其在艺术上也显得较为粗糙,但是它所持有的核心价值理念却是全新
的——以弘扬启蒙主义的"个性"特征为旨归;它所把握的形式也是与中

国古代戏曲截然不同的——以白话语的话剧舞台形式传播"自由、平等、博爱"的文明理念。因为倡导中国"文明戏"的许多中坚人物后来都成为革命党的核心力量,"辛亥革命前后,原在日本的春柳社成员陆续回国。不少人投身于革命,有人还做了官如陆镜若做过都督府的秘书,马绛士担任过实业厅的科长"[22]。最典型的就是王钟声。"1911年,王钟声因演革命戏被清政府拘捕,押回原籍。辛亥革命爆发以后,充满激情的王钟声舍弃粉墨生涯,投身革命。""于1911年12月3日被直隶总督杀害。在为中国革命事业流血牺牲的话剧人中,王钟声应是最早的一位可歌可泣的代表人物了。"[23]尤其值得注意的是"辛亥革命前后,全国涌现出众多与进化团风格相似的文明戏团体"[24]。他们"在思想内容上普遍具有强烈的时代感和鲜明的政治倾向性,比较符合国情民心,在艺术上较多地吸收了传统戏曲的特点,为一般百姓所喜闻乐见"[25]。更须得强调的是,在民国元年的1912年,陆镜若编剧的七幕话剧《家庭恩仇记》的上演,标志着中国文明戏向现代话剧的转型;而"1913年8月,沉寂一时的上海文明戏剧坛开始出现了活跃的迹象,率先打破这一沉寂的是被时人称为'新剧中兴功臣'的郑正秋"。他所组织的"新民社就成为我国第一个商业化的话剧团体。"[26]所以我以为不管人们对这些社团与个人的戏剧行为怎样看待,但是有两点足以证明从民国开始的文明戏完成了它的"现代性"的转型:一个是戏剧的内容触及了现实生活和社会政治的关系,而非古代戏曲只停留在"过去式"的内容叙述和表现上;二是渗透和融入了商业化的元素,作为"现代性"的标志,这是表演艺术的必然结果。仅凭这两点就可以说,民国初期的文明戏的转型才是中国现代戏剧史的真正开端。

综上所述,我想强调的是,中国现代文学史不是30年,而是37年!我们不仅要找回这被遗忘和遮蔽的7年,而且更重要的是,研究这7年文学的作家作品、文学现象和文学思潮,并且厘清它们与五四新文学直接和间接的内在关联性,应该是一些不可回避和刻不容缓的研究课题了。

【注释与参考文献】

[1]董乃斌.文学史研究的贯通与分治(提纲),中国文学史古今演变研究论集.上海古籍出版社,2002(5):104

[2] 杨联芬著.晚清至五四:中国文学现代性的发生.北京大学出版社,2003(11):13

[3][4] 严家炎主编.二十世纪中国文学史.高等教育出版社,2010(4):7—12

[5] 钱基博.现代中国文学史长编.无锡协成公司,民国二十一年十二月:5、6

此书另有傅道彬点校的《现代中国文学史》版本,其文为:"民国肇造,国体更新;而文学亦言革命与之具新。""吾书之所为题'现代',详于民国以来而略推迹往古者,此物此志也。然不题'民国'而曰'现代'何也。曰:维我民国肇造日浅,而一时所推文学家者,皆早崭露头角于让清之末年;甚者遗老自居,不愿奉民国之正朔;宁可以民国概之? 而别张一军,翘然特起民国纪元之后,独章士钊之逻辑文学,胡适之白话文学耳。然则生今之世,言文学而必限于民国,斯亦廑矣。治国闻者,傥有取焉。"中国人民大学出版社 2004 年 10 月第 1 版。我查阅和校勘了南京大学文学院图书馆的"三十年代特藏书库",其初版本中的文字表述基本相同,所不同的是书名,点校本少了"长编"二字。且文中的现代和民国之引号为傅道彬点校本所加。另,其中脱漏两字和改变标点五处。特此说明。

[6] 陆侃如,冯沅君合著.中国文学简史.上海大江书铺,1932 年 10 月 15 日初版:227

南京大学文学院图书馆的"三十年代特藏书库"藏有此书的开明书店民国三十八年一月八版,第 187 页。这段引文在两个版本中的表述无异。

[7] 王哲甫《中国新文学运动史》有 1986 年版上

海书店影印本,作为中国现代文学史参考资料之一种;1996 年上海书店影印本,作为民国丛书第 5 编文学类之一种。两本所依版本均为北平杰成印书局,1933 年 9 月版,第 32 页。

[8] 王文泉,刘天路主编.中国近代史:1840～1949.高等教育出版社,2001(12):200—201

[9] 张宪文等著.中华民国史第一卷.南京大学出版社,2006(1):100

[10][14] 邱远猷,张希坡著.中华民国开国法制史——辛亥革命法律制度研究.首都师范大学出版社,1997(12):373

[11] 黄修己.中国现代文学发展史.中国青年出版社,2008(10):"引言"第 2 页

[12] 黄修己.中国现代文学发展史.中国青年出版社,2008(10):"引言"第 2 页。其中引文中的引文为:郭箴一:《中国小说史》(下)长沙商务印书馆,民国二十八年五月初版,第 589 页。其中脱漏了两个"的"字。特此说明。

[13] 夏志清.中国现代小说史.刘绍铭等译.香港中文大学出版社,2001:4

[15] 范伯群主编.中国近现代通俗文学史."第二章 从谴责、黑幕遗风透视通俗社会小说".江苏教育出版社,2000(4):100

[16][20] 范伯群主编.中国现代通俗文学史(插图本).北京大学出版社,2007(1):6、184

[17][18][19] 杨联芬著.晚清至五四:中国文学现代性的发生.北京大学出版社,2003(11):74、22、77

[21] 范伯群主编.中国现代通俗文学史.北京大学出版社,2007(1):230—235

[22][23][24][25][26]丁罗男主编.上海话剧百
年史述.广西师范大学出版社,2008(10):
28、21、25、26、33

【作者简介】

丁帆,南京大学中国新文学研究中心学术委
员会主任,博士生导师。

风雅秦淮文学风的正与反

汪 政 何 平

一

　　我们曾经说过,不管是过去还是现在,江苏都是中国文学的重镇,而说到江苏文学,南京和苏州可以说是她的"双核",其中南京又具有特别的意义。从一定程度上讲,研究南京文学可以看成是解剖中国文学的一个代表性的个案工作。中国是一个地域性很强的国家,所以,要说到一个地区的文学,如果不对该地区的历史与文化进行梳理,往往难以说清楚。虽然讨论现今的南京文学不可能脱离当下的直接背景,但是由于文化的滞后性,更由于文学与文化的血缘关系,所以,要把南京文学谈得比较透,不能不把南京文化的历史流变大致地梳理一下。南京先后有东吴、东晋,南朝的宋、齐、梁、陈等王朝在此建都,此外,南唐、明(洪武)、太平天国,以及国民党政府也曾建都于此,因此,历史上就将南京称为"六朝胜地、十代都会"。这样的历史成就了南京特殊的文化,一般而言,南京的文化可以用三个词来概括,一是王气,二是文人,三是市井,它们分别代表了南京文化的三个维度,既有区别又有内在的联系。王气来自于它的六朝帝都,多次的建都自然会形成一种文化传统,这种传统使南京面对天下获得了心理上的优势,强化了自己文化上的尊崇地位,并且在物质与精神上踵事增华。文人是指它的文人文化,不管在哪个朝代,帝都都是文化聚集或冶游之地,南京当然不能例外,更何况这又是一个适合生活的地方。文人的到来与聚集不仅带来了文化、带来了文学艺术,更为将帝都文化诗意化,将世俗文化精致化,会对当地文化重新解释、定型、提升,赋予意义。市井与南京的建城有关,也与它的帝都有关,后者毕竟使百业获得了更多的发展机会,城市的扩大、人口的增加使得消费变得非常重要,从而推动了商业等相关行业的发展,促进了城市的繁荣。不管是哪个词语,南京文化都是一种悲喜二重奏,这二重奏的关键就在于频繁的改朝换代。建都的喜悦以及其后的繁荣与亡国的悲惨在这个城市轮番登场。因此,南京的记忆精致、唯美、忧伤,灯红酒绿,笙歌处处,但在繁华的后面总有一种骨子里的颓废。这是以王气为主导的京都文化经由文化改造重写后的风格。这种传统从什么时候形成的已很难说得清楚了,但自六朝士人南渡以后,历史与文化的积累可能更显重要。那次文人的大迁徙本来就是悲剧性的,而以古建康为代表的几代"废都"文化确实给江南注入了偏安、悲观、惊惧因而随之纵情声色的颓唐因子。这种格局一直到近现代也没有改变。毫无疑问,这样的文化风格不可阻挡地浸润到南京文学当中,或者,毋宁说,南京文学是这种文化的重要构成乃至最佳佐证。

二

南京作家丝毫不避讳自己对旧日生活场景甚至是臆想中的氛围的感性兴趣。庞瑞垠一直以历史小说著称于文坛,他的《秦淮世家》三部曲以百万字的篇幅,以谢、尹、邹三个家庭的命运为轴心,展示了广阔复杂的社会关系,借助当下的思想高度和力量,穿透历史的层层遮蔽和缠绕,力图抵达历史之"真",写出"我"眼中的历史。它脱去了对历史史实的拘泥,由"形"似转入一种"神"似,具有巨大的伸展空间和涵括力。在这部有史诗追求的作品中,庞瑞垠不但写出百年中国的沧桑变化,而且对江南文化形态之一的秦淮文化在历史与生活,特别是性格塑造与价值取向上的作用进行了深入的思考,而小说中通过人物对六朝和明清人事、景物的频频回首、凭悼,则相当典型地表达了这一文化骨子里的悲剧感。比如,《秦淮世家》里这样的段落几乎成了人物侧身乱世共通的生命观感:"早年,谢庭昉也曾来过这里,尤其在春天,古渡口杨柳依依、桃花灼灼,直令他流连忘返。如今,他居然住到桃叶渡来了。可眼前,河淤水浊,狭仅如沟,舟楫不通,笙歌遂歇,'桃叶古渡'的牌坊也已毁废湮没……此情此景,直让人'念天地悠悠,独怆然而涕下'。谢庭昉不忍去看,心中有无比的凄凉。"这样

夫子庙旧影

的情感固然来源于主人公谢庭昉的现实触发,而现实的触发一旦接通了历史的血脉,其痛切之感更甚于单纯的现实感兴。这样的文化感受从古至今都是传达感时伤世与历史体悟的最佳寄托。在青年一辈作家中,苏童是对历史兴趣很浓并有多方面探索的一位,《1934年的逃亡》《罂粟之家》《米》《我的帝王生涯》《武则天》,一直到近作《碧奴》,相当完整地构成了苏童历史叙事从古代到近现代的写作序列。苏童不可能完全遵循实录历史的定律,而更多的是解构历史、重叙历史,想像与虚构历史。苏童的历史小说绝大部分并不纠缠于一个固定的历史对象、事件或人物,他写历史,看重的是历史的时空因素与氛围,历史是一种材料,在其中,苏童发现了足够创造的叙事元素。可以以《我的帝王生涯》为代表,这部苏童颇为看重的长篇,从主题、人物到细节、语言都曾受到许多诟病,其主要原因据称都因其与历史相差甚远。主人公端白14岁登基,一开始他是以童稚的"好奇"面对这一切的,与其说他享受了一个帝王的尊严,倒不如说他对这

个充满了许多仪式的游戏更感有趣,但是不久他就感到了束缚,感到了自我的迷失,最后终于宿命般地走上了昏庸、专制、荒淫的公式一样的帝王之路。苏童在竭力渲染这一极的同时,又最大限度地探索人物内心残存的人性的微光,他的自暴自弃,他对往昔生活的缅怀,他对自然、友爱与爱情徒劳无果的争取与向往等等。小说通过端白被赶下台将这一极翻转上来,通过人物对自身的一次次灵魂拷问来探寻自己的救赎之路:"虔诚的香火救不了我,能救我的只有我自己了。"于是,端白拾起早年的梦想,成了一个盖世无双的民间艺人"走索王"。与其说苏童是在进行一次历史的叙事,倒不如说他在以历史与帝王文化这种极端的形式对人性进行追问与逼视,探讨在这种特定的情境中角色如何发生变化,人性又是如何丧失、救赎与失败的。所以,对苏童的这类作品当然不能以一般历史小说论之,倘要谈到历史,也应从其对历史文化的反思入手,而不能纠缠于具体的人物与事件。"我随意搭建的宫廷,是按自己的方式勾兑的历史故事,年代总是处于不详状态,人物似真似幻。"[1]"勾兑"确实是一种十分准确而又有趣的说法,它十分突出地说明了苏童历史小说的虚构性与主体性,这也许就是历史学家与文学家在对待历史时重要的区别之一,这种强烈的主体性使作家能置历史于股掌。相对苏童对人性的勘探、对人的可能性的追问来说,真的很难说历史与现实有什么本质的不同。同时,几乎在苏童所有的作品中,都有对那种对历史场景与旧式生活的精细刻画,这种感性主义轻而易举地酝酿出诗情画意而使它们无言地透出一种近于颓废的抒情心态。黄蓓佳的《新乱世佳人》将家国集于一体,不但细腻地展示了民国时期大家族的旧式生活,刻画了一系列新旧女性形象,而且对兴衰于明清的漕运、盐商经济文化圈中的苏中城乡生活的流风余韵有真切的描绘。叶兆言的《夜泊秦淮》和《挽歌》等系列将一种伤感发挥到了极致,无论是爱情还是生命,抑或事业都笼罩在一股人算不如天算的宿命论的气氛里。兆言不但在虚构的世界里回望历史,而且通过大量的随笔去梳理特定领域的历史。他的《杂花生树》《陈旧人物》是以现代学术史为题材的,这些近现代文化学术随笔跳出了我们现在学术话语程式与价值观,写出了他自己的感受,复现出了逝去的人物。他是将学术、历史钩沉与人物刻画结合在一起的,有论,有史,有人。兆言读书的路子很野,虽不作刻意地考辨,但许多资料确实来得匪夷所思,让人耳目一新。他既重叙述,又重感觉,因此立论常常率性而不主故常,时时与流行的或学界的定论顶牛。他的这些学术小品深受中国传统学人写作风格与体式的影响,是笔记、札记的路子,每每从点滴的史料与细节入手,生动活泼,趣味横生。薛冰、贾梦玮、诸荣会等人对南京的历史文化都有各自独到的研究与写作趣味。薛冰对南京城市史术有专攻,同时对南京的物质文化遗存、对散落在民间的文化物件情有独钟,他会在许多别人不留意的细节处发现这个城市文化的秘密。贾梦玮在南京特有的民国老建筑中找到了写作的空间,其笔锋触及到的不仅是那些日渐老去的砖木构成,还有明灭其中的人物与故事。诸荣会的文化散文以南京为起点,辐射到整个江南,人物、事件、文物、掌故,以及南京的风土人情、自然景物他都能以诗性将它们融为一体。丁帆的《江南悲歌》作为较早的学者散文,从历史入手,以鲜明的人文立场对以南京为主的许多历史人物、历史事件以及众多历史影像进行了重新书写,表现出独特的现代批判意识。还应该提到费振钟,这位批评家在 90 年代中后期的写作趣向发生了变化,《堕落时代》与《悬壶外谈》为其代表作,前者可以看作是明末江南文人的学术散记。费振钟将笔触不但深入到了特定的历史空间,而且深入到了那个特定时空中人物的内心世界,从而提示出内与外两种悲剧结构。《悬壶外谈》与目前他仍在写作中的《吴门名医谈》则写得轻松、悠闲,风格显然受晚明及现代闲适小品的影响,史料、掌故、推己及人的想象与出入世道的感慨都让人感受到知性散文的魅力。不管是哪一种,说到底,南京作家的历史叙事不但是江南文化的一种对历史的牵挂,一种江山代易的"离黍"之悲,更是一种文人个人兴趣与情怀的表露。

三

在江南文化中,女性一直是个重要的内容。这一方面是因为南方的经济富庶使女性较早且较大规模地进入了消费生活;另一方面是由于传统文化,多少亡国之恨常常通过女性话语来表达;再一个方面则是香草美人的象喻,文人的君国心事往往循此婉曲呈现。在这种长期的生活与言语中,江南文化整体地表露出女性化、阴性化的风格。

储福金一开始为文坛瞩目就是因为他的"紫楼"系列,在这一系列中,储福金为我们塑造了一群年轻的女性,她们怀着青春的梦想一同来到紫楼,做着那个时代文艺人才的努力,企图以此改变自己的命运。她们中有热情开朗的,有娴静寂寞的;有聪慧的,也有木讷的;有天真无邪不谙世事的,也有老于世故工于心计的;她们之间有着纯洁的友谊,也有提防、倾轧、嫉妒与算计。这是一个色彩斑斓的女性的世界,作家显然受到《红楼梦》的影响,这种影响既体现在作品对人物性格内涵的开拓上,也就是所谓女儿是水做的骨肉,看得出储福金对女性是偏爱的,甚至到了唯美的地步,同时其色空观念也渗透到作家对人物命运的设计上。最后,紫楼拆迁了,文艺队也解散了,姑娘们各奔东西,这样的结局本身就透着虚无的意味,然而,作品中的人物并没有多少伤感,她们的那种随缘,对现实的认同无疑是作家对人物的一种解脱。苏童被认为是新时期文学中描写女性的高手,他试图再现女性如何面对自身,如何面对她们所处的困境。因此,不言而喻的便是苏童的妇女故事几乎都是悲剧性的,她们的个性各有差异,但有一点似乎是根本的,她们无法使自己成为一个天然天在的女人,她们几乎都有着饱满的生命情欲,但是她们又总是面临着生命力不能自由张扬的苦恼,而更要命的是她们又都无法摆脱自身情欲的困扰。确实,"对女性的伤害已经不仅仅是社会体制的问题,而且是人本身、女性自身的问题。这里深藏着人性深处的许多奥秘"[2]。我们还应该提到毕飞宇。毕飞宇以《青衣》《玉米》等大有后来居上之势,他将女性转为女人,从而使他笔下的人物呈现更多的世俗气,因而也就显得更为生气勃勃,与现实世界也随之有了更加紧密的联系。毕飞宇笔下的女性也是悲剧性的,他在谈到他的女性形象作品的创作时说道:"说起我写的人物女性的比例偏高,可能与我的创作母题有关。我的创作母题是什么呢?简单地说,伤害。我的所有的创作几乎都围绕在"伤害"的周围……我对我们的基础心态有一个基本的判断,那就是:恨大于爱,冷漠大于关注,诅咒大于赞赏,我在一篇小说里写过这样的一句话:在恨面前,我们都是天才,而到了爱的跟前,我们是如此的平庸……在情感里头,我侧重的是恨、冷漠、嫉妒、贪婪。"[3]这已经可以看出许多新的变化在里面了。

四

　　南京山水相接,文化气质上更近于水,因此,从比喻的意义上说,南京文学也近于一种水的审美意态。这不仅是说南京文学中充满了水的意象,如艾煊、忆明珠、姜滇、孙华炳等人的诗歌、散文和小说都以描写江南山水见长,笔底永远荡漾着明澈温润江南清流,而且是说这种水的文学实际上是一种智性的文学,有着对世界与人生的洞见。处处能见到一种仁心与恕道、退避与守常、冲和与审美的智慧。

玄武湖莲花港

　　这种智慧为许多作家认同。比如范小青与储福金。

　　早在上世纪 90 年代,范小青就开始尝试江南艺术中具有禅意的南宗叙事美学,"她变得豁达了,沉稳老练了,谁想从她嘴里掏出点话来真是不容易,她乐意给你唠叨些苏州的民俗掌故、趣闻轶事,但要她对自己所讲的做出评价就办不到了。她不再意味深长,也不轻易在讲完'故事'后说三道四曲终奏雅了"[4]。对新近出版的长篇小说《赤脚医生万泉和》,她说道:"我在写作笔记上就写过这样的话:'隐去政治的背景,不写文革,不写粉碎四人帮等,不写知青,不写下放干部。'所以,除此之外,就只写在万泉和眼睛里看到的事情和他听到的事情(少数)。"[5]

储福金曾明白地说过他对东方智慧的倾慕,并且以此作为他写作的自觉追求。广阔的世界使他领悟到生生不息的道理,领悟到自然与生命的无言与博大、自在与平和,从而超越了对人生有限痛苦的感怀。他是知青作家中较早从苦痛中挣脱出来的一个。他也回忆,但经过加工后的回忆,痛苦已经丧失原味,沉重也变得轻盈,一切的人事错迕并没有什么值得深究的意义,存在就是一切,回忆是为了忘却。重要的不是外部行为,而是内心,一个人如果内心超越了,那么无论他处于什么境遇,都会心平气和、身心平衡,用他作品《人之度》中夏圆圆的话说就是"心里不苦,也就不苦了"。这样的生活哲学,储福金在其长篇新作《黑白》中又一次用历史、人生与棋理作了新的诠释。

当然,这样的智慧传统也在变化,比如朱苏进,这是一个对世界充满奇异想象的小说家,他的《绝望中诞生》甚至为人们描绘出了一个完整的全新宇宙形成体系。而更年轻一些的作家,如黄梵、张尔客、育邦、李黎、曹寇等显然更倾向于对玄学与抽象的探索。

如果说老一辈的作家主要是面对已然的写作的话——比如高晓声说他作品中的人物都是有原型的,汪曾祺的小说几乎看不出真实与虚构的区别——那么年轻的作家则更倾向于未知、无限与可能。比如韩东,"他的写作理想,亦即所谓虚构小说的美学原则便是放弃既成的一切去追逐那在真实的现实中未曾发生、不可能发生或已然发生却因'肯定'和'抓取'而否定、放弃和排斥了的东西,当然,这未曾进入'肯定'和'抓取'的东西便很少具有现实性而只能是一种拟想中的可能。因此,虚构小说的写作便是面对可能性的写作,'如果……那么……'是虚构小说的基本句式','如果所设定的条件即是把那些被湮灭和潜在的可能诞生出来'。""韩东这样认为:'我相信以人为主体的生活,它的本质、它的重要性及其意义并不在于其零星实现的有限部分,而在于它那多种的抑或无限的可能性。'"[6]这样的看似玄奥的叙事与理念与江南文化中的魏晋和明清实际上是暗通沟连的。

在南京,韩东是一个值得认真研究的文学人物,他的文学主张、文学行动与文学写作及其影响还有待得到全面的认识。当我们将他的写作定位为"智性"时,不仅指他的小说,还包括他产生更大影响、成就也更高的诗歌,他的许多诗歌主张显然被误读了,但是,他反抒情、回归日常、口语化,将诗歌从传统意象与抒情的惯性中拉出来的努力确实是一个非常智慧的诗歌美学革命,因为它解放了诗歌,当诗歌唯一的方式被打碎之后,带来的将是更多的可能性,当诗歌的精英形象被颠覆之后,它会在日常生活与大众那里获得新生。因为受韩东的波击,形成了南京许多立场相近、美学个性却又大不相同的诗人的美学突围,使得南京成为诗歌的重镇之一,如朱文、刘立杆、黄梵、代薇、马铃薯兄弟,这一松散的诗歌群落正在形成越来越明晰的理性式的诗歌传统。

五

南京处于江南的地理圈中,相近的自然、社会,特别是经济环境使其在朝代更替的背后具有超稳定结构的生活方式。这种结构最终产生了江南文化中注重日常生活的观念,将生活与艺术、实用与诗意相融合成为人们追求的境界,如同禅宗一样,万物皆有佛性,"道在日常饮食中"[7],从而形成了江南文化中雅俗共赏,甚至以俗为雅的叙事传统。许多作家于此良有会心,比如郭平,他的写作表明,特定时期人们的生活面貌是其相应的日常生活的总和,它蕴藏着特定时期人们的价值观念、审美理想、风俗习惯、流行时尚以及文明程度和生活水平,是某一范围人们生活的生态史和风俗史。一切其他生活的最终实现总是以日常生活的变化为最终目的的,因此,日常生活具有本体论的地位,它是起点,又是终点,它完全可以被看成是一个看似简单却是最基本的细胞,因为它几乎包含了人们生活的所有秘密。郭平的笔下是一群小人物,他们既想超越,又想拥有世俗的幸福,于是常常矛盾于这种两难之中。郭平既没有将解决的办法演绎为新写实一般的甘于庸常,化为一地鸡毛,也没有如 80 年代那样不食人间烟火执著于清洁的精神,他在艰难中做着一种尝试,来解读与发现这些庸常人生背后的东西,来理解这些小人物日常生活中蕴含的理想与精神。他们的日子是平淡的,但他们有着自己的秘密与寄托。另一位青年作家鲁敏的叙述也是家常的,但这家常的叙述背后却是有深意的。它具有砺石的锉力,它使得一切光洁的东西失去了光质;它又如刀子,在挑剔砍削中为生活塑形;它会通过一连串似曾相识的身边故事支撑起一个看不见摸不着但却时刻能感受到的氛围与背景,为她笔下人物性格的变化提供必然的动力,从而也让读者超越小说,走向现实,检点自身,发出无奈的叹息,或者,生出生活的美丽与希望。比如《笑贫记》,其中女主人公邵丽珍热衷于砍价,赶集似的获取那些促销活动的赠品,当雇主给她1 000元的工资,她便惊讶得不知所措。她的丈夫李大海的秘密就是每天到他们单位的隔壁买体彩,希望能有一天中一个大奖。怎么说这也是一个典型的市民气很浓的家庭,但就是在他们身上,人们可以看到许多快乐、温情与无伤大雅的狡黠,甚至会受到感动。邵丽珍的勤劳与善解人意,李大海的见义勇为,以及儿子李兵的诚实与专情,都像沙砾中的云母,平凡而自在地闪着美丽的光芒。小说的重要情节之一是李兵苦追不得的同学小沫重病住院了,当这个心比天高,也是同样来自底层的姑娘陷入绝望时,是李兵,是李兵的一家伸出了援手,他们拿出了从牙缝中省出的积蓄,尽力帮助这个他们早已不抱幻想的姑娘。也许,他们的努力并不能改变事情的最后的结局,但这一切已足以让人感动。

对日常与世俗的关注不仅表现在内容上,也表现在形式上,长期的日常叙事使南京文学拥有大量的通俗的、为大众所喜闻乐见的艺术资源,如何利用这些资源,"听君新翻杨柳枝",成为南京小说家的艺术道场。我们还可以以在这方面有上佳表现的叶兆言为例。

首先,叶兆言总是津津有味地给我们一些完整的故事,《状元境》写了张二胡从生到死的一生,《枣树的故事》写了岫云坎坷的遭遇,《悬挂的绿苹果》叙述了张英充满戏剧性的婚姻等等。

其次,叶兆言不仅给了我们完整的故事,而且给了我们有趣的故事,这种有趣一方面表现为题材的市井气和世俗气,另一方面体现在故事情节的曲折生动上。对普通阅读心理来讲,叶兆言的小说情节是具有诱惑力的,比如,一个拉二胡的白捡了司令的二姨太,一个有相当级别的高干因劣迹败露而跳楼;再比如,一个女人跟杀死她丈夫的土匪头子好上了,一个女人亲眼目睹自己的丈夫与别人私通却又不愿跟他离婚……这样的故事其魅力绝不亚于通俗小说。

再次,叶兆言的俗还在于他叙述的方式,一种相当古典的写实风格。在他的作品中可以毫不费力地看出传统小说乃至古典小说如话本的影响,"这夫子庙周围,最多做小生意的人。做小生意的,难免要为几个小钱斤斤计较,一斤斤计较,人便抱不成了团,有了事也没人照应"。(《状元境》)这种一句顶一句的流水式的口语味极浓的叙事风格能让人联想起说书。不单是语言,结构也是如此,似乎很松散,由远到近,再由近到远,能扯则扯,能拉则拉,碰到对话的时候决不放过,一句一句如流水账一般,很能显出旧时慢节奏的叙事效果。

六

对南京文化的文人与商业的想象与有意识的夸张正在掩盖它的另一面,那就是它金戈铁马、壮怀激烈的杀气与霸气。无论魏晋的丧家之痛,还是南宋的偏安之辱,抑或是明末清初的抗争,南京文化的这一筋脉从未断过。就新时期南京文学而言,赵本夫、朱苏进、周梅森等就是这一文化性格的体现。

这样的风格还可以在更宽泛的意义上进行阐释。事实上南京文化一直是在与其对立面的冲突、推拒、交融与接纳中生长演化的,当一批作家在文人的传统中写作时,另一批作家一定在反精英、反文人甚至不惜追求粗鄙化中进行突围。当江南文化以其文人性显示的是积累、成熟、既定、优雅与规范,是一种老年的文化的话,另一种力量必定显示出创新、年轻、率性与叛逆,是一种青年文化。"新青年"不仅仅指写作者的年龄,而且指南京文学和"文人"对峙的"新青年"气质。而这种气质在我们的文学想象一般认为应该属于像上海、广州、北京这样现代化程度更高的大都市,但事实却是在南京一样可以孕育出叛逆的"新青年"。比如,在南京新时期文学中,朱文显然是一个异数,他的意义也因南京这样的背景而显得尤其突出。

与"历史""文人""女性""形式主义"堆砌起文学的纸上南京不同,朱文的小说恰恰是破坏性、攻击性的,是在世、现实、粗鄙、不讲章法、无产者和男人味。王干在《山花》上推介朱文时说,"这是一种年轻的文体"。但没有此南京,乃至南京作家"南方性"的文学想象,也就见不出彼朱文。没有熟到、练达的文体做对照,哪有什么年轻的文体?本来恰成"复调",结果却是"断裂",90年代中国文学生态在此值得我们玩味。从主题的角度上,朱文的《我爱美元》《段丽在古城南京》《食指》《没有了的脚在痒》和叶兆言的《挽歌》《十字铺》等小说都书写着文人即俗人、庸众,"文人"之藏污纳垢远甚于庸众。从价值意义上，这些关于"文人"混迹于市井的世俗生活书写本身同样质疑、瓦解着"文人"的清洁、自持的先天阶层优越，但叶兆言们的小说因为有个文人光荣梦的六朝和晚明的前世，所以他写着文人堕落的"挽歌"，而朱文从不相信曾经有过这样的光荣梦的时代。朱文笔下，文人不"文"，庸众更"庸"，旧都南京不再是风雅流荡的首善之区。因此，类似《我爱美元》中"我"和"父亲"的欲望之旅，《把穷人统统打昏》中对"穷人之恶"的揭批，文艺无产者朱文的写作前提和策略是填平人与人之间文化的、政治的、经济的、代际的沟壑，回到基本的"人"和"人欲"讲话。就像他在《老年人的性欲问题》中写的："在对老年人性欲问题的考察中，我们力图避免作社会、文化意义上的深究，因为那是一个可能把考察引向歧路的陷阱。我认为，直面一个老人的真实生活，忠实地记录那些琐碎的细节，一个细微的动作，一个稍纵即逝的表情，一段沉默无声的表达。"

文艺无产者朱文背弃的不只是南京的所谓文人传统，同时又是那种雕琢的、形式主义的叙事惯例，取而代之的是一种简单、直接，甚至是粗暴的叙事方式。我们现在要追问的是"挽歌"和"哀歌"文学性的叙事适合90年代的南京吗？换句话说，90年代的南京有没有其他文学叙事的可能性？文艺无产者朱文也许还算不上某一种新文体的"发明"和"创造"者，但小说这种历史悠久的文体在朱文手上被彻底解放了。一定意义上，朱文是在向欧美19世纪新都市崛起中批判现实主义的小说传统致敬。在19世纪欧美批判现实主义大师那里，小说是一种有力量的见证和批判的文体。小说成为19世纪欧美崛起的新都市的"百科全书"，小说的触角伸展到新都市的每一个幽暗的角落。而当现代主义之后，小说与现实之间简单、直通通的短兵相接被繁复的技术主义所削弱。朱文在90年代中国现代城市的飞速发展中光大了小说批判现实主义的锐利、硬度和温度。在朱文这里，写作与他的生活是并行的、贯通的，"幸亏这些年有了点钱""我爱美元""把穷人统统打昏""人民到底需不需要桑拿""什么是垃圾什么是爱"……"中产阶级阶级趣味"和"小资情调"的娇喘中扑刺刺杀出"无产者"简洁、粗糙的吼叫。应该说，近现代中国文学很少有这样斗"狠"的小说写法。朱文是反主流价值观的，他拒绝一切传统的与时尚的，他又是审父甚至是弑父的，他嘲弄一切秩序，鄙视那些普遍的意义，推倒一切被尊崇的偶像,物质的、欲望的、生命原初的、日常生活的与一无所有,成为朱文反复书写的主题;与此同时,他反对传统的诗学,率性而为,不事经营使他的诗与小说都呈现出横冲直撞的力量。朱文在南京既是一个实在的个体作家,又是一个符号,这样的姿态与风格在其后更年轻的作家身上仍然在延续。但客观地说,在南京,这样的姿态所得到的响应度相对而言要低得多。

南京文学的异质还体现在意识形态的批判上。正是从这个角度上看,王彬彬之于南京文学的意义也应该都充分认识。南京的文人,包括学者大都是温文尔雅,很少冒进,特别是南京的散文与随笔写作大都秉承趣味,注重性灵。但王彬彬是个例外,90年代中期,王彬彬开始随笔写作,他的作品毫无江南的风景,与脂粉无关,与风月无涉,更不去追求什么性情,而是直指当下,体现出难得的"鲁迅风"。他毫不惧怕权威,也不吝啬给别人当靶子,从过于聪明的中国作家,到二王之争,再到对金庸、王朔、余秋雨的批判以及对众多文化世象的批评,直到近期以中国现代史为对象的历史文化随笔,都体现出鲜明的学术个性,特立独行的文化立场,不主故常的见解和随意、洒脱的语言风格。因为这些不同领域,其美学见解也不相同的写作者的存在,使南京文学于莺飞草长中时时闪出寒冷凌厉的锋芒。

七

还得回到南京文化的主流传统上。南京文化是唯美的,在这一点上最可以见到南京文学继承自六朝、晚唐、南宋、明末清初迤逦而下的一脉气象,丝绸一样的清漪典丽,连同二、三十年代的桨声灯影,皆可于现今南京文坛一窥斑豹。艾煊、忆明珠、苏童、叶兆言、毕飞宇、朱辉、鲁羊……南京作家们前赴后继地开设了一家家唯美主义的艺术作坊,用六朝骈赋和南宋长调一样典雅、绮丽、流转、意象纷呈的语言,来呼应、渲染来自历史的"丽辞"传统。有时,对这种语言风格的迷恋替代了对作品所指世界的兴趣,潜心制造一座精致的虚幻如七宝楼台的语言宫殿成了他们专心致志的工作。当然,这样说并不意味着南京作家的语言一律色彩炫目、稠如膏浆,恰恰相反,也有作家可以说是淡到了极致。然而,这淡却是碧螺春、丝竹调、水墨画,似淡却醇,似浅却厚,是极浓后的平淡。遇之匪深,即之愈希,臆有形似,握手已违。他追求的实际上是一种极致的境界。所以,在南京作家的审美理想中,形式真是到了"主义"的程度,怎么写永远比写什么更重要。

这一方面可以从两点来具体化。

一是叙事形式。就现当代文学而言,南京小说家们在小说叙事形式上对中国是有贡献的,比如苏童、叶兆言等人的先锋叙事都在中国小说文场上产生过广泛的影响,他们都是当年先锋实验小说的健将。苏童的最大特点是对小说意象的经营,少年、还乡、红粉与历史等意象构成了苏童小说的全部,它们以声音与图画的方式用诗意的白描呈现出来,他将意象叙事化,将叙事意象化,充分调动汉字特有的功能,"加之苏童对色彩奇异的敏感以及他富有弹性的叙述语言,而使小说具有了一种造型功能"。"苏童的造型感不似雕塑那么棱角分明,也不像张艺谋的画面那么富有力度,苏童用来营构意象的是他那特有的类似苏州丝绸的语言,飘逸,柔软,色彩丰富,虽不厚重但绵延而有张力。"[8]

第二无疑是语言。南京作家们对语言已经到了崇拜的地步,毕飞宇说:"语言里头蕴含了一种大的宿命,构成了我们人类特别的痛。"[9]语言的任何一个维度都成为他们殚心竭虑的领域,比如字形、字音、语法、修辞,"文学作品的语言文字要给人一种美的感受。句式的变换,一个字怎么用法,都要考虑,语句的音节也应该加以考虑。如果读起来句子拗口,音节不协调,或者同一个字、同一个音的字在很短的句子里反复使用,都是犯忌的。假如小说中的句子,音节错落有致,即使不读只看,读者在心里默诵也会感到和谐舒畅。"[10]特别是语言的地域色彩,这是历史上江南审美风格被认定为姿媚、温雅、恬淡、柔婉、含蓄、韵味的重要基础。[11]程度地不同主张方言写作几乎是南京作家的共同选择,"写有地方特点的小说、散文,应适当地用一点本地方言"[12]。"吴语也和许多地方语言一样,许多传神之处无法用普通话加以翻译,我只能学习它的语式和语气,使语言平和、不急,没有太多的强烈之处。"[13]"(在写作的过程中)我听到的是吴方言和普通话的混合声音,但我觉得吴方言的声音会更强一点。虽然我不用方言思考问题、谴词造句,但方言渗透在我的灵魂中。"[14]这种整体性的自觉与江南方言区在江南文学中的地位相结合,无疑使南京的文学的彰显形神兼备。

叶兆言曾说:"南京的作家成群结队……各个年龄层次都有,男的女的老的少的,写什么文章的人也都有,写诗的,写小说的,写散文的,写评论的,写报告文学的,还有那种什么都敢写的。"他说,一方面"南京这地方盛产作家";另一方面,"南京最让人津津乐道的,是它展开双臂欢迎来自别的地方的作家。和留不住出生在南京的作家相比,客居南京的作家要多得多"。这是南京作家群的现状,也是南京作家历史上的结构。一个城市,为什么有如此的文学人才构成,为什么有大致相近的文学选择,确实还有许多地方值得研究。

【注释与参考文献】

[1] 苏童王宏图对话录.苏州大学出版社,2003:57

[2] 苏童王宏图对话录.苏州大学出版社,2003:63

[3] 语言的宿命.南方文坛.2003(5)

[4] 汪政.范小青的现在时.当代作家评论.1990(2)

[5] 范小青与汪政的对话.西部华语文学.2007(5)

[6] 汪政,晓华.智性的写作.文艺争鸣.1994(6)

[7] 李渔.闲情偶记

[8] 王干.苏童意象.花城.1992(6)

[9] 语言的宿命.南方文坛.2003(5)

[10] 高晓声.读古典文学的一点体会.高晓声文集·散文随笔卷.作家出版社,2001

[11] 陈望衡.江南文化的美学品格.宋都生活.2007(2)

[12] 汪曾祺.学话常谈.汪曾祺文集·文论卷.江苏文艺出版社,1993

[13] 陆文夫.向评弹学习.深巷里的琵琶声.上海文艺出版社,2005

[14] 参见范小青与笔者的对话.西部华语文学.2007(5)

【作者简介】

汪政,江苏省作协创作研究室主任,南京市文艺评论家协会主席,一级作家。

何平,南京师范大学文学院副教授,南京市文艺评论家协会副秘书长。

张恨水小说中的南京叙述

卞秋华

"城与人"是一个颇具现代吊诡意味的话题，几乎每一个作家笔下都有一座独特的城。书写者以此来展开对于城市记忆、欲望、符号以及形式的想象。而每一个以文本状态呈现的城市又有着远远超出于文字的空间量度和无限可能的意义阐释。城与人呈现了一种奇妙的共生关系。作为民国通俗文学巨擘，张恨水就城市与人这一主题创作了大量作品，塑造了北京、南京、重庆等众多城市。然而现有的研究中却鲜有对张恨水与南京文字因缘的关注。实际上，从1937年离开南京撤往重庆之后，张恨水在短短数年间，接连创作了多部以南京为背景的小说。小说中的南京作为一个颇为独特的意象，融合了历史、时代、社会、民族、道德等多重意义。

张恨水的南京书写主要包含三个层面的内容：一、作为叙事空间的存在，在张恨水《如此江山》《九月十八》《玉交枝》等小说中，俯拾可见有关南京风土人情的描摹；二、作为叙事结构的存在，如《满江红》《秦淮世家》这样展现人与都市互为演绎的作品，南京的市民阶层成为故事叙述的主角，他们参与构建并体现了南京的城市文化品格；三、作为文化想象的存在，如《丹凤街》《石头城外》，在这些文本中的南京想象，不仅是一种地域性表征，更带有着浓厚的象征性意义。张恨水用他的文字构筑了一个有别于现代大都市,具有城市之形,却饱含乡村景象与情感的都市乌托邦。

一

张恨水的南京印象带有浓厚的地方色彩和市井风味。打渔杀家式的莽夫俗子,百态人生,三教九流、名胜古迹、大街小巷、地方习俗、饮食习惯,凝聚成独特的南京风味,成为他诸多小说中经常出现的背景与话题。

大约南京的炎热给张恨水留下了深刻的印象,所以,出版于1941年的小说《如此江山》一开始便是对于南京气候的描写:"五月尾的天气,已经把黄梅时节,闷了过去。但是太阳出来了,满地晒得像火烧一样,江南一带的城市人民,都开始走入了火炉的命运。"[1]《石头城外》再次渲染了南京的炎热,"太阳在长条儿的弄堂上空照下来,像炭火一般。在屋子里的人,可又感到一种燥热"[2]。

石头城

寓居南京的看客身份和自身浓郁的古典情怀,决定了张恨水的笔下不乏对酒当歌的豪放,赏梅品茗的雅致。然而,相对于声名在外的历史名胜,张恨水似乎更喜欢独自寻访散落南京,被人遗忘的荒败、古朴的角落,捕捉夕阳残照之下,一份古老的遗存。"我居住在南京的时候,常喜欢一个人跑到废墟变成菜园竹林的所在,探寻遗迹。最让人不胜徘徊的,要算是汉中门到仪凤门去的那条清凉古道。……屋角上有一口没有圈的井,一棵没有树叶的老树,挂了些枯藤,陪衬出极端的萧条景象,这就想不到是繁华的首都所在了。"[3]以南京为背景的《满江红》,主人公是一群遗世独立的艺术家们,他们生活在清凉山的夕照寺,"走到近前,已经转过了一座小山嘴子,面前忽然现出一片平地,地上有一片冬青树的林子,造出幽凉的绿阴,映着四周的草地。树林深处,一堵红墙,有门面西而开。穿过树林一看,门上有匾额,正是'夕照寺'三个大字"。[4]简洁灵动的文字拉开一道道帷幕,领人走进世外桃源,曲径通幽,豁然开朗。

张恨水笔下的南京似乎在刻意规避都市的繁华与喧嚣,而执恋于表现南京的古旧与荒落。即使历史上那条香艳热闹的秦淮河,在他看来也只不过是"黑黑的一条河水","只是那两岸的人家,一方方的后墙,在河岸上矗立着,旧式的屋脊,一重重地在那昏黄的月光底下排比得高下大小不一"。让很多文人墨客心驰神往,六朝烟月、金粉荟萃的十里秦淮,只是"不见得美观,可也说不上怎样的丑恶"[5]。

在历史与现实中游走,在繁华与荒凉中穿越。张恨水用其纤细雅致的笔触仔细对照着"荒落、冷静、萧疏、古老、冲淡、纤小、悠闲"的南京与"物质文明巨浪吞蚀了的大半个"[6]的南京。他选择背对着城市的繁华,淡化和隐没了许多作为城市现代化的象征,而去寻访未被物质文明侵染,宁静、质朴的古城。随着南京的沦陷,抗日战争的进行,南京这座城市在张恨水笔下逐渐从故事的背景转入叙事的结构,从"客体"变为"主体",被记忆、想象与建构。

二

张恨水对于南京绝不仅仅只是停留在这些零碎的印象层面,而是有着更为深刻具体的认识和体察。有别于左翼叙事对于都市世俗生活毅然决然的拒绝姿态,张恨水专注于描写家长里短、油盐酱醋,描写作为城市大多数的小人物,微末的希望与失望。在他的南京书写里,故事大多发生在街头巷尾,茶馆酒肆,主人公是一帮生活在社会底层的贩夫走卒、引车卖浆之流,抑或是秦淮河畔的歌女、破旧房子里的暗娼等等。在纷繁芜杂、异彩流光的都市生活里,作者饶有兴趣地描写他们的歌哭爱憎、生老病死,将他们的日常生活一一记录在案。"正是在现代平民社会里,柴米油盐、家长里短的'过日子'本身才正式成为一个意义范畴和思辨对象。"

"现代城市文化则正是肯定日常生活的世俗性和不可缩减。日常生活,以至人生的分分秒秒,都应该而且必须成为现代人自我定义自我认识的一部分,如果不是全部的话。"[7]张恨水试图以这种穷形尽相似的日常叙事表达,展现都市俗众的生存本相,萃取这座城市的文化品格。

对照历史的无常,市民阶层日常生活的惯力与恒定却是常态的。南京作为一座历史古城,几经繁华,数度沧桑。浮泛的声色变幻之下,不变的是那些基本秩序和世俗的价值理念。也许是南京高山深水的地理环境、枯荣并存的历史背景造成了南京人的一种随遇而安、不温不火的生活态度。似乎看惯了风雨变幻,看淡了世事无常,既有六朝士子一掷千金的洒脱与豪放,又有着老庄顺其自然的超脱与淡然。

在张恨水的小说中,这群生活在南京的人活得普普通通,又活得轰轰烈烈。《丹凤街》里那个与秀姐相依为命的老娘,不忍卖了女儿去做赵次长的姨太太,但是终究也没有法子,哭哭啼啼之后,拿着女儿卖身换来的钱,倒也生活得有滋有味。《满江红》里的头牌歌女桃枝,追求不到自己的所爱之后,就转而投向一直追求她的银行家的怀抱,居然也满心欢喜地憧憬着未来衣食无忧的日子。《秦淮世家》里在经历了一番天翻地覆的变化之后,欺男霸女的恶人杨育权终于被徐亦进、王狗子们所杀,一把大火烧毁了那座曾经夜夜笙歌、金碧辉煌的魔窟,而"不到半年,这个废墟上,又建筑洋楼起来了"。那个被杨育权玩弄又抛弃的歌女唐小春,曾经远走他乡,在经历了家破人亡之后,又复在牌坊匾额之上挂上了自己的头牌,摇曳生姿地穿梭于秦淮河畔的灯红酒绿之中。一切似乎都在理所当然地周而复始。

"在一个每代的生活等于开映同一影片的社会中,历史也是多余的,有的只是'传奇'。"[8]对于市井生活的恒常状态,张恨水是认可和接受的,但是很显然,他更期冀与赞赏另一种生活态度与方式,那就是他所着力描摹的一群社会底层侠士的生活状态。他试图以此来构建一种理想的市民文化人格,而"侠义"是其核心。

《丹凤街》原名为《负贩列传》,从题目的释义上就可看出,作者为这些普普通通的平民英雄著书立传之意。[9]小说讲述的是以童老五为首的一帮丹凤街上自食其力的小菜贩、小酒保们,不畏强权,忍饥挨饿,甚至不惜倾家荡产,东奔西走,只为解救被舅舅卖于赵次长做姨太太的穷姑娘陈秀

张恨水《丹凤街》书影

姐。《秦淮世家》中，摆书摊的徐亦进，拾到重金，物归原主，不留姓名。城市游民王狗子，为了奉养老娘，常做些偷鸡摸狗之事，却也是劫富济贫，把自己所得的一些钱财都送给了与自己萍水相逢、生活困苦的暗娼阿金。二春虽是在秦淮名妓的家中长大，却也知道重情重义，在失身于杨育权后，忍辱负重，为了自己的清白，冒死刺杀杨育权，最终失败被杀。张恨水小说中的主人公，在这些穷苦粗粝的外表之下，都包藏着坦荡、真诚、一诺千金的侠士精魂。

"'礼失而求诸野'，这是中国古圣贤哲承认的一句话，但仁义失求诸下层社会，倒是一般人所未曾理会到的。"[10]童老五、徐亦进这样的"义士"与二春这样的"烈女"显然是一种"清洁"的人格，是暗合张恨水的"名士才情"与价值期待的理想化的市民文化人格。而选择以南京为背景来展现这种理想化的市民精神，张恨水有他更为明确的目的。在《丹凤街》的序言中他说："读者试思之，舍己救人，慷慨赴义，非士大夫阶级所不能亦所不敢者乎？朋友之难，死以赴之，国家民族之难，其必溅血洗耻，可断言也。"童老五、杨大个子这些"丹凤街的英雄们"最终走上了街头，报名参加抗日集训。《秦淮世家》是应当时失陷"孤岛"的《新闻报》邀约而作。该报是商业性报纸，不愿刊载公开抗日的言论，而张恨水在民族存亡之刻，抱持着拒绝粉饰太平的创作理念。于是，两相妥协，张恨水借由秦淮猎艳之名，实则刻画市民力量的觉醒与反抗，迂回曲折地表达着抗日的意图。

"市民社会是全部历史的真正发源地和舞台"[11]，在国家危难的紧要关头，张恨水试图以南京这座饱受国难的城市唤醒那些沉睡的中国民众，起而反抗。

三

张恨水笔下的南京书写有着强烈的乡村想象意识，不过相较于沈从文等作家着力营造乡村的淳朴纯净、风景如画，以此对照城市的污浊、人性的异化，张恨水的独到之处在于，他虽然也向往和认可和谐美丽的乡村想象性图景，对城市具有某种净化与救赎的意义，但是他并未夸大城市与乡村的对立与矛盾，反而是通过小说一再确证了"回到乡村"这一命题可信性的破产。

他笔下的人物大都经历了从"到农村去"到"回城里来"这样的一个过程。《丹凤街》的童老五，因为营救陈秀姐受挫，一怒之下迁往农村，农村的风光虽是秀丽，但是最终还是回归到了城市。而《石头城外》又名《到农村去》，以主人公金淡然向往农村的自然与淳朴，举家迁往农村开始，到无法忍受乡村的寂寞和抵御城市的诱惑，最终逃回城里去而收场。这部1943～1945年连载于重庆《万象周刊》的小说与张恨水之前的几部叙写南京的小说，"其实已经衍生了不请自来的对话声音"[12]，寓言般地揭示了知识分子精英意识与乡间文化的格格不入，以及在物质文明的惑诱之下隐居乡间的不切实际。张恨水运用文本间的"潜对话"彻底解构了知识分子的"还乡梦"。

物质文明与精神理想两相冲突时，无法舍弃物质的优越，所以只能在文字中永远追忆那个遥不可及的纯净的乡土世界，在物欲横流的都市间一边诅咒一边享受。张恨水不仅对知识分子这种矛盾的心理烛照幽微，还试图开出自己的一剂良方：既然无法回到乡村，那就在都市里"再造乡土"。张恨水构建都市乌托邦的梦想一直悬置着，直到进入南京这座潜藏乡土特质的城市，他才找到那块契合的试验田。

乌托邦的生成在于通过空间关系的转变来改变生活，进而建构出一个美好和谐的理想世界。都市乌托邦的构建首先是乡村风景的移植，"穿过一片野竹林子，和些零碎的菜园，就走上一道小山岗子。这山岗子上长着一些乱草,乱草里随着几棵小树。山下却是一凹稻田,对面小山岗子下,有几户人家。……靠稻田的一边,有一路桑树,顺着风有一阵布谷鸟的声音,吹了过去,叫着割麦栽禾,割麦栽禾。人走到这里,决计想不到这就是南京,仿佛是到了乡下来了"[13]。即使是身处闹市的丹凤街,却也一样有着乡村的安逸与自然:"街头有两棵大柳树,树阴罩了半边街,树阴外路西,有户矮小的人家,前半截一字门楼子,已经倒坍了,颓墙半截,围了个小院子。在院子里有两个破炭篓子,里面塞满了土,由土里长出了两棵倭瓜藤,带了老绿叶子和焦黄的花,爬上了屋檐。"[14]显然,无论是从审美意境还是文化表达上,这些空间场景代表的都不是都市的意义,而更多的是乡土文化的影射与替代。但是"这样的风景并不是一开始存在于外部的,而须通过对'作为与人类疏远化了的风景之风景'的发现才得以存在"[15]。正是在与乡村风景进行对照之后,张恨水发现与创造了都市乡土性,"这种发现与创造不同于陶渊明式的与自然的悠然相遇或重逢,而是一个城市/现代人在经历了现代生活之后,对于另一个不同空间的想象性确认。通过这种确认,他所要回归的并非自然/乡村本身,而是通过这种发现和确认来重新确立自己在现代生活中的位置"[16]。

乡土对于中国现代作家的精神指涉和情感认同,实际上更多的是一种"精神家园"的意义。都市乌托邦的构建,其核心就是乡村精神的集中体现。乡土的社会是"一个熟悉的社会,没有陌生人的社会"[17],这样的社会,它的结构是"通过'血缘—亲情'这一自然纽带组织起来,它的文化上的各个层面也同时都是植根于乡村生活的自然性之中的。在这种自然性中,乡村在精神方面反对一切个人的放纵与'无礼'……在经济上反对金钱和利欲"[18]。

张恨水笔下的南京故事里,这些主人公们不仅是生活上群居,在精神上也形成类似于乡间的群体意识。"一人落难,众人帮扶"的模式不断重复。《满江红》里的清凉山夕照寺显然是张恨水都市乌托邦的理想意境。作家梁秋山夫妇、摄影圣手李太湖、音乐奇才莫新野、青年画家于水村居住在一起,比邻千年古刹,深居峻岭农田之间,晨钟暮鼓,鸟啼蛙鸣。身居都市,却得乡间之雅趣。自耕自种,怡然自得。虽然无法从血缘上凝聚成亲情的纽带,但是共同的道德理念、生活经历早已将他们组合成了群体。由此,乡土文化的古朴、宁静,甚至是泥土气息,群居生活,仁义道德,在张

30 年代的南京玄武湖畔游人如织

恨水所构建的都市乌托邦里一一呈现。

张恨水把他的乡土想象腾挪到了城市,都市乌托邦的梦想在南京这样一座新与旧交替又和谐统一的城市落地开花。但是张恨水所构筑的这样一个都市乌托邦终究只是一个梦而已,因为"人们虽然将自己的理想投射到了乌托邦里面,但是,乌托邦所指示的那个始终存在的东西却是一个不在场的事物","人们始终在乌托邦的构想中保持了一种尚未实现的可能性理想"。[19]尽管如此,张恨水对于都市乡土性的思考仍具有深远的文化启示意义,因为就乌托邦本身的意义而言,它是"一些超越现实的取向:当它们转化为行动时,倾向于局部或全部地打破当时占优势的事物的秩序","得以沿着下一个现存秩序的方向自由发展"[20]。

四

张恨水的南京书写中潜藏着一部"双城记"在某种意义上,他笔下的南京是和上海作对照之后而产生的镜像之城。"我虽然讨厌上海,我的生活却靠了在上海的发表文字,要离开上海,而又不能离得到交通不便的地方去。于是我临时选择了个中止地点,南京。"[21]很显然,深受中国传统儒家文化浸染的张恨水对这座过于物质的城市无甚好感,但是又无法脱离其而生存。这种逃无可逃的两难窘境,对于作者的南京想象无疑意味深长。张恨水是用一种过滤的目光打量着南京这个审美客体,他要展现上世纪三、四十年代南京未被物质文明吞没,未被"革命性"主流话语篡改的市民生活的"原生态"。甚至为了显示上海的腐败与黑暗,他的南京书写中,和谐宁静生活的被打破,悲剧的成因大多是来自于上海的某银行家的强取,抑或是某官僚大亨的豪夺,原本普通善良的女子到了上海,不是病死就是堕落。

正是对于都市物质化欲望、传统伦理道德丧失的排斥,张恨水更在意描摹南京的风土人情,突出这座城市的日常性、小市民性、都市乡土性等特质,竭力构筑一个与上海相对立的传统、和谐的乡土都市——南京。一方面,作者在叙述内容上毅然舍弃了之前轻车熟路的言情套路,更多地将目光聚焦城市底层俗众,揭示他们生活的苦痛,着力发掘这些贩夫走卒内里深处的觉醒与抗争意识。另一方面,在叙述情怀上,作者用写实的笔触勾勒现代人在城市与乡村之间游移不定、踽踽独行的背影,冷静揭示出回归乡土背后的无奈与无助。在南京书写中,张恨水着意发掘南京这座城市本身所蕴含的乡土与诗意特质,借助文字与想象的腾挪辗转,建构一座理想的都市乌托邦。

寓居南京的这几年不仅是张恨水人生中的一次变轨,对其文学创作而言,也不啻为一次重要转折。事实上作者后期创作的两大主要内容:抗日、刺世均可在南京书写中一窥端倪。如果说《满江红》还仅仅只是为了表现艺术家的困窘、卑微,之后的《秦淮世家》《丹凤街》为了躲避当时的审查,在文字的细微处隐晦表达抗争之意;《大江东去》则直接描写了日寇逼近之后,南京的逃亡与日寇的屠城。此时的南京也更多地渲染上共赴国难的色彩,南京书写的意义亦由此而延伸到了民族国家的层面,从而带有了某种宏大叙事的历史意味。

【注释与参考文献】

[1] 张恨水.如此江山.中国文联出版社,2004:1

[2] 张恨水.石头城外.北岳文艺出版社,1993:1

[3] 张恨水.清凉古道.原载1945年1月23日重庆《新民报》

[4] 张恨水.满江红.江苏文艺出版社,2004:6

［5］张恨水.如此江山.中国文联出版社,2004:14

［6］张恨水.窥窗山是画.原载1944年2月5日重庆《新民报》

［7］唐小兵.英雄与凡人的时代——解读20世纪.上海文艺出版社,2001:267

［8］费孝通.再论文字下乡.乡土中国.生育制度.北京大学出版社,1998:22

［9］商贩群体在南京民间社会中一直占有较大比重。据金陵大学教授路易斯·史密斯的调查显示,1938年3月南京市从事商业活动的有13 500人,占本市全部从业人员的67%。张恨水的南京书写中,时常选择商贩为他的叙述对象,既有着历史现状,也体现了作者的创作考量。

［美］路易斯·史密斯编著.南京战祸写真.侵华日军南京大屠杀史料.江苏古籍出版社,1997:281

［10］张恨水.丹凤街.中国文联出版社,2004:82

［11］［德］马克思,恩格斯.德意志意识形态.马克思恩格斯全集:第3卷.人民出版社,1960:41

［12］王德威.想象中国的方法——历史·小说·叙事.生活·读书·新知三联书店,1998:233

［13］张恨水.满江红.江苏文艺出版社,2004:6

［14］张恨水.丹凤街.中国文联出版社,2004:15

［15］［日］柄谷行人.日本现代文学的起源.赵京华译,生活·读书·新知三联书店,2003:19

［16］朱周斌.怀疑中的接受——张恨水小说中的现代日常生活.广西师范大学出版社,2010:147

［17］费孝通.乡土本色.乡土中国 生育制度.北京大学出版社,1998:9

［18］高秀芹.文学的中国城乡.陕西人民教育出

版社,2002:29

[19] 谢有顺.重返伊甸园与反乌托邦——转型期
的先锋小说.花城.1994:3

[20] 卡尔·曼海姆.意识形态与乌托邦[A].北
京:商务印书馆,2000:196—203

[21] 张恨水.写作生涯回忆.张恨水研究资料.张
占国,魏守忠编.知识产权出版社,2009:50

【作者简介】

卜秋华,南京师范大学文学院博士生。

从阵痛到生机

——20世纪初中国戏曲的命运

王廷信

从19世纪末到20世纪初,国门被动地打开,西方文化乘机而入,传统文化来不及应答,就在国人的声讨声中与西方文化带来的现代文化展开了冲突。这种冲突反映在戏曲领域,就是中国人对待中国戏曲态度上颇具意味的变化:从温和的改良,到激烈的声讨;从纸上谈兵的创造,到因戏曲出现生机所导致的对戏曲艺术的正视。今日回顾这段历史,对戏曲艺术在21世纪的命运的推测将是很有意义的。

一、政治改良引起的戏曲改良

20世纪的中国戏曲是在变革的呼声中前进的,这与中国社会在19世纪向20世纪转换之际的特殊国情及当时国人的心态有重大关系。自从19世纪末民族危机的出现,戏曲一方面被视为社会变革的阻障,一方面又被当作为社会变革的启蒙工具,这是戏曲在整个20世纪所扮演的双重角色。作为前者,戏曲因内容上对封建秩序的维护及其在形式上的种种"顽固"手段而被激进的文人所围攻;作为后者,由于戏曲在中国民众中的广泛影响,又为主张社会变革的文人所器重。但由于戏曲发展到清末重技艺、轻内容的特点,要让它担任社会启蒙的重要角色,就必须对它进行改造。然而,无论是因其保守所引起的围攻,还是因其被当作启蒙工具所导致的无限拔高,都是来自外在于戏曲的力量。由于戏曲艺术的特殊性,它自身的发展规律也左右着它的方向。这是因为,一方面,戏曲本身要充分发挥其技艺的优长才能立足于社会,戏曲一线的从业者首先要顾及技艺的完美,加上艺人的文化水平有限,因此,他们不会在内容上下多少功夫;另一方面,戏曲从业者一般都身居社会下层,地位的卑微使其自身不会率先产生变革意识。戏曲是在商业与艺术之间徘徊的艺术,剧场经营者和戏班老板首先要保证商业赢利,才能使其自身生存下去。为了赢利目的,他们除了在技艺上竭尽全力外,别无他法。于是20世纪戏曲艺术的关怀者就分为两大阵营:一是文人以及由文人而走向社会变革的政治家,二是远离社会意识形态、身居下层社会的一线从业者。前者是促进戏曲变革的主动者,后者是受前者制约的受动者。

关怀戏曲艺术的文人和政治家大致可以分为两大派别:一是受西方文化影响较深,主张全盘西化、废止旧剧、引进西方戏剧的激进派;二是受传统文化影响较深,主张在旧剧基础上进行改良的温和派。

19世纪末,清政府受到西方列强在政治和军事上的一连串打击,腐败无能而又盲目自大的清政府面对西方列强的坚船利炮节节败退。在民族危亡的关键时刻,向以天下兴亡为己任的中国文人开始寻求变法图新的道路。19世纪末的戊戌变法就是文人寻求社会变革的开端,但由于清政府保守势力的强大,这次变法遭遇惨败。这种来自中国本身的阻力所造成的变法失败,引起了中国文人对中国传统文化痛心疾首的思考。一部分接受西方教育和文化影响的激进文人首先借助西方文化向中国传统文化发难,企图用西方思想来对中国文化作一次彻底的清算。他们与洋务派仅仅依靠引进西方工具增强国力有异曲同工之处,所不同的是,后者仅仰赖工具挽救中华民族的命运,张之洞在1898年撰写的《劝学篇》中所提出的"中学为体,西学为用"就是这种思想的典型表述;前者更加从根本上动摇了中国在20世纪的发展走向。

戊戌变法是西方文化与中国传统文化的首次正式交锋,变法的失败以及清政府的颓腐和顽固,使20世纪初中国现代文人对中国文化的认识带有强烈的情绪化色彩。这种不满情绪的发泄,在对传统艺术态度的表现上,主要是一种激进的情绪化认识,表现最为明显的要数针对戏曲艺术的激烈言词。

早在19世纪末,资产阶级文人就曾发起一场对戏曲进行改良的运动。从事戏曲改良的文人首先想到的是戏曲艺术的启蒙功能。最早对小说和戏曲的重要性引起重视的是严复。1897年,他在天津《国闻报》发表的《国闻报附印说部缘起》中分析了"曹刘、崔张等之独传"的原因,认识到戏曲的通俗易懂、为大众喜闻乐见的特点,把戏曲当作"使民开化"的重要工具。1902年,梁启超在《新小说》创刊号发表的《论小说与群治之关系》中指出,全国大多数人的思想都来自小说和戏曲,要使国民焕然一新,必须革新小说戏曲。戊戌变法失败后,他们把小说、戏曲的地位日益抬高,指望用这两种通俗艺术去刷新道德、刷新宗教、刷新政治、刷新人心。1904年,陈巢南等人创办了中国历史上第一个戏剧刊物《二十世纪大舞台》,柳亚子撰写的发刊词热情洋溢地肯定了戏曲的社会功能,力图依靠戏曲"建独立之国,撞自由之钟",声称"以改革恶俗,开通民智,提倡民族主义,唤起国家思想为唯一之目的"。同年9月,三爱(陈独秀)在《安徽俗话报》第11期发表《论戏曲》,论述戏曲的重要社会作用,认为"戏馆子是

梁启超

众人的大学堂,戏子是众人的大教师",同时还指出戏曲中的诸多弊病,他说:"现在所唱的戏,却也是有些不好的地方,以至授人以口实,难怪有些人说唱戏不是正经事。"柳亚子和陈独秀的文章正式拉开了20世纪戏曲改良的帷幕。这次戏曲改良运动是站在时代浪潮前沿的中国文人第一次对戏曲艺术所表明的一种态度,他们不仅利用报刊大力鼓吹戏曲改良,而且还亲自撰写剧本,推动改良运动。例如,梁启超就创作过传奇《新罗马》

《情侠记》《劫灰梦》等,柳亚子也创作过杂剧《松陵新女儿》。据不完全统计,从 1896 年到 1911 年,他们团结许多热心戏曲改良的同好,创作传奇、杂剧 105 种,地方戏 92 种。这些剧本大都具有唤起民众投身反帝反封建运动、救亡图新的主题。这个时期,中国文人竭力鼓吹戏曲的重要地位,大量文人怀着变革图新、挽救民族危亡的心理动机投身于戏曲创作,这种情况在中国戏曲史上尚属首次。但因为他们对戏曲舞台演出不尽熟悉,许多作品生硬鼓喧,不合舞台演出,只能在报刊发表,成为案头剧作,未能在更广泛的社会层面引起反响。同时,由于救亡心切,他们过分强调了戏曲的宣传鼓动功能,强化了戏曲高台教化的作用,埋下了 20 世纪中国戏曲服务于政治的不良种子。

　　与 20 世纪初戏曲改良的主张相伴随,戏曲艺人也用新的观念尝试着艺术上的革新。早在 1895 年甲午战争前后,京剧演员汪笑侬就于变法维新运动过程中,在上海演出改良京剧《瓜种兰因》。该剧是较早的"时装新戏"。1905 年,汪笑侬在上海春仙茶园排演《波兰亡国惨》等改良新戏。他在与熊文通致曾少卿的信中表明自己对改良京剧的主张:"取波兰遗事……以证波兰亡国原因",进而"鼓舞激扬",启蒙民心。同年,被奉为"伶界大王"的谭鑫培就与田际云同台演出时事京戏《惠兴女士》,揭露清政府腐败。1908 年 7 月,中国第一个具有新式设备的剧场——上海新舞台在上海创建。该舞台首次将茶园改为新式剧场,将带柱方台改为半月形的镜框式舞台,并将灯光布景运用到戏曲舞台。上海新舞台的建立标志着戏曲改良运动进入高潮。1910 年前后,早在清末出现的"时装新戏"再度复苏,时装新戏脱掉了传统戏曲的服装,根据剧情需要穿戴当时的服装,在戏曲舞台刮起了时代的旋风。除了服装上的革新外,剧本题材的不断拓展也是时装新戏的重要内容。时装新戏有外国题材的"洋装新戏"、取材于时事新闻的"时事新戏"以及采用清代服装的"清装戏"。上海新舞台是推动时装新戏复苏的重要力量。此间,他们排演了要求推翻清政府黑暗统治的《玫瑰花》、表现富国强兵的《新茶花》、歌颂革命志士的《秋瑾》、揭露帝国主义侵略罪行的《波兰亡国惨》、揭露官场腐败的《宦海潮》、反映资产阶级民主思想的《牺牲》等。1913 年 7 月,梅兰芳首次赴上海演出,观摩了夏月珊、夏月瑞等人演出的时装京剧,结识欧阳予倩等人,产生了编演时装新戏的想法,回京后着手准备编演《孽海波澜》,于 10 月中旬在北京天乐园演出。此后,他还排演了《宦海潮》《一缕渤》《邓霞姑》等时装京戏,直到1918年春,梅兰芳排演了最后一部时装京戏《童女斩蛇》。除了时装新戏外,"古装新戏"也在戏曲改良运动中应运而生。1915年,梅兰芳在戏曲改良思潮影响下,为中秋节演出应节新戏,在由齐如山与李世勘合编的京剧《嫦娥奔月》中首次以"古装新戏"的形式出场。该剧在人物造型上参照国画中的仕女图像,对传统旦角扮相进行改造,并以歌舞凸显人物形象,开一代新风。此后,他在一系列新剧中都用这种形式演出,收到了良好的效果。时装新戏的演出和新型剧场的使用使传统戏曲舞台的面貌大为改观。首先,时装新戏的演出使戏曲从只注重表现古代题材的束缚中解放出来,拉近了戏曲与时代的距离,为20世纪现代戏的创立起到了重要的铺垫作用;其次,新型剧场的建立,使舞台形制、设施都向西方舞台靠拢,对改变中国传统的写意戏剧观具有极大的刺激作用。时装新戏的演出和新型舞台的建立是戏曲改良运动的重要成果,在中国戏曲史上具有开一代风气的作用。戏曲改良运动不仅在京、沪两地展开,其他各地也纷纷响应。1912年8月13日,陕西省修史局总纂、同盟会员李桐轩创办的"易俗伶学社"在西安成立。该社既是一个秦腔剧团,又是一个戏曲学校,以"补助社会教育、移风易俗"为宗旨,演出了大量的改良剧目,培养了大批演员。

自1915年起,戏曲改良运动就出现衰落迹象,主要表现为改良戏曲受商业赢利的驱动,逐渐失去民主色彩,封建意识和迎合市民低级趣味的作品充斥舞台。这种现象标志着戏曲改良运动对于初衷的违背,直到1918年,轰轰烈烈的戏曲改良运动宣告结束。导致戏曲改良运动失败的主要原因是提倡改良的文人大多是行外人士,他们只有政治热情,没有舞台经验;他们在鼓动改良方面表现出卓越的才能,但是除了撰写无以搬上舞台的剧本外,没有直接投身于舞台实践。一旦这种政治热情消退,戏曲艺术就因没有文人的参与而重回故态或变为对新技艺的玩弄。时装新戏到后期极力用凶杀、色情、侦探以及舞台嘘头迎合市民心理就是文人从戏曲中引退的直接结果。其次,戏曲改良是以挽救民族危机、推行新型政治为动机的,在这种动机支配下,戏曲艺术宣传鼓动、高台教化的社会功能一时间被推向极至,这就违背了戏曲艺术自然发展的规律,人为的痕迹十分明显。再次,在艺人的实践中,由于西方舞台一系列设施的引进,艺术的虚实关系没能处理好。戏曲写意的特点与西方戏剧舞台写实的特点构成了一个顽固的矛盾,这个矛盾的拙劣处理使改良戏曲处于十分尴尬的境地。舞台上经常出现时而银幕、时而舞台,时而洋装古态、时而大段脱离剧情的演说等极不协调的演出情况,这种情况随着文人在戏曲艺术队伍中的引退迅疾走向衰落。

二、从旧剧争鸣到新剧倡导

继戏曲改良运动之后,一场来势猛烈的新文化运动悄然兴起。1917年1月1日,胡适在《新青年》第2卷第5号发表《文学改良刍议》,大力提倡白话文。2月1日,陈独秀支持胡适的主张,于《新青年》第2卷第6号发表《文学革命论》,提出三大主义:"一为推倒雕琢的、阿谀的贵族文学,建设平易的、抒情的国民文学;二为推倒陈腐的、铺张的古典文学,建设新鲜的、立诚的写实文学;三为推倒迂晦的、艰涩的山林文学,建设明了的、通俗的社会文学。"又认为"文学当以宇宙、人生、社会为构想对象,欲革新政治势不得不革新盘踞于运用此政治者精神界之文学。白话文为文学正宗,以白话文为文乃天经地义之事"。接着,北京大学教授钱玄同表示支持,于是文学革命就由几个留美学生的课余讨论变成国内文学界热烈讨论的课题。从此,文学革命与新文化运动开始。文学革命的主旨是要推翻旧文学。戏曲艺术作为沉积七百余年的文艺,自然不能幸免。1917年5月1日,钱玄同在《新青年》第3卷第1号发表《寄陈独秀》,支持陈独秀的文学革命论,并严厉剖析戏曲之弊病,首次对戏曲艺术发难。他认为,京剧缺乏理想,文章不通,称不上是戏剧。说中国旧戏重唱,且脸谱离奇、舞台设备幼稚,"无一足以动人情感"。指出旧戏编自市井无知之手,"拙劣恶滥"。5月1日,刘半农在《新青年》第3卷第1号发表《我之文学改良观》,主张戏曲要用当代方言,以白描笔墨为之,改良发展皮黄戏,昆剧应当退居。在这种针对戏曲艺术的激进言词噪起声中,熟悉戏曲艺术的人士开始为戏曲辩护。1918年,张聊公(张厚载)发表《民六戏界之回顾》,盛赞梅兰芳古装新戏,大谈昆剧之复兴。同年12月1日,《春柳》杂志在天津创刊,天育子在《春柳》第1年第1期发表《昆曲一夕谈》,认为昆曲"于中国现今歌乐中,为最高尚优美之音",提倡振兴昆曲。面对为戏曲的辩护,主张文学革命的人士也不甘示弱。于是,在1918年,两派文人就戏曲问题展开了激烈辩论。4月15日,胡适在《新青年》第4卷第4号发表《建设的文学革命论》,认为西方文学方法比中国文学要"高明"和"完备",蔑视梅兰芳的《天女散花》。6月15日,张聊公在《新青年》第4卷第6号发表《新文学及中国旧戏》,反驳胡适、刘半农、钱玄同的戏剧观,认为要对旧戏进行改良,必须"以近事实而远理想",反对理论空谈。同期"通讯"栏发表胡适、钱玄同、刘半农、陈独秀的辩论文章,认为中国旧戏的脸谱和武打均为"国人野蛮暴决之真相",中国旧戏"囿于方隅,未能旷观域外",中国要有真戏,"自然是西洋派的戏,决不是那'脸谱'派的戏",主张要把旧戏"全数扫除,尽情推翻",以便推行"真戏"。1918年10月15日,胡适在《新青年》第5卷第4号发表《文学进化观念与戏剧改良》,认为戏曲应当废去乐曲、脸谱、把子等"遗形物",强调只有采用西方近百年来的戏剧新观念、新方法,中国的戏剧改良才有希望。同期《新青年》还刊发傅斯年的《予之戏剧改良观》、欧阳予倩的《予之戏剧改良观》和张聊子的《我的中国旧剧观》。

如果说20世纪初资产阶级改良主义者发起的戏曲改良运动对戏曲的批评还十分温和、还指望在旧剧的基础上进行改进的话,那么进入1917年,由新文化运动所引起的文学革命激进派文人对于戏曲则是全盘否定的。这种态度是直接与激进派文人期望用西方的民主科学思想彻底否定中国传统政治文化体系的动机相联系的,同时还与他们对当时清政府的腐败无能、顽固残忍的激愤情绪有关。他们从剧本到表现形式全方位地否定戏曲,就是要打碎支撑清政府封建统治的封建文化的一个部分。但由于对戏曲认识的过分情绪化,就引起了张聊子、天囊子等人对戏曲的辩护。从20世纪戏曲发展的实际情况而言,显然张聊子、天囊子等人的观点更为客观冷静一些。

以《新青年》为主要阵地、持续两年的关于旧剧的争论是进入20世纪以来继戏曲改良运动之后中西文化在戏曲艺术上的第二次交锋。这次交锋虽然在程度上比前一次更加激烈,但因参加者纯属纸上谈兵,没有人亲自投入到戏曲艺术实践中去,对于远离争论的戏曲艺人而言没有任何影响,戏曲仍然在艺人的实践中发展着。这次争论有两方面的重要成绩,一是对最先自日本引入、正在成长的西方话剧在中国的扎根从舆论上起到了先导和维护作用,西方戏剧写实观念在这种舆论中被加强,对戏曲在写实观念上的滋长具有刺激作用;二是在对戏曲的辩护中引起中国文人对戏曲艺术自身特点的认真思考。此后，中国舞台上，一方面活跃着戏剧舶来品——话剧，另一方面戏曲艺术仍然占据大多数舞台。

　　1919 年五四运动爆发，政治上的论战淹没了对戏曲艺术的论争，持续两年的关于戏曲艺术的争论宣告停歇。就在这时，梅兰芳首次率团赴日本演出（1919 年 4 月 21 日至 5 月 27 日），主要剧目有《天女散花》《御碑亭》《黛玉葬花》《虹霓关》《贵妃醉酒》等，在日本引起强烈反响。这是中国戏曲首次在国外正式亮相。日本人对戏曲发生了浓厚的兴趣，尤其是评论界，对梅兰芳的演出发表了兴趣盎然的议论。神田在《品梅记》中说："我这次看了梅兰芳的演出，作为象征主义的艺术，没有想到它卓越得令我十分惊讶。中国戏剧不用幕，而且完全不用布景。它跟日本戏剧不一样，不用各种各样的道具，只用简朴的桌椅。这是中国戏剧非常发展的地方。如果有人对此感到不足，那就是说他到底没有欣赏艺术的资格……使用布景和道具绝对不

《黛玉葬花》剧照（右：梅兰芳，左：姜妙香）

是戏剧的进步，却意味着看戏的观众脑子迟钝。"对于梅兰芳的表演，日本人士也发表了热情洋溢的评论。丰冈圭资在《品梅记》中称赞梅氏"嗓音玲珑透彻，音质和音量都很突出。据说这是他有天赋之才，再加上锻炼的结果。但他的嗓音始终如一，连一点儿凝滞枯涩也没有，而且同音乐配合得相当和谐，有一种使听众感到悦耳的本领，真令人不胜佩服"。洪洋盒在《品梅记》中赞叹梅氏演出《天女散花》的舞姿，"步子、腰身、手势

都很纤柔细腻,蝙跃地走路的场面很自然,人们看到这个地方只觉得天女走在云端,不禁感叹梅氏的技艺真是天斧神工"。梅兰芳的赴日演出不仅引起日本人士的赞叹,而且也令国人感到扬眉吐气,对 1917、1918 年中国激进派文人对戏曲的攻讦是一个更为有力的回击。从此,中国人开始较为平和地看待自己的艺术,这种平和态度在 20 年代的国剧运动中流露出来。

　　国剧运动始于 1925 年初,发起者是几个留美学生。代表人物是余上沅、赵太侔、熊佛西、梁实秋等人。1923 年,余上沅赴美留学,曾在卡内基大学、哥伦比亚大学攻读戏剧,在此期间,他和一些留美学生组织"戏剧改进社"。1925 年 1 月,他在美国诺曼—贝格·格迪斯研究所学习戏剧时,代表戏剧改进社给胡适写信,希望回国后能跟胡适进行戏剧实验,"同建中国戏剧",并希望在北京大学建立一个"戏剧传习所",致力于戏剧实验。但由于他们回国后适逢动荡不安的政局,他们的理想遭遇挫折。1926 年间,徐志摩在北京《晨报》开辟《剧刊》副刊,余上沅担任《剧刊》主编,介绍西方戏剧理论,宣传他们的戏剧主张,剖析中国戏曲的艺术特征,探讨中国戏剧的前景。这就是戏剧史上所说的"国剧运动"。他们所说的国剧,既非话剧和歌剧,又非传统戏曲,而是"要由中国人用中国材料去演给中国人看的中国戏"(余上沅语),"凡是中国的史剧及一切能代表中国人民生活的剧,都可称为中国的国剧"(熊佛西语)。国剧运动首先主张戏剧的舞台性,反对案头剧。余上沅在《论戏剧批评》中指出:"剧场是戏剧的化验室,凡是经不住化验的东西,你说它是什么都可以,不要说它是戏剧。"其次,他们开始在理论上关心观众的作用。陈西滢在《新剧与观众》中说:"因为戏剧必须有台上的表演,所以不得不有台下的观众",他说"中国人不会看戏",中国观众在台下抽烟、饮茶、说笑,"他们来戏园名义上为的是看戏,可是你看他们做的事很多,只是不看戏,也看不到戏"。他认为,观众对戏剧的制约作用很大,旧戏园的观众存在的诸多陋习是"新戏"几十年不见成效的重要原因之一。再次,他们中的少数人虽然对戏曲艺术作过一些否定(如熊佛西在《国剧与旧剧》中说戏曲"剧的成分太少""程式与故事太多""音调太少,过于简单""缺少世界性"),但多数人对戏曲进行了较为客观的剖析。赵太侔在《国剧》中分析了中国戏曲的民族性和世界性的关系,他说:"我们承认艺术是有民族性的,并同时具有世界性。"他与余上沅等人提出了与西方艺术相对应的东方艺术概念。他说,当时西方的艺术世界正处于"反写实运动弥漫的时候","眼巴巴地向东方望着",力图在"东方艺术"中寻找出路。他对戏曲的程式化明确肯定,他说:"一种艺术程式绝不是偶然发生的","必须经长时间的生长,必须得到普遍的公认",所以"应该绝对的保存"。但他对旧剧中的声调、身段、驾步也表示不满,认为"只剩下了死的模型"。余上沅在《旧剧评价》中更为系统地分析了中西戏剧在体系上的特征,并且描绘出他心中最理想的戏剧:"一个重写实,一个重写意"、"写实派偏重内容,偏重理性;写意派偏重形式,偏重感情。只要写意派的戏剧在内容上能够用诗歌从想象方面达到我们理性的深邃处,而这个作品在外形上又是纯粹的艺术,我们应该承认这个戏剧是最高的戏剧,有最高的价值。"余上沅在《国剧运动·序》中说,新文化运动之初,伊卜生(易卜生)给介绍到中国来,把中国戏剧带进了歧途,政治、家庭、职业、烟酒,各种问题做了戏剧的目标,演说家、雄辩家、传教士步入舞台,就使得"艺术人生,因果倒置"。他说:"艺术虽不是为人生的,人生却正是为艺术的。"

国剧运动与五四运动前夕的激进派论述戏剧一样,也属纸上谈兵。这次运动由于客观社会环境的限制,参与者没有机会去创造他们理想的戏剧,所以就留下了一片空言。尽管国剧运动以失败告终,但这次运动在理论上对中国戏曲作了较为心平气和的探讨。它比世纪初戏曲改良人士对戏曲的认识更加深邃全面,尤其是对五四前夕激进派文人给戏曲的错误认识在理论上予以比较彻底的纠正,为日后人们对戏曲艺术的正确认识打下了良好的基础。

三、京剧繁荣引起国人对戏曲重新审视

当中国文人对中国戏曲的优劣存留争吵得面红耳赤之时,中国京剧艺人却用自己的艺术实践把京剧艺术推向繁荣。京剧流派的兴起和京剧在国外引起的强烈反响,促使国人开始用另一种眼光看待自己的民族戏剧。

20 年代到 30 年代中后期,京剧艺术发展的最突出成就是京剧表演流派的繁荣和京剧艺术进一步走向世界。京剧流派的繁荣是京剧艺术迈向成熟的结果。在京剧逐渐成熟之时,由于艺术本身的积累、竞争机制的形成以及师承体制的完善,艺术上的追求成为一种自觉行为,许多演员在

表演上逐渐形成自己的风格,这种风格也逐渐被观众认可,另外一些演员主动去效仿某一风格的演员,并在此基础上独特发挥,于是就形成了众多的流派。早在19世纪末,老生演员谭鑫培就在表演方面形成自己的风格。他初随程长庚等人学唱老生,后博采众长,改革旧的老生唱腔,创造出细腻婉转的谭派唱腔。梁启超盛赞谭鑫培"四海一人谭鑫培,声名廿载轰如雷"。谭鑫培在演唱上运用"云遮月"的嗓音,声调悠扬婉转,长于抒发低沉哀怨之情;在做工上发挥武生特长,身段灵活洒脱、干净洗练。他把青衣、老旦、花脸众行唱法及昆曲、梆子、大鼓等音调有机地融入老生唱腔之中,形成自己独特的风格。后有许多人以谭为宗,人称谭派传人。此后,京剧在武生行、旦行都有不少演员形成自己的风格,如武生行早期的俞(菊生)派、黄(月山)派、李(春来)派,旦行早期的王(瑶卿)派。时至20年代,京剧流派如雨后春笋般涌起。老生行中有余叔言的余派、言菊朋的言派、高庆奎的高派、马连良的马派、周信芳的麒派、杨宝森的杨派、奚啸伯的奚派等。20年代,余、马、言、高在剧坛有"四大须生"之称。旦行的流派发展也很迅猛,如梅兰芳的梅派、程砚秋的程派、荀慧生的荀派、尚小云的尚派、于连泉的筱派、黄桂秋的黄派、李多奎的李派等。1927年,北京《顺天时报》发起评选旦角演员的活动,梅兰芳、程砚秋、荀慧生、尚小云获得前四名,被人称为"四大名旦"。除了个人流派的繁荣以外,因地域文化之别也形成了一定的流派。京剧的"京派""海派"就是这样形成的。前者以北京为中心,亦称"京朝派";后者以上海为中心,包括南方地区的京剧,亦称"南派"或"外江派"。京剧流派的形成是京剧走向繁荣的标志。众多的流派把京剧表演艺术发展得淋漓尽致,丰富了京剧表演艺术的欣赏层面,京剧艺术本身也在流派的形成和繁荣中走向中兴,同时也反映了20世纪初中国观众对戏曲艺术的审美价值取向。京剧流派的繁荣虽刺激了京剧的发展,但又使戏曲艺术淡化了文学成分,偏于一隅向前发展,使戏曲艺术流于技艺的开拓而失去了曾经拥有的人文色彩。京剧艺术进一步走向世界,也是这一时期京剧发展的突出表现。1924年10月,梅兰芳再度东渡赴日演出,引起强烈反响。在东京帝国剧场与日本戏剧——歌舞伎同台演出后,中内蝶二在东京《万朝报》发表《帝剧所见,最精彩的是梅兰芳》。文章说,"作为纪念剧场改建的首场演出,大家都认为梅兰芳的表演最为精彩。对帝剧专属演员来说,这是个很尖锐的讽刺。以他们的立场来看问题,这可以算作受尽了侮辱;在旁观者的眼中则会说他们没有志气。时至今日,这确是一场本领的竞赛,是梅氏争取到观众还是我们争取到观众的问题"。梅兰芳演出《黛玉葬花》后,评论家南部修太郎在《新演艺》撰文说:"这不是一般中国戏曲常用的那种夸张的线条和形态表现出来的神情,而属于写实的并且是心理的或精神的技艺……这就是梅氏对原有的中国戏曲的技艺感到不满足,而在这种古装歌舞剧的新作里开拓出来的新的艺术境界。"梅兰芳对京剧的革新也被日本人看得如此清楚。访日期间,大阪市小阪电影制片厂为他拍摄了《红线盗盒》、《廉锦枫》和《虹霓关》三剧的片段。1930年2月,梅兰芳赴美国演出,首次在美国舞台上演出京剧。美国许多文艺评论家都对梅氏的演出发表评论。布鲁克斯·阿特金逊在《纽约世界报》撰文说:"梅先生的京剧跟我们所熟悉的戏剧几乎毫无相似之处;这种艺术具有它独特的风格和规范,犹如青山一般古老……却像中国的古瓷瓶和挂毯一样优美。你甚至会痛苦地想到:我们自己的戏剧形式尽管非常鲜明,却显得僵硬刻板,在想象力方面从来不曾像京剧那样驰骋自如。"斯达克·扬在题为《梅兰芳》的文中对京剧和梅兰芳的演出进行了全面的研究,他把京剧和希腊戏剧、伊丽莎白时代的戏剧进行比较,寻找它们的共同之处,对京剧中的程式发表了自己的看法,他说,

1935年,京剧表演艺术家梅兰芳赴欧洲访问归来

程式中"包含着样式的探索,个人感情从属于激情的提炼和严谨的原则。它自始至终贯穿着一种独特风格,其旨意在于对美、雅致和崇高的探求"。对京剧的艺术真实问题,他提出了独到的见解,他说,人们常说京剧为非现实主义的艺术,表演程式化,缺乏真实自然,但事实并非完全如此,京剧中的表演只不过不是生活真实,而是艺术真实,使观众看后觉得更高于生活真实。关于京剧中男演员扮演女角色问题,斯达克·扬说:"梅兰芳并没有企图模仿女子。他旨在发现和再创造妇女的动作……他扮演旦角,只是力求传达女性特征的精髓……他所扮演的不是一般妇女的形象,而是中国概念中的永恒的女性化身。"

1935年初,梅兰芳赴苏联演出,苏联对外文化协会会长阿洛舍夫为该会欢迎梅兰芳而出版的《梅兰芳和中国戏剧》撰写的前言说:"中国的古典戏剧,由于梅兰芳把它的艺术提高到那样令人惊异的程度,必将引起苏联艺术家和广大戏剧观众极大的兴趣。"演出结束后,苏联戏剧家聂米洛维奇-丹钦科于4月14日主持过一次关于梅氏演剧的文艺界座谈会,听取大家对演出的看法。这次会议的参加者有斯坦尼拉夫斯基、梅耶荷德、爱森斯坦、布莱西特等国际知名的戏剧家、导演和演员。斯坦尼拉夫斯基说:"梅兰芳博士以他那无比优美的姿态开启一扇看不见的门,或者突然转身面对他那看不见的对手,这时让我们看到的不仅是动作,而且也是行动本身,有目的的行动。我一边欣赏这位中国人的表演,一边再次深信凡是对表演艺术真正感兴趣的人都可以在此取得一致的观点。不在于动作而在于行动,不在于言词而在于表达。所以,梅兰芳这位动作节奏匀称、姿态精雕细刻的大师,在一次同我的交谈中,强调心理上的真实自始至终是表演的要素时,我并不感到惊奇,反而更加坚信艺术上的普遍规律。"梅耶荷德说,若按照梅兰芳的方式方法来演普希金的《鲍里斯·戈都耶夫》,"那就会是一次穿越诗人精妙绝伦的画廊的游览,从而避免走许多弯路,不合掉进那个把一切都吸进深底的自然主义泥坑"。在谈到梅兰芳的手势时,他说:"该把苏联所有的演员的手都剁掉,因为那些手对他们来说毫无用场。"最后他说:"我认为对于苏联戏剧来说,中国戏剧具有重大意义。也许再过二三十年,我们就会看到这些不同经验的综合……未来的戏剧不会是模棱两可的戏剧,而是一种现实主义和幻想达到新的综合的戏剧。"爱森斯坦认为,中国戏剧的语言,"比那种直线式的、干巴巴的、'模仿'的局限性语言优越得多。中国戏剧引导我们回归到我们自己的思想底层去,凡是具有创造性的艺术家都永远不应该与它失去联系"。

　　梅兰芳对美苏访问演出最重要的成果是广泛地引起了世界艺术家对中国戏剧的认真思考。这种思考已不仅停留在对中国戏剧的一般化赞叹上了,美苏等国的艺术家从这种表现形式上迥异于西方戏剧的戏剧看到了自己戏剧的弱点,他们在艺术上的思考更加深入,对研究戏曲艺术的特点颇富启迪。从此,中国文人迄今也未对戏曲艺术发表像激进派文人那样的菲薄言词,国人不仅对戏曲艺术的认识从情感上变得较为客观冷静,而且在信念上更加坚定。这种态度不是表现在从言论上对戏曲艺术功过是非的评定,而是表现在国人非但没有抛却自己的民族戏曲,而且更加积极地从事这门艺术的创造。30 年代末到 40 年代初,当中华民族再度出现危机之时,许多卓有见识的进步文人利用戏曲艺术为唤醒国民的救国意识做出了非凡的成绩。他们在把戏曲作为宣传工具、充分发挥戏曲宣教功能的同时,掀起了对戏曲艺术的改革热风。可以说,没有世纪转换为中国戏曲带来的阵痛、没有进步戏曲艺人把我们的民族戏剧推向世界舞台所出现的勃勃生机,就没有 30 年代末到 40 代初国人对戏曲艺术的积极投入精神。当然,当中国戏曲在世界舞台得到承认和良好评价、正需要以一种更加平静的态度发展之时,恰遇日本帝国主义侵华之难。在这种非常时期,对于戏曲艺术宣教功能的强化也造成了后来把它当作政治传声筒的后遗症,这种强化对戏曲革新的思路产生了牵制,继而对戏曲艺术的社会生态环境产生了不良影响。今天,从时间上而言,戏曲艺术也面临世纪转换的相似情境;从社会客观条件上而言,却比上一个世纪转换之际要好得多。

【作者简介】

　　王廷信,东南大学艺术学院院长,博士生导师,南京市文艺评论家协会副主席。

"戏中演说"考论

张谦

"戏中演说"又名"化妆演讲"[1],出现于 19 世纪末 20 世纪初的中国戏剧舞台[2]。为了配合社会变革和民主革命的需要,迎合当时观众逐步高涨的民族思想和爱国热情,在戏剧演出中,演员以当众演讲的方式直截了当地向观众评论时事,宣扬某种意旨或灌输革命道理。此种演剧方式由"进化团派"演剧推至高潮,并获得极大的社会影响力[1]63。随着辛亥革命的失败、进化团等戏剧团体的解体,中国早期文明戏日益成熟,戏中演说才在舞台上逐渐消失[3]。

从前论者对此多有关注,然而,对其产生、影响与评价却并不全面。或是略其本土出身,过分强调外来的影响[3]241−242,或是将其定位于"反戏剧"的幼稚形态,"削弱了戏剧的艺术魅力"[1]71。

其实,作为中国近代戏剧发展中的一桩"异数",戏中演说堪称承上启下,融汇中外的独特舞台表现形式。考镜源流,应从三方面予以辨析:(1)中国近代戏剧观念和形态的历史沿革;(2)中国早期戏剧所处的时代境遇;(3)文明戏自日本的输入。

一、演说:戏剧形态沿革的产物

"演说"首先是中国戏剧传统自身观念和形态

沿革的产物。"演说"于情节铺陈、角色对白之外，直面观众、发表时论、抒发胸臆的演剧形式，其背后所体现出的打破第四堵墙、演员自由出入角色、观演直接交流等演剧观念，正是中国本土传统戏曲中由来已久，并在近代戏曲的演变中不断得到发展与凸现的。而在这其中所体现的本土演剧精神和历史血脉相继，才是"演说"之所以能为当时民众接受的历史审美基因。

纵观 19 世纪末 20 世纪初戏中"演说"的内容和表现形式，大致不出以下三种：

1. 演剧之始，由演说员对剧情、剧意进行概括。以 1906 年 5 月 26 日，在北京广德楼，玉成班上演的《惠兴女士传》为例，开演前就邀请了三位志士发表演说，其中一位的题目即是《惠兴女士全传》[4]。开演前，铺陈剧旨大意，这正是类似所有明清传奇"副末开场"的表现形式，随着时代变幻，近代传奇杂剧、京剧和时装新戏等中国近代本土戏剧更是将"副末开场"中的意识形态意味和社会政治宣传铺衍到极致。如果说孔尚任《桃花扇》试一出"先声"中的老礼赞（副末）只是以婉曲的诗化语言表达了作者"借离合之情，写兴亡之感"的写作意图，那么 1902 年曾在上海爱国戏园开演的杂剧《新罗马传奇》无疑在一开场就以更明确的议论举起了爱国和变革的大时代主题。

2. 演剧中，结合剧情以"戏中戏"的方式向观众演说。如果说作于顺治年间的李玉《清忠谱》第二出"书闹"，只是借说书人口述"宋室乾坤不太平"影射明末阉党横行、大道不行的社会现实，那么清末之际的近代戏剧却是以更加直接、更具煽动性的方式，以剧中人在剧中的演说向现场观众直接陈词，如萧山湘灵子《轩亭冤传奇》中秋瑾鼓吹男女平权的演说、孙雨林《皖江血》中徐锡麟排满扬汉的演说等。1911 年 6 月 2 日《大公报》载有"《苦社会》之感人"的新闻，华洋赈灾会于 4 月 24 日晚在上海大舞台为江皖水灾赈灾义演《苦社会》，根据其后附录的剧目梗概大体可以推测剧情为灾情惨状的真实摹写和上至官僚下至各界人士为拯救灾民的奔走呼号。其中"两会长演说灾情"一节系华洋义赈会美籍会长福茂生和中国籍会长沈仲礼的登台演说，不仅是剧情展现的一部分，同时也是对观众赈济同胞的现场号召。此种戏中戏的演说方式发展到后来任天知《黄金赤血》第八幕，便以更巧妙的方式，以戏中人物（调梅）为剧中民军募捐义演而展开演说,虽仍不免尾大不掉之嫌,但毕竟与剧情更为贴合。

3. 演剧中,人物结合剧情发生背景,发表不甚贴合剧情的议论演说。或评论时事,针刺时弊;或宣传变革,鼓舞民众。此种演说,有的可独立成章,如《征鸿泪·救亡》一幕,孙次云演说词痛骂丧权辱国的"二十一条"和专制屈膝的弱国外交,号召国人"毁家助饷,舍身救国,尽我国民的天职,尽我学生的责任",奋起反抗,"背城一战,或可不亡"[5]。其词气势淋漓,层层推进,实属一篇首尾连贯的政论檄文。除此以外,也有通过剧中人彼此对话而议论时事,推演宏旨的演说。如《黄金赤血》第一幕借小梅之口演说时局;洪炳文《警黄钟》第一、五、九出借人物之口讥讽朝廷,警醒国人。这些游离于剧情之外的演说形式也早在古典戏曲之中露出端倪,窦娥所发下的三个誓愿固然是情节和人物情绪步步推演而臻高潮的结果,但其间所体现的对黑暗的社会现实的控诉却精辟有力、针针见血;清初,《桃花扇》第四十出"余韵"中,老礼赞与樵夫(净)、渔夫(丑)却在把酒长谈中慷慨悲歌,论尽前朝旧事,而渔夫更是用"几点清弹"道出了千古感慨[6]。后来,1904 年的汪笑侬重新编演《桃花扇》,并自扮老礼赞,这番"前朝存知己,天涯若比邻"的遥相呼应,不仅是"家国之思""故国之感"的一脉贯穿,更是契合了借演说感时愤世,抒胸中块垒的时代需要。

新的创造必然埋藏有旧的种子。任何一种新的艺术形式之所以能被欣赏者接受,皆是共时性与历时性两种因素共同支配的结果。"演说"的形态虽然与现代话剧所主张的西方写实戏剧观大异其趣,"演说"的内容虽然与中国传统戏曲的"帝王将相、才子佳人"等主题相隔千里,但它所体现出的"打破第四堵墙"、演员与角色忽离忽合、观演自由交流等演剧观念却是中国古典戏曲中早已有之,而在近代戏曲的变革中通过不同的"演说"形式更加发扬光大的。正是这种传统演剧观念所带来的戏剧自身沿革,才促成了"演说"盛行其时。

二、演说:时代造化催生的形态

首先,中国近代戏剧产生其时"中国处于'危急存亡之秋'。清廷腐朽,列强侵略,各国甚至提倡'瓜分',日本也公然叫嚣'吞并',动魄惊心,几有朝不保暮之势。于是爱国之士,奔走呼号,鼓吹革命,提倡民主,反对

剪掉辫子的末代皇帝溥仪

侵略……"[7]19世纪末，当戏曲、小说凭借"熏""浸""刺""提"四种伟力，逐渐成为"改良群治""新民"的新工具[8]；20世纪初，日益加剧的内忧外患将戏剧的功用又拔高至"持运动社会，鼓吹风潮"[9]的高度，这不仅是中国传统戏曲所谓"不关风化体，纵好也徒然"[10]的"教化观"在充满矛盾的社会现实中的进一步深化和现代化，也成为近代戏剧实践者躬身践行的第一推动力。

其时，昆曲雅化，花部崛起，诸腔竞奏，中国传统戏曲从内容到形式都亟待翻新，而整体创作又漂泊无依；文明戏的艺术水准也极不成熟，知识分子和广大民众的一腔感时怀愤之情还很难在完美整一的戏剧表现形式中找到出路。于是，另一种广泛存在于当时的茶馆、阅报社、宣讲所等公共领域，更为直接的"口语宣传"形式——"演说"就自然进入了戏剧改良者的视域。

在《清末的下层社会启蒙运动：1901～1911》一书中，李孝悌详细研究论述了"演说"在近代中国的出现、发展和对公共生活，乃至世道人心的影响。1920年左右，上海南市仍有少年宣讲团每星期都坚持邀约各界名人前来演说，像黄炎培、汪精卫这样的社会名流都曾出现在这样的公共讲台，且追捧者众[11]。可见20世纪初的中国，演说不仅成为许多仁人志士开民气、推进步的媒介[12]，更成为了中下层群众获得新知识、新思想的重要来源。1902年11月5日和11月6日的《大公报》即连载有《说演说》一文，其开篇即为演说之轻重定调云："天下有甚急之事而其势若缓，有甚重之物而其系若轻，惟先觉之士能见之，而流俗不暇察也，则'演说'一事是已"，"乃今欲奋其自力而为其开沦之事……则三物尚焉：曰译书、曰刊报、曰演说"，而"演告一事为思想言论自由根苗……其激扬群情较之徒事文告悬贴国门者，其感通迟速之机必不可同年语耳"。此处演说之论一出，时隔五天，《大公报》11月11日又有感于演说不能"遽行纵行"的有限性，而刊出《编戏曲以代演说》一文,提倡演说与戏剧的结合,并举例道:"去年上海伶隐汪笑侬《党人碑》一出,其登台演说时,具爱国之肺肠,热国民之血性。能使座中看客为之痛哭,为之流涕,为之长太息。"

尽管有人并不喜欢"'言论派老生'对台下做大段演说的那种搞法",但直指人心的时论,直奔主题的表述,直抒胸臆的宣说,无疑是对当时"人民中涌现出来的民族思想、爱国主义进行正面的有力的宣传"[13]的最直接、最易理解、最见成效的途径和方式。

早在 1904 年,陈独秀就在《安徽俗话报》第 11 期上提倡戏曲改良中,演说加入戏曲,所谓"戏中有演说,最可长人之见识"[14]。何况"在一个政治和社会大变动之后,人民正是极愿听指导,极愿受训练的时候。他们走进剧场里,不只是看戏,并且喜欢多晓得一点新的事实,多听见一点新的议论,而在戏剧者(编剧、演剧、排剧、布景的人),此时也正享受着绝大的自由"[15]。

其时,"演说"之所以能以各种形式,随时随景地出现在近代戏剧舞台的任何地方,当然首先是体贴了那个风云翻涌的时代所促就的饥渴而又容易迁就的社会人心。

三、演说:日本戏剧的输入品

到了文明戏开始在近代中国攻城略地的时候,"演说"这种表演形态更以一种直接模仿日本早期新派剧的方式[16],由中国最早一批留日学生

1907 年冬欧阳予倩于日本演出《画家与其妹》剧照

和有过旅日经历的文明戏实践者[17]将其带上了早期话剧舞台。

　　虽然早有教会学校的学生演剧在先，但真正具有普遍社会影响力的中国文明戏应该是由日本介绍到中国来的，"这在文明新戏时期就得到了认可"[3]6。尽管与真正的西方戏剧相比，"春柳派"和"进化团派"演剧各有远近亲疏，在剧目、表演、整体风格、戏剧观念等方面也有着诸多差别，但他们都是"通过日本这个'窗口'，来了解西方戏剧文化的。（而）西方话剧正是通过日本的'转运'，在传递过程中发生了一些衍化，从而更有利于中国人的接受"[3]10。"演说"便是"衍化"形式之一。

"春柳四友"，自右至左陈镜若、马绛士、吴我尊、欧阳予倩

新派剧是明治中期以后在西方戏剧的影响下，为对抗旧剧歌舞伎而产生的新演剧，早期是一种政治宣传剧，考虑到"即便发表政谈演说，孩子、老人听不懂；而且警察干涉得厉害，稍稍过激的言论就要被禁止"[18]。因此，最稳妥的方式便是利用戏剧的形式，借戏中人物之口发表演说传播自由民权思想，为政治斗争服务。文明戏早期的中国，整个社会境遇正如同新派剧早期的日本，于是以任天知为代表的早期文明戏实践者"在国内民主革命浪潮汹涌澎湃的时候，借鉴了日本资产阶级民主主义革命运动的产物——壮士剧和书生剧的演剧风格，用化妆演讲那样的方式，为中国民主革命作宣传，摇旗呐喊，鼓吹造势"[3]245。

　　然而，正如欧阳予倩所言"文明戏——也就是初期话剧——是用了外来的戏剧艺术形式,从自己的土地上长出来的东西"[19]。在"进化团"派演剧为迎合当时观众所作的种种话剧本土化的努力中,由戏曲中所最先产生的直面观众的演说形式,理应也是他们所吸纳的营养之一。甚至可以说,如果没有近代戏曲的改革者、创作者和实践者最先培养的那一批爱听演说的观众,也许日本新派剧中的"演说"来到中国还要多走上一段路程。

正是时代的催生与需要,中国本土戏剧的自身沿革,加之日本新派剧演出方式的输入,共同造就了戏中有"演说"的整个戏剧观演生态。

当然,还有学者认为,"演说"也是受到近代好议论时政,"明快锋利,气势汪洋,动人心魄,具有极大鼓动性和煽动力"的报章体的影响而广泛出现的[20],但是,报章与戏剧毕竟是两种完全不同的文化传播媒介,虽都依附于语言,而究其本质观念与传播形式到底都有着根本的差异,如果说影响,那也应当是通过影响人们的审美习惯与欣赏喜好而间接影响了戏剧的创作风尚。

"演说"以直白的话语、直接的宣说,评论时局,抨击时政,传播革命思想,鼓舞斗志,振奋民心,使近代戏剧在发展兴起的起始阶段,就以激情洋溢的社会责任感和以戏剧唤醒人心、自发图强的历史使命感获得了普通民众和知识分子的一致同情与共鸣。"潘月樵的议论,夏月珊的讽刺,名旦冯子和、毛韵珂的新装苏白"[21]不仅大受群众热捧,更是被公认为戏曲改良的风气之先。1911 年 4 月 24 日在华洋赈灾会为江皖水灾举办赈灾义演《苦社会》的上海大舞台演出现场,听了剧中赈灾演说后,"闻者感动,鼓掌如雷。并有出资狂掷台上者"[22]。由此可见,戏中演说贴近时代生活,干预社会政治,感动鼓舞人心的巨大力量。

从形式而言,虽然"戏中演说"这种"非戏剧"的演剧形态,太过直露的表现形式,缺失的艺术美感,大大有损于戏剧艺术的整一性和表现力,但是,从整个近现代戏剧的历史发展来看,在当时那个亦旧亦新,新旧碰撞的大时代里,中国传统戏剧的变革尚不明方向,还仍在摸索中寻找出路,外来的文明戏也正处在知音缺缺的试水期,观众面对失去帝王将相、才子佳人的舞台,看着"穿西装唱西皮"的表演,听着昆乱纷杂、不文不白、雅俗并存的曲词,琢磨着前后松散的情节,也许正是因为有了"演说"所带来的时代精神的共鸣,汹涌彭湃的气势,声情并茂的感染力,才让不知所措的观众在尴尬混乱的剧场中找了舞台的焦点,于惶惶中心有戚戚,于冥冥中同声相契。

当后来的话剧以表、导、编全面成熟的姿态崛起于40年代的时候,回望早期文明戏,也许更应感谢"戏中演说"这一简陋的形式为其成长结下了第一批观众缘,也为近现代戏剧与社会时政的密切交融埋下了伏笔。"戏中演说"出现于19世纪末20世纪初的中国戏剧舞台,或之于整个中国的近代戏剧发展史,不能不说是一个"成功的败笔"——虽败,于有荣焉。

【注释与参考文献】

[1] 陈白尘,董健主编.中国现代戏剧史稿.将"演说"称作"化妆演讲".中国戏剧出版社,1989:60

[2] 笔者见到的最早的"戏中演说"是作于1894年的钟祖芬《招隐居》,第二出中有"戒烟歌",长达1000多字。作者明确标注"此段正文,演者须台前朗诵"。

[3] "随着辛亥革命高潮的过去,群众的革命热情也消减了,化妆演讲失去了政治依据和群众基础,便随着进化团的解散也很快在舞台上消失了。"
黄爱华.中国早期话剧与日本新剧.岳麓书社,2001:243

[4]《演说创举》,《大公报》,1906年5月30日。
夏晓虹.晚清女性与近代中国.北京大学出版社,2004:243

[5] 王为民编.中国早期话剧选.中国戏剧出版社,1989

[6] 孔尚任.桃花扇.第二十出"孤吟""只怕世事含糊八九件,人情遮盖两三分"的感慨,第三十二出"拜坛"南明小王朝新帝立位的感慨。

[7] 阿英.晚清文学丛钞·传奇杂剧卷(卷上).叙例.中华书局,1962:1

[8] 梁启超.论小说与群治之关系.阿英.晚清文学丛钞·小说戏曲研究卷.中华书局,1960:14

[9] 柳亚子.二十世纪大舞台发刊辞.阿英.晚清文学丛钞·小说戏曲研究卷.175

[10] 高明.琵琶记"开场"

[11] 陈存仁.抗战时代生活史.广西师范大学出版社,2007:133

[12]《警钟日报》,1904年10月17日,广东顺德县的济生善社原有宣讲席,后来将其改为演说,讲者称为演说员。"到听者日凡四五百人,开办月余,来者日众,必旧时宣讲不啻多至数倍。"《大公报》,1910年5月6日,美籍传教士丁义华在宣讲所演说各种改良事宜和中国人志强之道。
李孝悌.清末的下层社会启蒙运动:1901～1911.河北教育出版社,2001:94

[13] 欧阳予倩.回忆春柳,欧阳予倩全集(第六卷).上海文艺出版社,1990:176

[14] 三爱.论戏曲.阿英.晚清文学丛钞·小说戏曲研究卷.52

[15] 洪深.从中国的新戏说到话剧,中国近代文学论文集.中国社会科学出版社,1988:16

[16] "任天知还学习日本新派剧的做法,创造了'言论派'角色,不拘剧情地插入激昂慷慨的演说。"陈白尘,董健主编.中国现代戏剧史稿.62

[17] 日本是培养中国早期话剧人才的摇篮。
田本相主编.中国现代比较戏剧史.文化艺

术出版社,1993:45—47

[18] 伊原敏郎.明治演剧史.中国早期话剧与日本新剧.244

[19] 欧阳予倩.谈文明戏.欧阳予倩全集(第六卷).183

[20] 田根胜.近代戏剧的传承与开拓.上海三联书店,2005:194—195

[21] 新舞台之爱国新剧.申报.1911年4月17日

[22]《苦社会》之感人.大公报.1911年6月2日

【作者简介】

张谦,南京艺术学院讲师,南京大学博士生。

清道人辛亥前后遗踪录

尹　文　徐慧极

　　李瑞清(1867～1920),字仲麟,号梅痴、阿梅、梅庵,晚号清道人,江西省抚州府临川县人,出生于临川县温家圳杨溪村一个三代为官的官宦人家。其伯父李宗瀚是清嘉道年间工部侍郎,侍讲学士,其书法为世人所重,为人孝行卓著。其父李必昌在湖南为官三十年,李瑞清随父在湖南延师读书,自幼受知于长沙学官佘祚馨,佘爱其才,以长女许之,受聘遽卒,又以妹妻之,未婚既亡故,继配以幼女,四年后又殁于南京住所。自此李瑞清终身不再娶,因三女皆以"梅"字为名,李瑞清遂自号阿梅、梅痴,人称李梅庵。

　　1891年李瑞清援武陵籍入试,中副榜第一。有人攻讦他冒籍应试,于是毅然放弃功名,光绪十九年(公元1893年)回江西参加巳恩科乡试,中举人。光绪二十年甲午,殿试中巳未科二甲第十五名进士,朝考一等,选翰林院庶吉士,散馆授编修。封建教育制度在戊戌变化之后受到猛烈冲击,废书院、兴学堂的教育改革之风日盛。1902年两江总督刘坤一筹办高等学堂,张之洞于光绪二十九年正月初八日上《创办三江师范学堂折》,在江苏、安徽、江西三省招生,周馥继任两江总督后,以总督之称两江,改"三江师范学堂"为"两江优级师范学堂"。

李瑞清道士冠服像今在东南大学校内

光绪三十一年(1905 年),李瑞清以候补道分发江苏,三署江宁提学使,并兼任两江优级师范学堂监督即校长职,至 1911 年。亲定校训"嚼得菜根,做得大事"。视学校若家庭,视教育若生命,视学生若子弟;提倡国学、科学、艺术并举。建学伊始,曾远涉东瀛,亲行考察两国教育的异同,并延聘以松本校次郎为首的 12 位日本教习,以充实师资队伍。重视艺术教育,首开图画手工科,培养艺术人材。"这是我国高校首次开设美术系科。他亲自讲授国画课,设立画室和有关工场,为我国培养了第一代美术教师,其中有著明书画家吕凤子等。"[1]

1911 年辛亥革命爆发,李瑞清辞去教职,先去京师,后移居上海,开始了鬻书画为生的自给生涯,此时李瑞清 44 岁正当壮年。1920 年 9 月 12 日,李瑞清因患中风溘然长逝,落葬于江宁南郊牛首山雪梅岭罗汉泉侧,享年 54 岁,谥文洁。为纪念这位中国近现代教育的奠基人,中国师范美术教育的创始人,1915 年,在原南京高等师范学校①六朝松旁,建茅屋三间,并命名为梅庵。

一、清之道人,目无民国

1911 年辛亥之秋,李瑞清北上京师,其时清廷行将覆灭,灾民四下逃荒,李瑞清出于义举卖字救济灾民,11 月避乱于上海。辛亥年以前,李瑞清书法署名为"瑞清",辛亥年以后,李瑞清易道士冠服,书法作品上署名"清道人"。郑逸梅《珍闻与雅玩·尊孔声中之李梅庵》曰:

① 原南京高等师范学校(1915～1923),现为南京东南大学。

遗老往往目无国民,故作书辄用甲子,而不写民国若干年。李梅庵于鼎革后,改称清道人。清道人者,清代之道人也。作书又一印曰:"不知有汉"。及死,其讣告曰:"诰授资政大夫李公梅庵府君,恸于庚申八月初一亥时,享年五十有四。"在民国时代,当书明"清授",今乃不加标别,则其家人秉受遗训,目无民国,可谓彰明昭著矣。

李瑞清今存遗照,身穿道士冠服,端坐椅凳之上,方面广额,气宇端详,为道士装束。李瑞清卖字之举,在北京时就以开始。对于辛亥之变其时行踪,李瑞清书法润额引文写道:

辛亥秋,瑞清既北,鬻书京师。时皖湘皆大饥,所得资尽散以拯饥者。其冬十一月,避乱沪上,改黄冠为道士矣。

李瑞清居上海北四川路全福里,门上榜题"玉梅花庵道士"。以致人们真以为是一位能做道场法事的道人,请他去作法会。李瑞清无奈之下撤去榜题,其寓所仍号玉梅花庵,表达了李瑞清对亡妻的神情,并含有以林和靖那样,以梅妻鹤子而终其一生,隐居不出,不再为官的遗民气节。

二、贫困交加,鬻书海上

辛亥以后,李瑞清沪上卖字的生活是十分清苦的,他三次断弦以后不再迎取,终其一生无子嗣,人们以书绝、画绝、子绝三绝嘲之,李瑞清虽无家室之累,而家庭负担又很重,其兄弟的子女,孤儿寡母均靠他一支毛笔写书法供养。李瑞清《鬻书润额小引》道出其当时的困境:

瑞清三世皆为官,今闲居,贫至不能给朝暮。家中老弱几五十人,莫肯学辟谷者,尽仰瑞清而食,故人或哀矜而存恤之,然亦何可长,又安可累友朋。欲为贾,苦无赀;欲为农,家无半亩地,力又不任也。不得已,仍鬻书作业。然不能追时好以取世资,又不欲贱贾以趋利,世有真爱瑞清者,将不爱其金,请如其值以偿。

这则润额引文几近告帮，困顿之状历历如述。民国六年李瑞清鬻书沪上，声名渐著之时，海上歹徒托名"维良会"致书李瑞清，敲诈银两。李瑞清不畏奸诈，作拒绝索诈书，书曰：

贫道伤心人也。辛亥国变，求死不得，漂泊海上，鬻书偷活；寒家几四十人，恃贫道一管以食。六年以来，困顿极矣。昨接贵会来书，业已作书报复；顷又得来书，云未取得，以万人行路之通衢，何能禁人之不取？至于嘱贫道备汇丰银行票三百，以助贵会，此说误矣。贫道，鬻书人也，非有多数之钱储之筐筒也。有一日而得数圆，数日而不得一圆。此种营业，非平静市而好，然后人才思及此种装饰品，非野鸡之能到处拉人也。近日银根紧急，十余日来，无一圆之收入，自顾不暇，何能为贵会之助？俗语云："有钱钱当，无钱命当"。且人之乐生，必有后来之希望。贫道无妻无妾无子女，所有子女皆兄弟之子女，或寡妇孤儿而已。吾友吴剑秋云："道士无妻妾之奉，而有家室之累"。况世风日变，奸慝金壬俱居高位，拥重兵，亡国之祸，已在眉睫。惟求速死，得大解脱。两得手书，故此揤诚相告。请贵会切实调查，如有谎言，手枪炸弹，引领甘受，而无悔焉。

这通拒绝书开篇陈情婉切，结尾斩钉截铁，表现出李瑞清的铮铮铁骨。辛亥革命以前，李瑞清曾救济过危难之中的革命党，所以当时革命军中有"攻克江宁，勿杀李公"的口令。南京破城之日，李瑞清官袍端坐于堂，惟求一死，这当是书中"求死不得"的来历。

民国初年的上海滩华洋杂处，帮派林立。当时海上书法名家更迭，先是以书法家嘉定诸生蒲文球负一时众望，数十年如一日，后以仁和高邕之以知府衔江苏候补同知客次沪上，其书学李北海，涉足秦汉篆隶魏晋六朝唐宋碑版，与海上画家任颐、吴昌硕友善，其作品充斥装池。民国以后，李瑞清以善摩钟鼎古篆，汉魏六朝石刻而享誉海上，富商巨贾以得其寸缣尺幅为荣。一时求书者甚众，李瑞清每日忙于伏案作书，疲惫不堪，乃喟然长叹曰：

书者，舒也，安事促迫，而索书者急于索债。每春秋佳日，野老牧童，由得眺望逍遥，移情赏心。而余独拘絷一室之中，襟袖皆皂，唇齿濡墨，腕脱砚穿,不得休止。人生如白驹过隙耳,何自苦如此?

表达了李瑞清终日苦于临池的窘迫心情,唯一得以慰藉的是,客寓上海的李瑞清与陈散原、陈苍虬为邻居。陈散原,江西修水人,字伯严,室名散原精舍,光绪进士,康梁维新派成员,现代"同光体"诗派领袖,三江师范学堂总稽查,官吏部主事,终生淡泊名利,无意仕途,曾参加戊戌变法,辛

李瑞清书《两江师范学堂》石刻今在南京大学校史馆前

亥革命后以遗老自居。李瑞清与陈散原有同乡、同僚、同事之谊,他们经历相似、政见相同,只是李瑞清无后,而陈散原之子陈寅恪日后则成为国学大师。一李二陈三人"每乘月夕,相携立桥畔,观流水,话兴亡之陈迹,抚表乱之频仍,悼人纪之坏散,落落吊影,仰天欷嘘以为常"。

三、北李南曾,寄情丹青

李瑞清在上海寓居时的另一位友人是曾熙。曾农髯,名熙,湖南衡阳人,光绪二十九年癸卯进士,官兵部主事,其人蓄髯,以农髯自号,其书法得张黑女碑神髓,性善美食,家备湘厨,为张大千的老师。郑逸梅在《珍闻与雅玩·曾农髯负母逃难》说:"上海艺人,有曾李同门会之组织。李为李梅庵,曾为曾农髯。"李瑞清以北魏碑书驰誉海内,而曾则以南帖为宗。辛亥末年,李瑞清已经来沪鬻书,而曾熙则是由李瑞清招引而来。因为曾与李其时处境大体相同,清光绪年间陈宝箴提倡新学,办师范学堂三所,其

中一所就是由曾熙所擘画,曾农髯尊师重道,以堂长瞻礼教师,能卑躬下礼,诸教师无不尽心竭力,以作育才的园丁自任。辛亥年后,曾熙失去教职,赋闲隐居不出,生计维艰,李瑞清致书曾农髯曰:

> 君若不能以术称豪杰,直庸人耳!老而且贫,犹欲执册奉简,吟哦称儒生,高言孔孟之道,此饿死相也。人方救国,君不能自保其妻孥,不亦羞乎?

李瑞清善丹青,将书画熔于一炉:"以篆作画,以画作篆。"[2]《玉梅花庵清道人直例》附曰:"余亦有时作画,山水花卉,或一为之。有相索者,具值倍书。花卉松石,其值比于篆书,山水画其值倍篆。"清道人的画价是以篆书价格为标准,是书法价格的一倍。其画以篆书笔法画梅枝,虬枝如龙蛇缠绕,高古奇绝,极具厚重高逸之气,为世间难得的珍品。南京师范大学美术学院藏有其墨梅图,全画气韵高古,枝干画法全用篆笔书法,南京市博物馆亦有一副果蔬图,画法极为清雅,水色交融,有海上画派气息。郑逸梅《清道人的特殊菜单》记有一则李瑞清作画的故事,从中可知其丹青雅兴:一天,他到小有天闽菜馆去进餐,那是他常去之处,所以很熟悉,堂倌请他点菜,他就索一张白纸,将鱼、肉、青菜、萝卜,一一画出,菜馆把这幅画装裱以后视为珍宝,挂在店堂之中。李瑞清平生喜欢吃螃蟹,一次能食数十只,故有"李百蟹"的雅号。胡思敬跋《李瑞清选临法帖》说:"余初见梅庵在京师松筠庵,闻其不读秦汉以后书,甚奇之。后同时廷对,见所书试卷瑰玮不可名状。刘潜楼谓字字如螃蟹,盖笑之也。"李瑞清书法"绣者如姚韶美女,壮者如勇士横槊",用笔如蟹爪刚劲有力。其时,俄国皇室欲倡行礼教,拟于圣彼得堡建孔庙,书十三经于石,拟请李瑞清作书,后因为欧洲战争爆发,俄国政府改组而作罢。李瑞清晚年书法代表作有《寄禅禅师冷香塔铭》,其书法风格出于北魏《崇高灵庙碑》。一九二零年八月上旬,李瑞清应日本书画会邀请,赴日展览的四幅临写作品也是魏碑,分别是《崇高灵庙碑》《郑文公碑》《石门铭》《司马景和妻碑》,被日本书坛称为中国书法家五百年来第一人。

李瑞清晚年鬻书海上,备极辛劳,每日临池手不释卷。郑逸梅《艺林片羽》云:"清道人李梅庵,逝世于半夜,晚饭后犹手书八联。"曾农髯挽联云:"道德我师,文字吾友;永诀此日,相期他生。"清道人遗著有《围城记》

一卷。在上海隐居的九年之中,应家乡父老之请,主修《临川县志》。门人蒋苏庵、侄儿李健(字仲乾)、李崔然等将先生遗著辑成《清道人遗集》四卷付梓问世。记有第一卷文,第二卷诗,第三卷题跋,第四卷书论,于1939年由中华书局出版,时在抗战期间。

四、纳碑入帖,融铸古今

李瑞清约于26岁时学习隶书,因为此年他已经中举,于是可以抽出身来研究篆书八分,不必为官阁体束缚。对此李瑞清自述云:

年二十六习今隶,博综六朝,既乏师承,但凭意追,笔性沉郁,心与手忤,每临一碑,步趋恐失,桎梏于规矩,缚绁于毡墨,指爪摧折,忘其疲劳。岁在甲辰,看云黄山,观澜沧海,忽有所悟,未能覃思锐精,以竟所学,每自叹也。

清代科举考试,书法以馆阁体为准则,蝇头小楷讲究个乌光亮三字,切不可率意为之。清代书法有帖学和碑学两大派,李瑞清说:

书学分帖学碑学两大派,阮云台相国以禅学南北,分帖学为南派,碑学为北派。何谓帖学?简札之类是也。何谓碑学?摩崖碑铭是也。自宋以来,帖学大行,而碑学衰微。故宋四家只有蔡君谟能作碑。

李瑞清与沈寐叟、秦幼蘅研究书法中的碑、帖关系,沈寐叟以为纳碑入帖,给帖学以刚强之气。秦幼蘅劝其捐碑取帖,可以得简札之流畅。李瑞清致力于帖学,能在帖学的基础上,结合魏碑,纵横于碑学、帖学之间,融会贯通,自成一家风貌。李瑞清学北碑20年,偶书笺名,每每苦于用笔滞钝,曾季曾经笑谈李瑞清书法"以碑笔为笺启,如载磨而舞,所谓劳而寡功也。"李瑞清留意于法帖后,认为南帖北碑,虽然不同,但碑帖理宜共同研究,写短札、长简以南帖为宜,写巨碑石刻、殿榜大字宜尊北碑。

南帖简书妍雅,北碑墓志古朴,自从扬州阮元有《南帖北碑论》,邓石如、包世臣继其后,世人无不言碑,唐太宗好《兰亭》,于是有唐代书家无不学王羲之,奉"二王体"为楷模,李瑞清幼学鼎彝,弱冠学汉隶,年二十六使用心学今隶，六朝诸碑，无不倍加研究，尔后学唐宋各家，从碑学入帖，"每临帖，以碑笔求之"自成一家面貌，认为如果以帖临帖，不参以北碑笔法，"无异于向佛求舍利子"。在扬碑抑帖的世风下，李瑞清不偏不倚的对碑帖进行了系统的研究，提出碑帖交融，不可偏废的主张，突破了碑帖分离的单一书法风格，为南帖北碑的交融创新开辟了新的途径。

五、求分于石，求篆于金

李瑞清隐居上海以后的主要成就在于书法，其时衣食瞻给，全仰书画，将其学问与精力用于书法，成了职业的鬻书卖画人，致力于书法研究的艺术实践。其时书坛风气学邓石如篆书，奉李斯、李阳冰为圭臬，李瑞清论书必自篆书始，《玉梅花庵书断》曰："余书本从篆分入，学书不学篆，尤文家不通经也，故学书必自通篆始。学篆必神游三代，目无二李，乃得佳尔。"李瑞清认为中国学篆书者，自李阳冰后，世无能人，李斯为秦宰相

梅庵，柳诒徵书匾今在东南大学校内今在东南大学校内

作小篆，已缺少商周钟鼎大篆气象。今人学习篆书，必须走"求分于石，求篆于金。"直追书法源头的艺术道路。他认为："自来学篆者都缚于石耳。石刻中不能尽篆之妙，需求篆于金。"对于这个艺术发现，李瑞清十分看重，以为石刻不能尽篆书之妙，他说：

篆书惟鼎彝中门径至广，汉以来自今，无人求之，留此以为吾辈新辟

之国,余为冒险家,探得大洲,贡之学者尔。

李瑞清发现商周钟鼎彝器大篆铭文的大篆,具有极高的书法艺术价值,而且千百年来的书体流变过程中,并没有人回溯商周大篆,而其实殷商甲骨的出土,使李瑞清看到了中国古代书法书写工具与风格的不同,他于是研究鼎彝书学,涉足殷墟文字、分析文字派别,从甲骨到钟鼎的流传过程。他将篆书笔法用作于魏碑,以篆书用笔写出刚劲秀逸的书体,后人评其"清道人自负在大篆,而得名则在北碑"。形成了秀逸又浑朴,雄强而刚健的书法风格。他从汉碑中发掘书法艺术的精神,旁及汉镜铭文、砖石瓦当,博取旁搜,直至汉简甲骨,其穷源心力到天荒的书法艺术视野,使李氏书法的金石气息与书卷气息融为一体。

六、书段题跋,以器分派

李瑞清是一位融国学与艺术于一体的学者,他在临习《毛公鼎》《散氏盘》《礼器碑》《瘗鹤铭》《兰亭六种影本》《张黑女》碑的实践过程中,研究书学流变传承,分析美学特征。李瑞清选临诸家钟鼎碑帖,做玉梅花庵临古题跋,玉梅花庵书断,认为"大凡篆书与地理有关系,即在商周,各国有各国之风气,故书法不同。余欲著一书,以各国分派见,书未成,今只得以器分派。"李瑞清看到三代书法尚未统一文字于小篆,所以书写方法各有特色。秦代实行字同文,车同轨以后,各国文字损毁,已难寻觅,只有从现存的钟鼎、甲骨器物中辩证分析。率先提出了依据考古存世实物,进行书法研究的科学实证观点。李瑞清说:"从前殷代文字但见于殷器中见一二象形字,不足成立。今殷墟龟板牛骨,其文字虽不全,可以灼然知其一代文字之派矣。"依甲骨文为殷派,周鼎青铜器为周派,形成以实物器具文物进行归类分析研究的科学方法。殷墟甲骨用于占卜、周派钟鼎用于庙堂祭祀,称之为庙堂体,凝重神秘而庄严,其存世作品有《毛公鼎》《石鼓文》《颂鼎》《颂敦》《颂壶》等等,李派大篆笔长而曲是篆书变化的极致,其他还有《散氏盘》派、《克鼎》派等等。李瑞清的书学研究在民国书坛上有很大的影响。他深研大篆、北碑,临习了几十种法帖,集书学与书才于一身,并且影印出版,李瑞清自叙云:

人来辱书并垂示贫道所临各帖，但原本悉画有乌丝阑，其中或有用铅笔画者，故未印出，再印宜亟补之。又吾兄欲更印拙临六朝各碑。近致力钟鼎，隶课少辍矣。从前课本多为家中子弟及亲友携去。此节临四种，亦日本人祈书者，尚精，可先印也。更有一事奉商，泰山经石峪金刚经，包慎翁所谓与鹤铭相近，渊穆时或过之者。

李瑞清为了海内书家能临钟鼎汉碑，以期倡明书学，开风气之先，将其拓本收藏和临张迁碑课本，托人印刷行世。李瑞清的善举，得到海上书法家吴昌硕的击节赞赏：

甲寅夏，避暑申江海界，桥北一客携梅庵李先生书册示予，余大惊曰：先生人品忠直，吾知之；先生朴学嗜古，吾知之；先生精篆、隶、彝器、砖瓦文字，旁通六法，举世共知，不特吾知也。至先生证阁帖之源流，辨狂草之正变，此吾不知而世罕知。是册取势离奇，结体朴茂，其用笔甚生而得神甚活，此岂皮毛从事于斯者所能仿佛耶。予与先生朝夕奉手而不能尽知先生者如此，不亦怪哉！

清道人的书法骨气洞达，妙在用笔生而不熟，又能得其神采。吴江人陆恢题跋《李瑞清选临法帖》，梳理了钟鼎、彝器、石鼓琅琊、泰山及两汉石刻，篆隶源流；从六朝至隋唐化分书为楷书，但是虽然字体变化了，但是篆隶笔法犹在，中锋用笔仍是书法的正脉。但是楷书谨严过甚，失去了隶书情趣，或者笔法规整凝滞，没有能尽到书法的意趣。有作为的书法家能够看到这一点，补偏差救时弊，兼求古人的手泽，如笺奏、文稿、尺牍等一切行草书迹，求其纵横流丽之神采，以求骨力法度与神韵的合一，这正是李瑞清书法艺术的特色之一，曾熙评其书曰："李仲子于古今书无不学，学无不肖，且无不工，其所以过人者，能以隶法穷古人荒寒之境。古之所谓拙也，乃吾仲子工也，此其所以过人也。"清人沈曾植评曰："李道士有祝希哲之书才，封存礼之书学"可谓至评。

七、结　语

辛亥革命以后,李瑞清作为晚清遗民,隐居上海鬻书画为生;在生活上,李瑞清作为一个清廉的前朝官吏,能够以卖书画为生自食其力。作为一位教育家,他视教育为生命;作为书法家,李瑞清将碑学与帖学相融合,力追殷商秦汉之甲骨钟鼎八分,融钟鼎大篆和北碑南帖为一体。在北碑和南帖的临写实践中,纳碑入帖,化古为新,形成了瑰玮雅健的书法风格。开创了以实物考订文字,以钟鼎甲骨传世实物考订书法流派的科学方法。李瑞清晚年鬻书上海的艺术生涯,成就了他在书法艺术方面的艺术实践,磨砺出自己的艺术风格,形成了民国书坛上的"李派",其入室弟子和书法传人有胡小石、李健、吕凤子、张大千等人,影响极为深远,成为辛亥革命以后活跃于海上艺坛的一代宗师。

【注释与参考文献】

[1] 徐传德主编.南京教育史[M].北京:商务印出版社,2006(12)

[2] 陈鸣仲著.清代南京学术人物传[M].香港:香港华星出版社,2001(11)

[3] 郑逸梅著.珍闻与雅玩[M].北京:北京出版社,1998(10)

[4] 李定一著.李瑞清选临法帖[M].南京:东南大学出版社,2002(5)

[5] 李瑞清著.李瑞清楷行三种[M].浙江:浙江人民美术出版社,1992(3)

[6] 崔尔平选编.明清书法论文选·清道人论书嘉言录[M].上海:上海书店出版社,1994(2)

[7] 孙洵著.民国书法史[M].江苏:江苏教育出版社,1998(9)

【作者简介】

尹文,东南大学艺术学院副教授,硕士研究生导师,南京市文艺评论家协会理事。

徐慧极,东南大学艺术学院艺术学专业方向硕士研究生。

南京当代艺术文化形态

李倍雷

南京,六朝古都,人杰地灵,也是当今承载中国传统文化和创造当代艺术的江南大都市。江南独特的文化和温润的地貌构成了南京一方土地特殊的艺术文化形态,灵秀温润的中国五代北宋的南方山水画是南京艺术文化的基本文脉和重要的传统艺术文化形态基础,她依然滋养与影响着今天南京的艺术文化形态。

但是灵秀温润的传统艺术文化形态并不等于说南京艺术文化形态中就没有叛逆的特质。游居南京的清代画家石涛,他的"一画论"是我国清代绘画理论与艺术践行的创新典范,他的"我用我法"的观念给南京艺术文化形态带来了叛逆的因子。地处南京不远的"扬州八怪"也多少给南京艺术文化形态带来了叛逆的影响。

尤其是近现代南京艺术文化形态蕴藏了太多的叛逆的因素,使南京艺术文化形态比其他地区更具有先锋的性质。一向有"艺术叛徒"之称的刘海粟,他的出国留学经历显然与徐悲鸿构成了南辕北辙的两条道路。刘海粟的叛逆性格决定了他对艺术的态度和选择。据说他曾与毕加索、马蒂斯等画家交游论艺,而徐悲鸿却骂马蒂斯是"马蹄子",对西方现代艺术完全是置否定的文化态度和立场。他们对待艺术的态度和性格决定了他们未

刘海粟

来的艺术方向。徐悲鸿曾经执教并主持国立中央大学艺术系,传播了西方的写实主义艺术创作与原则,由于后来的一些事情变故,徐悲鸿前往重庆和北京主创艺术专科学校,上世纪50年代的时局变化,徐悲鸿的这条写实主义的"艺脉"传到了今日的南京师范大学,但因他的离开,他的写实主义艺术形态和艺术观念的影响对南京来说有所减弱。刘海粟的艺术风格具有表现主义与野兽主义综合特征的属性,尽管刘海粟也受到了中国传统文人画的影响,但他更多的是建立在石涛画学基础上的中国传统文人画观念。石涛的叛逆气质极其符合刘海粟的性格,正是这种性格使刘海粟适应了他当年在欧洲时盛行的现代主义诸艺术流派。他曾坦言:"艺术是表现,不是涂脂抹粉,这点是我个人始终不能改变的主张。'表现'两个字,是自我的,不是纯客观的。我对于我个人的生命、人格,完全在艺术里表现出来,时代里一切情节变化,接触到我的官感里,有了感觉后,有意识,随即发生影响,要把这些意识里的东西表现出来。倘若看见什么东西,随手画出来,还是那东西,只能叫'摄录',同照相一样,所以表现必得经过灵魂的酝酿,智力的综合,表现出来,成为一种新境界,这才是表现。"[1]南京第一代艺术家刘海粟的艺术成就以及他长期担任南京艺术学院院长的教育艺术的地位影响了南京当代艺术的基本走向。

第二代艺术家苏天赐,作为林风眠的弟子,自然受到老师的影响。林风眠的中西融合论和艺术实践在苏天赐身上体现得非常突出。《黑衣少女》(1949年)既是苏天赐先生的成名之作,也是他受老师影响的最好印证。在苏天赐的那些中西合璧作品中,既具有中国传统艺术文化形态的人文气息和强烈的抒情韵味,也包含了一种与欧洲表现主义画派特征相近似的艺术风格,依然有不是十分"守规矩"的特质。

我们基本可以看到,南京第一代和第二代艺术家作品形态中的那些西方现代主义艺术反传统的那种叛逆性质的特征,以及他们在艺术观念上和思想上的叛逆特征是非常突出的。老一辈艺术家的艺术形态和艺术观念的价值取向,无疑给以后的南京艺术文化形态和艺术创作带来了深刻的影响,也给南京艺术的基本走向划定了一个大致的轮廓。

南京艺术学院是南京地区产生艺术家的主要"摇篮"。老一辈艺术家正是执教于南京艺术学院的艺术家和艺术教育家。刘海粟是南京艺术学院的开拓者和首任校长,苏天赐是"南艺"油画领域的主将,他们对"南艺"的影响可想而知。南京艺术学院的艺术观念和艺术教育方向必然辐射到南京周边的地区艺术创作,这就形成了以南京为中心的艺术形态与地域文化特征。

南京 50 年代以后出身的艺术家在艺术前辈的培养和影响下,凸现了不同于其他地区艺术的风格特征。尽管有徐悲鸿艺术教育理念的影响,但徐悲鸿的写实主义艺术基本上在北京的影响最大,而在南京则少有受其影响的现实主义艺术形态。南京一开始就形成了区别于现实主义艺术形态以及价值取向和文化认同,尽管南京也有留苏的艺术家,接受过苏派写实主义的训练与影响,但均被南京那种叛逆气质的艺术氛围所围裹,显得南京的艺术家不十分"安分"。在这里,我们看到了后来的一大批南京的中青年艺术家,在老一辈艺术家的影响下的那种叛逆气质的艺术特征。

徐悲鸿

毕业于中央美院的毛焰,一来到南京便被南京文化浸润,致毛焰的作品越来越走向精致的品质。从《小山肖像》《记忆或者舞蹈的黑玫瑰》到

《诗人》《托马斯系列》，几乎是无可挑剔的技法，都显示了毛焰艺术对油画语言品质追求的古典情节。毛焰的作品在绘画技法上是一流的，南京的中国古代艺术的笔墨给他很多的启示，以至于他的油画技法很像中国传统的笔墨技法是无法修改和重复的，而是一笔到位地体现造型、笔触和油画肌理的韵味。他的油画越画越薄，叛离了西方历史上如写实主义（库尔贝）、印象主义（马奈）等油画"堆"出来的厚画法的技巧。毛焰的作品几乎是"肖像"，但已经不是个体的肖像形态，往往有名而无"实"，肖像是毛焰对社会、历史、文化的思考与表达的隐性载体。我们难以将毛焰的"肖像"归类于"798艺术"所看到的那些肖像艺术形态，正因为这些因素，毛焰在中国当代艺术中的地位是他人所无法取代的。

艺术家王洪志既搞油画又做雕塑。他在南京艺术学院的研究生班换过"脑"，抛弃了原来在西南师大时期"写实"的影响。当然王洪志本身就有一种叛逆的性格，80年代他就接触了现代诗歌并写了大量的现代诗。王洪志较早的《如歌系列》还有很大的抒情性因素，这也与他潜在的诗性有关。他把《诗经》中的"风""雅""颂"作为主题加以表现，其抒情可见一斑。当然，江南吴越软语中抒情特质也无不对他产生影响。在王洪志最具"叛逆"性质的作品中，我认为还是他后来的《戏虐者》系列，体现一种超越绘画语言的技巧灵性，显现了灵魂的结构或精神的结构。王洪志的《戏虐者》无论是造型还是表达语言和图式都具有某种"荒诞"的手段，从戏《虐者1》到《戏虐者6》都显示了画家设置的荒诞意向。这种荒诞感是针对当下的文化荒诞表现出的教判式的态度而为之的策略，不是对未来的预判。《戏虐者》的图式结果不在戏虐者本身，而是通过戏虐者，以人的存在方式展开荒诞的现象和本质。只有在体现和肯定了人作为"人"的存在这个意义下，思考当下的各种文化的或艺术的现象，才有其价值或意义。事实上一切"否定"都必须建立在对"人"的存在这个前提下展开，才会有价值与意义，否则就仅仅是牢骚而已。《戏虐者》在性质上既保持了架上绘画的风范及其图式和语言，又具有当代主义的重要特征，显示《戏虐者》的当代意义。王洪志的雕塑《人生》采用了同样的手段和语言图式，在展开的"荒诞"性中隐喻了人在社会中的存在性的问题。人的身份是文化符号，更是社会符号。人一旦失去身份，就意味着失去安身立命之根本。80年代蔓延的"寻根热"，不仅使我想到了乔伊斯的"流亡美学"和昆德拉作品中的国籍问题的忧患意识，都是对身份寻求与确认，实际上是借作品寻找身份的某种方式。这是西方后殖民文化的特征。王洪志的雕塑抹去了以人隐喻的某种真实性的身份，表现出了作者对文化身份的当代思考。

盛梅冰的油画形态和艺术语言在形貌上虽然与老一辈艺术家不同，但内在的不安分的气质(不是艺术气质)上却比较一致。盛梅冰在借用载体上选择了一些具有中国传统文化符号元素，作为传达某种内在于本土文化的符号又外在于当下世界文化语境中所"凝视"特征，使得这些本土文化符号的能指在更迭中发生所指的延异，扩展了解读原有符号的阐释意义。因而在符号表现的抒情性和人文气息中，充满了当下世界语境中的可解读特征。在盛梅冰的作品中我们依稀可见他受了当今走红的西方艺术家里希特的影响，当然不是色彩意义的影响，而是图式语言的征用层面，即图像的模糊性语言对图像的有效性表达，目的是在"国际语言"中具有通约性的可能，让"他者"在解读中减少误读或障碍。王立春的作品也有相似的"国际语言"问题，都有里希特痕迹，也提出了当代国人对"洋节"热衷的反向文化思考。吴维佳的图式和语言似乎更加叛逆于传统，拼图形的图式结构使人们容易与波普艺术联系在一起。这种后现代艺术语境中的"凝视"关系显示了南京艺术家在对待外来文化冲击时作出的某种主动反应，让我们看到了南京的第一代艺术家的那种叛逆性格的延续。或者说，南京当下艺术家被老一代艺术家所框定了的一个对待艺术的基本态度。在吴维佳的作品中，我们看不到叙事的结构，这种有意识地解构意义的深度带着明显的平面化的图式中，体现了比老一辈艺术家更大的叛逆性质。吴维佳偶尔也征用一些特定时期的文化符号，譬如他的《三原色》中隐含了"文革"时期的一幅宣传画作品《生命不息战斗不止》中的红卫兵形象。但是吴维佳把这一特定时代"大批判"的隐喻含义解构了。不仅如此，他的作品还用了其他一些手段来达到他解构目的，如《战士》(三联)、《三水操》等作品即是。

具有荒诞但图式不同的艺术家包忠，其作品也是值得我们关注的。我不知道他是否受到福科的知识考古的影响，但他作品中透露出的"怀疑"特质是显而易见的。朱智伟的雕塑作品似乎也有身份的问题，同时表达了人在社会或文化中的紧张与压力等的关系。消费社会和商品经济使文化平面化，使人成为消费的人，但精神层面的不断耗尽以及文化的内耗导致空洞,精神被异化或失去文化身份的矛盾在当下异常突出,人们失去面目或被挤压。人的存在方式问题被艺术家们提出来了。

这里我们还要特别提到的是雕塑家沈敬东。北京798艺术区可以看到他的很多作品,他是中国当代艺术界备受关注的艺术家之一。他的作品用消费的形式与商品社会结构的方式把理想主义和英雄主义结构了,把政治性很强的符号作为物质化外的消费形象,用卡通图式把"军人"和"政治人物"形象生活化。如他的《军人》系列作品征用了较强的政治性的符号,用一种相对比较戏谑的手段解读"军人"。其语言方面借用了卡通元素,将"军人"卡通化并大量复制,体现一种消费文化的痕迹。他的雕塑《开国大典》用同样的手段,对社会和政治等问题作了有意义的追问和关注,同时生活化了。

"80后"是当下人们普遍关注的一个问题,这不仅仅是一个年龄层的问题,也是被诟病最多的一个社会群体。在某种意义上80后是一个文化层的问题。他们首先创立网络文化语言,进行网络写作,故此又被评为写作的一代。他们身上有很强的现代与后现代的文化症候,同时又被90后指责为"历史"。画家陈少立的《80后》系列作品,提出了这个特殊的群体在社会结构中所凸现的文化问题。如果说陈少立的"80后"主题主要在80后对时尚追逐的表达,或者说是一个50后对80后的理解的话,那么80后的画家又是如何表达他们自己的视觉经验与生活感悟呢?毕业于四川美术学院雕塑写的冯且,成为南京艺术学院雕塑系一名专业教师,融入到南京的艺术文化环境中。他的作品以一种近似于漫画的形态和调侃的方式,但又比较严肃地表达了80后对人生某种经验的体验,甚至我们还可以感受到他的作品受到了魔幻现实主义的某种影响,把现实的体验引入一种不可名状的幻境中。如他的作品《初体验》《彼岸》《遇见自己》《意外》,都是80后自己表达自己的方式和体验态度,也反映了80后的某种特质。

当然,南京的艺术家中,也有在传承文化方面注重江南本身温润的抒情特质的艺术家,成就非常突出。陈世宁是抒情风格的代表。他接受了苏天赐风景元素中的抒情性,把江南地域对有灵秀的文化和温润的文脉作了更多的延伸,呈现出了与上述叛逆气质不同的艺术文化形态,也使我们看到了南京的多元艺术文化形态。

我们知道当代艺术的技巧本身不是艺术的本体意义，它仅仅是我们窥探艺术家隐秘的灵魂或精神的通道。因此它必须灌注于灵魂或精神的东西，即灵魂或精神就在其间。因为生命的体验总是在用自己独特的方式召唤灵魂或精神，由此挑战和解构一切既有的技巧，用自己独立的艺术语言或方式显现其灵魂或精神。真正有创造力的艺术家会感到现成的技法对灵魂是苍白无力的，对于充实自己的灵魂和丰满的精神，他人的技法同样显得匮乏与苍白。中国当代艺术家应该正视和追问这个问题。当代南京艺术家的作品以及他们所表达的理念显示了这种思考，这也是南京当代艺术家共同追求的一种当代倾向。不可否认，这种当代倾向是在当代世界语境中促成的，因而某些模仿的痕迹还是存在的。在未来的艺术实践活动中构建我们自己的文化问题与艺术问题所需的方式与观念，是中国当代艺术家以及我们南京的艺术家所面临和需要深度思考的问题。

【注释与参考文献】

[1] 刘海粟.艺术的革命观——给青年画家

【作者简介】

李倍雷，东南大学艺术学院教授，博士生导师，南京市文艺评论家协会理事。

民国时期——我国民间音乐发展巅峰

板俊荣

民国时期正是中国新旧文化体系、教育体系、思想观念等转型的紊乱时期。在新文化运动强劲地感召下,追随西方思想文化、艺术理念、教育体系之风首先在大城市兴起。此时,在西方文化思想的冲击下,中国传统文化在市民生活中逐渐衰微。在音乐文化领域出现了音乐教育、音乐表演和创作理念上的"新旧交替""中西对抗""中西融合"的复杂特点。以学堂乐歌为主的学校集体唱歌教学模式逐渐代替了师徒间"口传心授""心领神会"的中国传统教学模式。传统音乐的表演、传承方式逐渐在改变,以"一曲多变运用"的传统音乐创作思维和模式逐渐被西方"专曲专用"作曲体系所取代。西方的音乐理论体系、审美趋向、表演形式和音乐作品逐渐被中国人所接受,并与中国固有的音乐思想和理论体系形成了冲击、对抗和互补。

中国传统音乐主要指时代相传并不断融合和丰富着的本土音乐,它包括古代宫廷音乐、宗教音乐、文人音乐和民间音乐四个类型。其中宫廷音乐是服务于朝政及皇室的,以仪式音乐为主,且不断从民间音乐中汲取养分;宗教音乐深居寺庙或道观,多依附于宗教仪式,不具表演性和娱乐性特征,受民间音乐影响较小;文人音乐具有很强的艺术性,曲调和唱腔考究,曲词典雅,情感细腻,流传范围不广;民间音乐则是四大类型中最具代表、生动灵活且流传最广、群众基础最大的传统音乐类型。民间音乐体现着明显的时代特色和地域特色,且它们之间也总是进行着自觉不自觉的融合和借鉴。历史上,由于人口迁移、战争及民族融合等多种原因,各地民间音乐又体现了一定的变异性、交融性特点。时至民国,宫廷音乐不再延续;动荡的社会对宗教生活有一定影响,宗教活动减少,但宗教音乐的本质没有多少变化;随着士大夫阶层的逐渐消失,文人音乐从"阳春白雪"的神坛上走向民众,逐渐与"下里巴人"民间音乐融合;相比之下,前三类传统音乐此时总体上体现了消亡或式微的趋势,曾被历代忽视的民间音乐此时则迎来了发展的良机,且发挥着非常大的社会作用。其广泛的群众基础再次得以扩大,生动多变的本性适应了社会发展的需要,灵活的表现形式很快博得各社会团体的青睐。可以说,民国时期,民间音乐在整个中国历史铸就了其发展的辉煌巅峰。

我国的民间音乐是劳动人民在长期生产劳动中集体创作的音乐,其内容是以真实反映劳动者的生活情景、表达他们的情感和愿望为主。其来源是集体创作的,带有浓郁的乡土气息,基本通过口头传播,在口传心授的流传过程中体现了丰富的变异性等特点。

按照我国多年来对民间音乐的通行分类方法,民间音乐分为民间歌曲、传统器乐(民族器乐)、民间歌舞、戏曲音乐和说唱音乐五大类。这五大类除了个别少数民族音乐不能被科学地包括外,几乎涵盖了绝大部分民间音乐类型,尤其是汉族民间音乐。

一、民间歌曲

我国各个朝代的民间歌曲非常繁荣,这些形式多变、喻意深远、语言质朴、地方风格浓郁的民歌曲词曾对不同朝代的文学创作有着深远的影响。先秦《诗经》中的十五"国风"以现实主义之格调凸现了乡土气息;《楚辞》则开了浪漫主义文学创作之先河;汉赋及相和歌更是直接采自民间;"并出江南"的吴歌和"江汉之间"流行的西曲成为后世文学家研读的经典;时至唐宋,民歌为曲子和曲子词注入了鲜活的血液,使它们在风格上更加世俗化;民歌的强势影响让元曲走下了文人玩味文字的神坛;明清之际的里巷俗曲几乎成为当时音乐和文学的主流,对明清及以后的小说和戏曲创作造就了丰富的素材库。

在音乐方面,各朝代丰富多变的民歌曲调构成民间音乐的重要元素,也是其他音乐类型发展的基本源泉。一些传统的民歌曲牌在流传中被不同时代的文学家、音乐家和广大民众填入内容宽泛的曲词,演绎着它们丰富的内涵。

民国时期是我国整个社会生活发生巨大变化的时期,尤其在"五四"运动后,新文化运动把西方的科学技术、社会思想和文化理念带入中国,并得到比较广泛的宣传。从此中国社会结构发生很大变化,由原来宫廷和民间二元结构发展为复杂的多元化政治团体。各政治团体、各行业将民歌这种群众基础坚实的民间音乐体裁作为宣传载体之一,他们灵活运用了文人词调音乐中"倚声填配"之法,在人们熟悉的民歌曲调中填入能够表达其政治主张和思想内涵的歌词,形成"新民歌",并在其群体内外传唱,以达到团结力量、宣传思想的效果。

一首流传几百年的梳妆台调在清代以前以表达男女私情为基调,民国以后填入新词的歌曲多反映了社会问题:如辛亥革命后的填词歌曲《女革命军》(华航琛词)表达了女子英勇从军、不畏艰险、立志抗敌的情怀;抗日战争时期,填词歌曲《抵制日货》(佚名词)旨在发动民众抵制日货、共同抗日,倡导保护和发展民族经济;歌曲《芦沟问答》(田汉词,张曙曲)是对梳妆台调的曲调进行"加花"的改编歌曲;填词歌曲《缠足苦》(沈心工词)则是用歌声传达了古代妇女裹足的陋习,以沉闷、哀怨的曲调历数缠足给妇女们带来的不便和耻辱;梳妆台调填词的南京刻本"国耻时调"《爱国十杯酒》(佚名词),表现了解放思想的新女

田 汉

性在国难当头时挺身而出、戎装报国的豪情壮志。此歌与《女革命军》如出一辙,音乐情绪上一改前貌,给原来较平稳、舒缓的曲调注入了新的

活力。

当时,勤劳善良且饱受战争洗礼的劳动人民已经不能满足于传统民歌曲词所表达的生活和思想内容,他们立刻将民歌作为新式的文化武器,力求使自己熟悉的民歌曲调结合着时事和自己的情感继续传播在人们口头上,以"旧曲填新词"之"新民歌"形式来表达了自己的心声,并赋予民歌宣传革命、唤醒麻木、集结力量、反对封建束缚、抵制侵略、破除迷信、揭露愚昧等功用。这一潮流是积极的且产生了极大的社会影响。当时有大量的填词歌曲产生,在传播中成为脍炙人口的文化武器,在不同政治区域内发挥着积极的作用。

在解放区,由于民主政府对大众文化的提倡和关注,编唱新民歌不仅成为农民兄弟保持的传统,同时也是许多进步市民追求的时尚,他们将自己熟悉的曲调与现实生活紧密联系。当时一旦获得新曲调,便很快有了新词填入,且能迅速得以传唱。城市和广大农村经常性的传唱和集体歌唱活动反过来又促使了更多新民歌的产生。当时的"民主政府和人民军队宣传文户部门的号召是新民歌的动力之一,文艺团体的活动是民歌编唱的又一支力量。……这些新民歌在大革命时期的根据地和抗日战争、解放战争中成为当地歌曲的重要内容,对社会文艺、音乐生活和宣传鼓动起了很好的作用"[1]。

在新民歌发展的大背景下,教育界深受其影响,一些家喻户晓的民歌曲调被填上积极向上的新词,作为音乐课的主要教学内容,在唱歌课的教学中传唱。当时出版的教材较多,其中收录了较多填词的新民歌,如《共和国民唱歌集》(1912年,华航琛编)、《新教育唱歌集》(1914年,华航琛编)、《心工唱歌集》(1939年,沈心工编)等等。著名教育家陶行知先生曾根据南京晓庄一带的民间歌曲曲调填写《锄头舞歌》《镰刀舞歌》等歌词,这些歌词"具有鲜明的思想内容和教育意义,同时又有大众化、通俗化的特点"[2]。《锄头舞歌》中"以锄头喻作农民,唤起农民铲除'野草',争取民主自由的觉悟"[3]。《镰刀舞歌》中表面上似乎在描写"妇女割草为烧锅",可曲词中"春风吹又生""留下种子多"则暗示了坚定意志或革命信念。这些新民歌在学堂乐歌中占有很大比重,且成为今天在民众口头传唱的活文学,继续影响着今天的音乐和文学创作。

有的新民歌也不全部是民众集体创作所得,一些新音乐工作者收到西洋音乐的创作技法的影响,在学堂乐歌的启发下,结合自己的实践体会和当时已经传唱的民歌曲调的风格,创作了不少新的歌曲,但和以后的歌曲创作不同,他们所创作的这些歌曲并没有署名,我们今天也把这部分歌曲归为新民歌一类。

新民歌的曲调也为新音乐文化的创作(尤其是歌曲创作)产生了深远的影响。新填的歌词为许多旧有民歌曲调赋予新的生机,作曲家对人们所熟悉的民歌曲调进行改编、填词,进而把它们发展成为具有强劲影响力的群众歌曲。

二、歌舞音乐

歌舞音乐在我国音乐历史上占有重要的地位,它最大的特点就是载歌载舞、歌舞结合,多是"歌、舞、乐"三位一体的表演形式,具有综合性音乐的特点。其中歌唱的部分主要来自群众基础很好的民歌,尤其是民间小调,具有浓郁的地域性特色。曲调歌唱性很强,多以二、四拍子为主,且以强起强收居多。用以歌唱的曲调结构匀称,多是单歌反复结构。舞蹈部分节奏鲜明、动作多变。乐器伴奏的规模和组成原则有着明显的地方差异,南方以丝竹乐器居多,风格细腻、活泼;北方是丝竹间小型吹打为主,演奏的风格刚健、粗犷。

歌舞音乐上起原始乐舞,它"首先是一种社会文化符号形式,其次才是艺术符号形式。原始乐舞中至少包含有社会性——'史'的因素;文学性——'诗'的因素;音乐性——'歌'的因素和舞蹈性'舞'的因素四者在内"[4]。原始乐舞的类型主要是巫觋舞、傩舞、祭祀舞等。到了夏、商、周时的奴隶社会,"我国古代乐舞的形式内容尚受到经史与艺术的双重约束,在社会功用上,一只脚还未脱出图腾、巫傩等原始神权的拘绊,另一只脚又跨入了封建王权的樊篱"[5]。当时除了宫廷里表演的"六代之舞"外,还有"散乐"和"夷乐"中包含的乐舞音乐。从汉魏到唐宋,"百戏"音乐盛行,各种歌舞音乐经常在节庆活动中表演。民间音乐贴近统治阶级的审美需求,各种民间风格浓郁且与少数民族乐舞得到较好融合和借鉴的歌舞音乐经常在皇室、接待礼仪或宫廷宴会上表演。其形式更加灵活多变,内容较前更加丰富,其中夹杂了杂技、武术、滑稽戏、角抵戏等内容。尤其在唐代,随着职业艺人队伍的逐渐壮大,歌舞音乐的表演水平也得到了空前提高,"有力推动了民间舞蹈由自娱性、群众性向表演性、职业性发展转化的过程,从而产生了由宫廷到民间、由都市到乡村,文艺舞台皆由歌舞表演独领风骚的局面"[6]。其风格上有了"健舞"和"软舞"之分。宋代歌舞音乐逐渐向具有故事情节的戏曲音乐方向发展。元、明、清时期随着戏曲音乐的兴盛,汉族的歌舞音乐逐渐在专业表演的舞台上衰落了,又紧缩到原来的三五个人组成的小型表演模式,并且表演的场所主要集中在城镇的集市和乡村,甚至是走街串巷的流动性表演。其类型主要有花鼓、莲花落、采茶舞、秧歌、打莲厢、跑旱船、竹马灯等,有的还是艺术乞丐行乞的"玩意"。同时少数民族的歌舞音乐在各地得到繁荣,经常在各种民俗活动或民族性庆典和大型礼仪场合表演。

到了民国,民间歌舞继续活跃,出现了专业文艺团队的职业歌舞表演和民间节庆性自娱歌舞活动,其中一些民间歌舞表演受到西方戏剧及中国传统戏曲的影响,强化剧情,具有叙述性特色。此时,除了少量寄居在城市街头以反映落后、腐朽的社会生活外,大部分民间歌舞的内容积极地反映了时代特征,许多歌舞具有进步的教育意义。以幽默、风趣、滑稽、讽刺等风格倡导科学,宣传自由平等,贬斥落后的封建思想,取笑奸诈的商人等。在北方,秧歌盛行,人们对秧歌的热捧可以民谣为证:"听见锣鼓点,放下筷子撂下碗儿听见秧歌唱,手中的活儿放一放,看着秧歌扭,豁上老命瞅一瞅。"在延安,秧歌的发展由大、小场表演发展为内容比较复杂的秧歌剧,秧歌剧的发展直接促成了中国歌剧的诞生。

在中部及东南部一带,花鼓、花灯和采茶成为民众热衷的民间歌舞音乐。表演时少则两三人,多则几十人,有的还发展成为结构较长的歌舞戏音乐。民国时期,社会动荡,战乱使许多人无家可归,于是,沿街行乞的人多了,他们"身背花鼓走四方",也将花鼓、采茶等民间歌舞传至全国各地。左翼知识分子们积极运用民间歌舞音乐的表演形式,创作一些宣传抗日及民主思想,与当时部分娱乐场所流行的低俗小调对抗。

为加强学校音乐教育,黎锦辉、陶行知等音乐家、教育家们积极改编和创作民间歌舞音乐,并在学校排演,将源自民间的歌舞搬上了学校的舞台,深深地吸引着师生和群众。黎锦辉成功创作了24首儿童歌舞剧,其中《麻雀与小孩》《可怜的秋香》《三个小宝宝》《小小画家》《努力》等作品成

1918 年 4 月黄炎培与陶行知等友人在明孝陵留影

为当时学校音乐教学的主要内容。陶行知在晓庄学校,正月初一邀请附近民众开联合会,初二"学校与民众联合,扮出七十二行来了……游行临近各村。到了一处,装农夫的唱农夫歌,装乞丐的就唱乞丐歌,到了赌博的地方唱戒赌歌,到了吸大烟的地方就唱戒烟歌。都是劝人改邪归正意思。那各村的民众,有放炮接迎的,有备茶点接迎的。这又是民众与学校打成一片了"[7]。在学校教育中,陶行知非常注重歌舞与戏剧的结合、表演与教育的结合、艺术与素养的结合、学习与实践的结合。

三、民族器乐

传统器乐是从早期"歌、舞、乐"三位一体的综合性原始歌舞中逐渐独立出来的,到了西周才偶尔获得间插在大型歌舞中"不歌不舞"的独奏地位。传统器乐包括乐曲和乐器实物,由于记谱法的滞后和不完善,在汉魏之前,除了个别古琴谱外,尚没有其他器乐作品留世,当时演奏的情况也仅仅散见在一些文学作品中。关于乐器实物,则随着出土文物的增多及音乐考古学的发展,越来越多的乐器被发现和测定。

在先秦之前我国就有 70 余种乐器,并按照乐器的制作材料分为"金、石、土、木、丝、竹、匏、革"八类,简称"八音"。曾侯乙墓葬出土的先秦乐器为研究当时的乐器形态和构造提供了非常有价值的参考。"以矩为美"的大型钟磬乐器和庞大的乐器组合形式奠定了当时器乐发展的基本模式。到了汉魏南北朝时期人们多操纵轻便的小型乐器行进在出行的鼓吹乐队中,民间也流行小规模的乐器表演。古琴音乐发展成熟,留下了数部极其珍贵的乐谱。琵琶通过丝绸之路传入中原,产生了一批演奏家和作品。隋唐以来,随着"西乐东渐"之结果,使外族器乐与汉族器乐达到很好的交流和融合,从宫廷到民间都掀起了崇尚少数民族音乐的热潮,正如白居易《杨柳枝词》所说:"城头山鸡鸣角角,洛阳家家学胡乐。"此时,琵琶音乐得到长足发展,演奏技巧和琵琶制造技术有了很大程度的提高,又涌现了段善本、康昆仑等著名演奏家和《六么》《霓裳羽衣曲》等琵琶曲。更为重要的是,此时擦弦乐器奚琴问世,它不仅使我国乐器宝库迎来了新兴的一族,改变了乐队的编制和组合形式,其声音更加接近人声,使得它一出现就迎合了人们的审美趋向,并以非常强劲的势态得到更大程度的发展。宋、元、明、清时期器乐独奏艺术继续发展,民间乐种不断出新,乐器种类发展更加繁荣,乐谱刊印为器乐传承提供了可能,乐律学的发展为器乐演奏中的调性变化提供了方便,在民间艺人的努力下,民间习俗中器乐表演成为习惯,形成了地方性器乐乐种,积累了相对丰富的乐谱资料。

民国时期,传统器乐发展主要体现在民间艺人班社和城市器乐社团两个方面。一些地方性乐种继续坚持了以往班社式的常规活动,艺人们定时集聚在一起,演奏本乐种的代表性器乐作品,有合奏也有独奏,时而还为部分戏曲、曲艺及歌曲演唱伴奏。此时,昔日大型器乐合奏光彩已经被地方色彩浓郁的小型合奏形式所掩盖。江南丝竹、广东音乐、北方吹打、潮州音乐、舟山锣鼓、西安鼓乐等地方乐种层出不穷,并在各地影响广泛。另外,部分流浪艺人的流动性演出也很具代表性,他们有的三五成群,有的单独表演。他们除讨要生活外,也为器乐的发展传承作出了贡献。

"辛亥革民后,在上海、天津、济南、无锡等城市还有一些专门从事民族器乐演奏(包括一些昆曲的清唱)的乐社,如无锡的'天韵社'、上海的'文明雅集''钧天集''清平集',以及济南的'德音琴社'等等。这些乐社的活动,对我国传统民族乐的保存、发展和交流也起到了促进作用。"[8]

这些器乐社团有些类似于西方的文化沙龙,乐社中不仅仅是从事演奏的乐人们,还有部分学者及爱好者,大家除了演奏器乐作品外,也进行一些民间器乐的乐谱整理及器乐文化的研究工作。

四、说唱音乐

说唱音乐是集文学、音乐、表演、歌唱和韵文为一体的综合性民间音乐门类,也是我国特有的音乐艺术形式,其历史悠久,源远流长。

荀况的《成相篇》记述了汉代说唱音乐的表演形式,山东出土了汉墓说唱俑,成为说唱音乐的造型物证,虽然其表演类型和音乐本体无法推知,但证明说唱音乐在当时已比较流行了。

说唱音乐正式形成是以唐代的变文为标志的。

时至宋代说唱音乐基本趋于成熟,以鼓子词、诸宫调、唱赚、陶真和涯词等为主的说唱音乐非常盛行,在很大程度上影响了后来的元杂剧、明传奇及当时的戏曲音乐的诞生和发展。

到了元、明两代,尽管统治阶级一再下令禁止民间音乐的演出,但说唱音乐以其顽强的生命力在民间继承了前代的表演传统和作品,并有了新的发展。陶真的音乐性和情节化发展,赋予其比较强的表演性。新出现的词话和弹词更是以新鲜的活力吸引着听众。

到了清代,随着交通和商业的发展,促进了民间音乐的流动,也促使部分说唱音乐的商业化进程。寄居在茶楼、酒馆、妓院、书场的艺人和歌妓们把说唱音乐进一步细化,使其形成了南北两大派系,南方以弹词为主,北方则流行大鼓。清代说唱音乐对各地的曲牌和民间曲调汲取很多,有的是单曲变化重复,有的是多曲联章。说唱音乐在清代发展较充分,许多剧目和曲谱都留存至今。

到了民国,说唱音乐以紧密联系时事为特点,积极、准确且灵活地反映了现实生活,在专业演员、编剧和音乐家的共同努力下,创作、演出了不少表现近代社会时政的作品。如天津时调《直奉战》、西河大鼓《科学教育》、北京单弦《秋瑾就义》等等。还有许多说唱音乐由农村进入城市,在这个过程中逐渐成熟,在不断的演出中影响扩大并逐渐职业化、商业化,还在交流和借鉴中得到提高。但同时也随着城市音乐审美趋向所使,个别影响较小的说唱音乐种类由于没有得到及时发展而退出了历史舞台。

与以前相比,此时职业艺人增多,各曲种的传播范围扩大了,之间的交流和融合加强了,艺术性自然就提升了。尤其在对戏曲音乐的借鉴中,说唱音乐在声腔、伴奏、结构等方面都更加系统化。北方的大鼓逐渐流传至南方长江流域,南方的弹词也借鉴了其剧目和表演。说唱音乐这种群众喜闻乐见的艺术形式深深地吸引着革命队伍中的文艺工作者,他们创编反应战地情况的新词,宣传革命,团结力量。如运用广东粤曲创编的《革命武装歌》《沙基惨案》《夜吊沙基烈士》等,西河大鼓创编了《科学救国》《中山纪事》《减租减息》《大生产运动》等剧目。

在南京,教育家陶行知也能把说唱音乐成功地运用于实际教育活动中。他觉察到"农民最喜欢的还是说书","组织每周一、三、五晚由邵仲香主讲《三国演义》,二、四、六晚由夏孟文主讲《精忠岳传》。他们还把故事中的人名、地名、物名写成字,教农民识字块,逐渐把中心茶园变成了一个内容丰富、生动活泼的农民夜校"[9]。陶行知创办了"晓庄剧社",并组织、引导学生们进行话剧的创作和演出,其中也包括部分民间说唱音乐作品。晓庄剧社与田汉组办的"南国剧社"成为活跃于长江中下游一带的主要剧社,曾名噪一时。后来,在重庆的育才学校,陶行知组织音乐组、戏剧组的学生改编、创作、表演一些简单的说唱音乐,在筹集办学资金的同时积极宣传了民主革命。

五、戏曲(剧)音乐

戏曲是文学、器乐、歌唱、舞蹈、表演和舞美等紧密结合的综合性舞台艺术形式,它也融合了民间歌舞、杂耍、武术等传统民间艺术。与民族民间音乐中其他门类相比,戏曲诞生最晚。唐代及之前是中国戏曲的萌芽期,一些具有情节民间表演偶有戏曲的某些特征,但毕竟不是戏曲表演。宋代以来,在文学、民间歌舞和韵文等不断发展的基础上,南方崛起了戏曲——南戏。它综合宋代及之前的诗歌文体,汲取民间小调的音乐元素,赋予舞蹈表演喻意性,强化了声乐表演的系统性,丰富了歌唱形式,最后将所有的音乐元素与表演门类融合起来,服从了剧情表现的要求。戏曲艺术在宋元时期产生了许多剧种和作品,留存至今的更多是戏文和文学描述,曲谱虽有,但数量不多。

　　明清时期是中国戏曲逐渐壮大和进一步发展的重要阶段。戏曲将流行在民间小调曲牌联章,构成了曲牌体戏曲音乐。明代戏曲的声腔更加丰富和系统化,出现了弋阳、余姚、海盐、昆山四大声腔体系,各种声腔各有特色,在流传和发展中也出现了自身的改革和互相交融的现象。昆山腔在上层观众的扶持下,在魏良辅和梁辰鱼等人的改革和创新下逐渐成为剧坛霸主,被认为是戏曲正声,使昆剧在南方产生很大影响,产生了汤显祖、王实甫等伟大的剧作家和《牡丹亭》《西厢记》等经典剧目。明末清初,在北方逐步形成了以板腔体特点的梆子腔戏曲音乐,其舞台表演和程式基本沿用了南戏的模式,但曲调主要来自西北等地的民间曲调,音乐高亢激越,气势磅礴,唱腔豪放直爽。音乐上由一个基本曲调按照角色要求和剧情变化来变换板式、速度、调式等元素,以追求风格的统一性。按照情感表现,其声腔又有"苦音"和"欢音"之分。

　　这时戏曲发展的重要成就之一便是京剧的诞生,它是在综合了汉剧、徽剧、昆剧和梆子腔等戏曲艺术之大成,吸取北方民间歌曲和歌舞音乐的养分,通过认真改造和统治阶级的扶植而很快成型的戏曲剧种,它一诞生便以强劲的实力得到充分发展,并代替了昆剧在我国长达几百年的地位。京剧的唱腔是以"皮""黄"为主,皮黄合流可以充分表现上下对称的诗赞体文词,其音乐也属于板腔体。京剧问世后,在进一步发展中产生了许多著名的演员、琴师、剧作家和优秀的曲目。以比较严格的师承关系所遵循的唱腔流派曾是当时和以后票友们追随的典范,各流派在交流中相互借鉴,共同促进了京剧艺术的发展。在国剧京剧产生的同时和前后,各地都出现了具有浓郁地方特色的戏曲艺术,如湘剧、桂剧、吕剧、赣剧、川剧、祁剧等,这些地方戏曲深受当地人们的喜欢,共同构成了我国戏曲音乐一片繁荣的景象。自此以后,观看戏曲表演成为民众的重要娱乐活动。

　　民国时,尤其在五四运动前,京剧迎来了发展的黄金时期,四大名旦、四大须生等名角把京剧艺术从成熟引向考究型方向,随后各个流派的相对封闭性和交融性并存,细腻考究的唱腔、过于程式化的表演、陈旧的曲目又使京剧艺术与当时的新文化拉大了距离。在新文化思潮的影响下,一批文豪、戏剧家和思想家对古老剧种中的某些元素进行了抨击。另外,城市商业化的演出导致部分剧种的曲目自身降低了艺术性,创作上有拼凑杂耍或以低俗文词获得廉价掌声的现象。再加上当时的时局混乱、战争不断、西方音乐文化的冲击等因素，除了昆曲在南方又有新发展外，许多古老剧种都趋于衰落。

相比之下，灵活生动的地方小戏在辛亥革命以后则有了更加引人注目的发展。评剧、扬剧、楚剧、沪剧、越剧、花鼓戏、黄梅戏、花灯戏等地方小戏在各地民间歌舞的基础上纷纷诞生。这些新兴的小戏普遍具有规模较小、一角多扮、歌舞相佐、伴奏和唱腔简单且口语化、生活化等特点。内容上多反映下层劳动人民的生活，也涉及在民间长期流传的故事、传说等；演出形式灵活生动，曲调丰富，唱词幽默，有的还是以女演员为主的新兴剧种，如评剧、越剧等。

总体上来说，辛亥革命以后，中国传统文化受到较大冲击，但民间音乐则在比较混乱的社会环境中得到了长足发展，以前没有得到重视甚至被蔑视的民间音乐在各社会阵营中都发挥了积极作用。除民间器乐外，其他四类民间音乐均被填词改编，成为宣传思想、娱乐民众、团结力量的重要载体。创作者借用人们熟悉的曲调达到了高效宣传的目的，同时也为民间音乐的发展创造了机遇。

【注释与参考文献】

[1] 孙继南、周柱铨.中国音乐通史简编[M].山东济南.山东教育出版社,1993(5):235—236

[2][3] 孙继南、周柱铨.中国音乐通史简编[M].山东济南.山东教育出版社,1993(5):418

[4][5] 袁静芳.中国传统音乐概论[M].上海.上海音乐出版社,2000(10):65

[6] 袁静芳.中国传统音乐概论[M].上海.上海音乐出版社,2000(10):68

[7] 吕镜楼.利用年节对民众应有的活动[J].泊声,1933(2):11

[8] 汪毓和.中国接近现代音乐史[M].人民音乐出版社,2002(10):13

[9] 徐明聪.陶行知评传[M].安徽合肥.安徽教

育出版社,2001(10):60

【作者简介】

板俊荣,南京晓庄学院音乐学院副院长,副教授,江苏民间音乐研究所所长。

辛亥革命后崛起的中国电影

张永祎

　　当电影进入中国的时候,中国社会还处在大清王朝慈禧太后的独裁统治之下。这位"老佛爷"也喜欢赶时髦,邀请洋人电影放映师到皇宫里给她老人家放映专场。不想初时的电影胶片是超级易燃品,意外竟然真的发生了:专场放映失火了!这一下惹恼了专制的"老佛爷",她立刻下令从此不得再有电影进入中国。如若不是辛亥革命推翻了几千年帝王在中国的统治,那么慈禧太后的禁令会一直有效,"中国电影"这个词组恐怕就不会出现在世界上,至少也要推迟几十年。辛亥革命之后,尽管中国仍然处在一次又一次的战争与灾难之中,直到 1949 年中国共产党夺取政权,建立崭新的中华人民共和国。在这一特殊时期,中国电影的发展却是一种奇迹,达到了某种巅峰状态。今天,在纪念辛亥革命一百周年之际,我们来客观地回顾梳理,一定能发现那时的中国电影各方面水平绝不在同期世界水平之下。

现实主义——从缘起到巅峰

　　虽然在 1905 年中国人拍出了自己的第一部电影《定军山》——仅仅是京剧名角儿谭鑫培演出《定军山》的记录,但是中国人自己拍摄的第一部故事短片《难夫难妻》就已经是很典型的现实主义作品了。因为清宫的禁令，从《定军山》到《难夫难妻》，中间间隔时间长达八年，直到辛亥革命推翻清王朝，中国电影才又重新出头。完成于民国二年，也就是1913年的《难夫难妻》，内容正是对封建王朝的嘲讽与揭露。故事描写两个封建家庭为子女指腹为婚，孩子长大后，父母意欲为其完婚，但女孩子发现男孩是一个吃喝嫖赌的浪荡子，坚决不嫁。此时适逢辛亥革命，清朝皇帝退位，小姐终于得以自由。这部由郑正秋、张石川导演的早期作品，对中国电影来说是一个良好的开端，体现了中国电影人极高的社会观察力和及时揭示社会历史的能力。在1914年开拍的影片《黑籍冤魂》则以更长的篇幅，通过一个封建大家庭的少爷，因嗜吸鸦片而家破人亡的故事，真实而又深刻地控诉了洋人向中国贩卖鸦片的罪恶，揭示了鸦片对中国百姓的摧残和对中国社会的危害。由幻仙影片公司独立制作完成的这部影片，是导演张石川和管海峰根据轰动上海"新舞台"的同名文明戏改编，完成上映后，立刻引起了比原文明戏更大范围的轰动。

对于这部影片，史学界有如下几点评价：一、幻仙影片公司的建立并投入生产，代表着中国自主制作电影的开端；二、影片以民间集资的方式拍摄，开创了中国电影市场化运作的先河；三、影片的社会批判性，具有较

电影拍摄现场，摄影机和现场录音设备相当先进

为深刻的现实主义文艺特征,这种创作方式早于后来西方的某些艺术流派,比如"意大利新现实主义";四、影片有了较为完整的故事情节和人物关系,为后面的剧情长片的创作打下了良好的基础。

而对中国人来说,最为熟悉、最为喜爱的现实主义佳作当属上世纪三、四十年代的一批作品,如《新女性》《丽人行》《劫后桃花》《八千里路云和月》《一江春水向东流》《万家灯火》《关不住的春光》《希望在人间》《三毛流浪记》《乌鸦与麻雀》等一系列影片。

拍摄于1934年的《新女性》是影星阮玲玉的代表作,讲述一位知识女性遭遇婚姻失败后,想要继续坚持自主生活却遭遇更多的苦难,最终走上自杀之途的悲剧故事。影片以纯朴的现实主义手法描写了一个不良社会状态下苦苦挣扎的下层女子形象,产生了强烈的艺术感染力,其批判力度十分尖锐。巧合的是,女演员阮玲玉竟然也与影片中人物一样,最终也遭遇了自杀的命运。影片至今都具有相当的警示作用。

1935年出品的《劫后桃花》是第一代电影编剧洪深的最重要的作品。影片可谓那个时代的"史诗巨片"。通过一个封建家庭的没落及其人事沧桑,表现了从1897年到1922年这25年间的世道变迁。表现中国人所经历的德国帝国主义占领、日本帝国主义侵占、军阀统治等几个阶段的苦难现实,同时深刻揭示了中国的封建主义和外国列强对中国人的双重伤害,还影射了当时的国民党政府的无能与腐败。

1947年2月出品的《八千里路云和月》,编导史东山,影片同样以现实主义手法表现两个爱国青年在抗战期间和胜利后的艰苦历程及其颠沛流离的生活,深刻反映了战时和战后国民党统治区社会生活的真实面貌。影片以详尽的笔墨刻画了一个音乐家的热情和奔放的个性,一个时代青年对爱情的真诚和投入。在真实展现一个兵荒马乱的年代的同时,还细腻描写了一对年轻恋人的真挚爱情。演员陶金和白杨以淳朴的形体和语言,把那个时代的恋人形象塑造得淋漓尽致。

1947年10月出品的《一江春水向东流》,编导蔡楚声和郑君里,影片以更为曲折动人的故事,为观众真实再现了抗战前后十年间复杂的中国社会现状。编导巧借一个家庭的聚合与离散,来揭示在民族危难关头,整个社会的纷繁与动乱,鞭笞罪恶,伸张正义。影片运用多重艺术手段,通过男主人公张忠良的蜕变过程,展示了更为广阔的人生画面。影片依旧

《一江春水向东流》剧照

由陶金和白杨联手演一对患难夫妻,不同的是,陶金在影片中不再是忠实于爱情的"好人",而是一个因为时间的变迁而不断变化的复杂男人。张忠良这个人物,从朴实能干的丈夫,到混迹于官场、商场、情场的纸醉金迷之徒,是社会的黑色染缸让其变了颜色。陶金很好地体现了张忠良这个小资产阶级知识分子固有的软弱性及其双重性的性格特征,细致入微、分寸适度地传达出了人物由积极抗战走向腐化堕落的各个阶段的矛盾心理和内心纠结,将软弱动摇的小资产阶级面貌刻画得惟妙惟肖。

1949 年解放后完成的《乌鸦与麻雀》更具轰动效应。该片开始创作于解放前的 1947 年,因其题材涉及当局的敏感神经,国民党以"鼓动风潮,扰乱治安,破坏政府威信,违反戡乱法令"罪而下令"即停拍"、实施查封。直到解放后创作者才继续将其完成,公映便立即产生巨大反响,获得 1959 年文化部 1949～1955 年优秀影片一等奖。

影片以在上海做投机生意的伪国防科长侯义伯强占民房又强迫房客搬家和住客们设法对付为中心事件,借助一幢弄堂楼房里的几个家庭的不同人物,尽情展现了危机情境中的众生相。这些角色中有狡猾恶毒的国民党小官僚、忠厚老实的中学教员、爱耍小聪明的小摊贩等等。这些人物本来住在一起也相安无事,但腐败政权的摇摇欲坠带来了社会的动荡不安,于是,小楼中的住户们便开始了各自的挣扎与相互矛盾。他们每个人打着自己的小算盘,最终却敌不过社会的大势所趋,最终个个幻想破灭。影片中一个个鲜活的人物让观众真切感受到一个崭新时代的必将到来,一种罪恶社会的必将灭亡。

艺术追求——从《狼山喋血记》到《小城之春》

如果说上世纪三、四十年代的现实主义作品一直激励着中国电影人的创作激情,是为中国电影之骄傲的话,那么,在同一时代出现的少数艺术特质非凡的隐喻性作品,却很长时间并不被理论界认同,也难以为观众所认识。这里主要解析《狼山喋血记》与《小城之春》两部作品。

《狼山喋血记》拍摄于1936年,由联华影业公司出品,编剧沈浮,导演费穆,主演洪警铃、黎莉莉、白璐等。尽管今天的史学界已经确认其为上世纪30年代"国防电影"的优秀开山之作,但在影片公映后的相当长时期,尤其是解放后及其"文革"时期,那是绝对不能提及的"黑色作品"。导演费穆赋予影片独特的艺术内涵,以寓言体为叙述方式,借"野狼"肆虐村庄、猎户团结打狼的故事隐讳表达了抗日主题。其实在影片公映之时,导演费穆的艺术手法虽然不为普通观众所接受,票房一般,但评论界反响却十分热烈。当时的影评人将之誉为"在中国电影史上开始了一个新的纪元"。影片中的茶馆老板赵二是一个顽固的封建势力和汉奸嘴脸的代表人物。在"狼"频频入侵人类村庄时,他却在自己的茶

1936年2月,费穆与《狼山喋血记》小玉的扮演者黎莉莉在外景地合影

馆内夸夸其谈,认为狼是"山神"管的,是打不完的,只能靠画符念咒,才能驱逐。他甚至还要求人们去付出生命的代价,来满足狼的一些要求,说这样才能让大家"得到安逸"。

影片的象征意义十分巧妙:当那位赵二正在极力向大家鼓吹到土地庙去求神许愿之时,镜头中却不断闪现着狼群,这狼群就象征着日本侵略者竟然在光天化日之下横行乡村。影片公映之后的社会现实竟然残酷地印证了其内容的正确性:过了8个月,1937年7月7日,日本发动"卢沟桥事变",正式全面入侵中国,果然实施了豺狼横行中国的罪恶。

经历了历史的验证之后,这部艺术隐喻之作才体现了自生的真正价值所在。

《小城之春》拍摄于1948年,由文华影片公司出品,编剧李天济,导演费穆,主演李纬、韦伟、石羽、崔超明等。影片以一座僻静的小城里的男女奇异之恋,表达着一种世外桃源般的人生追求。影片以古老的城墙为象征,表现了一种封建古国的陈旧与顽固。相敬如宾的夫妻原本过着平淡的生活,但是丈夫好友、一个外来的医生的突然造访,打乱了这种家庭格局,妻子与医生早有前缘,如今是断情再续,那种青春冲动的天性,却又有着不敢越雷池一步的胆战心惊。导演费穆以他特有的声色叙述,为观众讲述了"一种相思两样愁"的小城故事……

影片的时代背景其实正是如火如荼的解放战争,但编导居然能够置战火纷飞、风雨飘摇的局势于不顾,甚至对巨变前夕的中国人的现实状况充耳不闻,反而能够静下心来聚焦于小城一隅,尽情地饱餐着桃源仙境里的道道美景,专心致志地对几个心绪不宁的人物进行实验室里的洞幽烛微和手术台上的条剖缕析,给人以一种浮游于世、超然物外的感觉,就连在小城里生活的人们都被他给虚化掉了。这真实吗?肯定不真实。但费穆这样处理自有道理,似乎是在有意鼓励人们与现实拉开距离,奋不顾身地投入到他所创造的审美境界之中。这就必然导致影片中解放之后不被重视,难以得到客观公正的评价。

于是,《小城之春》在诞生之后便屡遭厄运,人们群起而攻之,矛头直指影片中弥漫着的那种小资情调,还有人愤怒地控诉费穆脱离政治、忘却时代,严重缺乏现实意义。其实恰恰相反,影片并没有超越那个特定的时代,只是没有像其他影片那样直白地将镜头对准现实的人生,而是在深层次上与时代进行联通,极其巧妙地以一种封闭空间中的人性化故事来展示中国旧道德论理对人性的束缚和爱欲的挣扎,而这种欲说还休、发乎情止乎礼的情感,正是中国知识分子跨越时空的自我感觉和情绪认同,以至今天看来这种情感的揭示仍具有一针见血的穿透力和未见褪尽的深刻性。

好在时过境迁,如今,当人们回过头来除去有色眼镜,再次来观赏这部艺术佳作的时候,就不能不被其艺术的高超韵味所打动。一个荡气回肠的爱情故事变成了心理聚焦的情绪特写。从一般意义讲,男女主人公的相遇、相爱、相难、相分过程,几乎共冶人物情绪于一炉。女主角的心理变化成了这些情节的发射点,导演别具匠心地用第一人称来表达主人公的内心世界,用她的旁白来结构全篇,使一气贯注的情绪流淌在人物的所见、所闻、所感、所思上,让人们在不知不觉中跟着她的感觉走,有了一种近似回忆般的朦朦胧胧的主观感受。

故事片的美学特征是以情节为中心的,如何在情节之中注入情绪,或者说在客观的叙述中平添几分主观的感觉,是一般导演所常见的追求。而费穆竟能够将情节和情绪颠倒过来,即把情节奠基于人物情绪的基调之上,让男女主角的气息感染着情节的进展,也同时感染着每一位观众。导演孜孜以求的那样一种艺术的叠加,让人不得不从中产生思考,这正是其取得成功之所在。人们津津乐道地就是《小城之春》那经典的开头。影片通过玉纹的独白,配合一组平行蒙太奇,只用简约的几笔就勾勒出了小城的概貌:一道城墙隔绝了城外模糊的春意,只见城内疏桃浅巷,残垣断壁,老仆、药渣、病人等艺术符号的出现,让人们一下子就扑入了"国破山河在,城春草木生"的境界,这种疮痍满目的轻描重写也为"春风吹又生"的生命活力预留了伏笔。因此,今天客观地分析,这个镜花水月一般的悲剧,难道真的与其表现的时代无关吗?它只不过是一种隐喻罢了!

浪漫主义——"鸳鸯蝴蝶派"

这是一个曾经被"批倒批臭"的艺术流派。它最早是纯文学的,其主要特征就是一批文人创作的,以才子佳人情节为主体的,各色各样的爱情小说。当时广受市民欢迎,被称之为"鸳鸯蝴蝶派"。而这批文人中又有相当的人转而将其作品改编成时尚电影,又使"鸳鸯蝴蝶"逐渐成为电影流派。在中国电影史上,这个流派留下了大量的作品,有资料显示:仅仅从 1921 年到 1931 年的 10 年中,中国各影片公司拍摄了共约 650 部故事片,其中绝大多数是由"鸳鸯蝴蝶派"文人参与制作,或者是这一派小说内容的翻版。这些电影与其文学作品一样,一出现就能广受欢迎,甚至有相当的电影插曲至今还在风行传唱。但是,这些作品确实遭过不公正的待遇,这些作品的创作者们和他们的作品一样,甚至遭遇了生活的不幸。

"鸳鸯蝴蝶派"的代表人物有包天笑、张恨水、周瘦鹃、范烟桥等,他们都是从小说家转而电影编剧。因此,他们带着自己的"鸳鸯蝴蝶"作品,从文学转而影片的。现在,历史已经翻过了一页,我们可以用客观公正的眼光来看待这些作品,自然就会发现这些作品的历史价值。

1924 年的《玉梨魂》是最早一部改编于"鸳蝴小说"而取得巨大反响的电影,由郑正秋编剧。该片以女性的不幸遭遇为卖点,讲述年轻的寡妇梨娘与儿子的老师何梦霞相爱,但因为自己的寡妇身份,她强制自己继续过守节生活。

1925 年的《空谷兰》是包天笑的代表作,改编自日本小说《野之花》。影片讲述了一个家族内部的纠纷,情节曲折煽情:男主人公与好友留学美国归来,途中好友染病客死他乡,让其带遗物归乡,于是与好友妹妹联姻。婚后却又与妻表妹暗生情愫,故事情节越来越复杂,惹得无数观众为女主人公不平抹泪。而影片结局则是浪子回头,作孽者自有恶报。

"鸳鸯蝴蝶派"另一位代表人物张恨水,被称为"小资言情写作"的鼻祖。他的小说《啼笑因缘》还曾经引出电影改编权的官司。1932 年,明星影片公司通过出版社向张恨水购得了改编权,准备重装推出,大捞一把。谁知大中华影片公司正巧也准备将《啼笑因缘》改成电影,并向当时政府的内政部门注册了。于是两个电影公司打起了官司,双方明争暗斗的结果是最后不得不通过杜月笙和黄金荣才将事情摆平。这场以《啼笑因缘》纠纷而引发的官司,史称"《啼笑因缘》双包案",是中国电影有史以来第一桩影坛官司,而这场官司又无意间成为中国电影市场炒作的先例。

1940 年,张恨水的章回体小说《秦淮世家》改编拍摄成电影,编剧范烟桥,导演张石川。《秦淮世家》成功的原因再次显示了范烟桥一批文人对市民审美心理的准确了解和对故事叙述把握到位的娴熟功力。影片以南京地域风情为特色,讲述一个读书人因偶然捡到名歌女的钻戒并归还失主后引发的一系列情节。其中涉及金钱、利益、美德、恶行等等,结义兄弟见利忘义,还见色起邪念。影片以大量的误会巧合结构情节、塑造人物,其中有善良好人,有纨绔子弟,有恶霸无赖等。王大狗与阿金两个人物塑造得最为感人。王大狗并非"好人",但他为了资助纯情女孩阿金,可以入室行窃。而当阿金得知真相后,自愿承担罪责。两人都以其"善心"得到被窃者的原谅,而真正的罪恶者却反而是要来"破案"的侦探,以及豪绅与地痞组合的三恶棍。影片最终让男主人公杀死三恶棍,偕同阿金投奔农村,开辟新的生活……这类复杂的爱情变故和大团圆的结局是"鸳鸯蝴蝶派"作品不变的模式,而这种通俗文学改编的通俗电影深受广大百姓欢迎。其实此类作品在国外尤其是在好莱坞也都是一样,在通俗的基础上力求艺术效果,其实并不媚俗。

"鸳鸯蝴蝶派"从小说到电影,既是一次市场价值的实验,又是一种浪漫主义的艺术追求。它们的运作成功使中国电影创作形成了一条服务于大众反馈于自身的优质生产链。这其实是一种艺术与市场密切结合的优良传统,直到今天也还在起着不可或缺的巨大作用。

【作者简介】

张永祎,江苏省电影家协会理事,南京市文艺评论家协会理事。

辛亥革命影视作品纵横谈

舒克

引

辛亥革命是中国五千年历史中距离我们当代人最靠近、最重要、最复杂、最关键的一次天翻地覆的民族和社会大变革。这场革命运动推翻了清王朝,从此结束了中国社会的君主皇权统治,开创了现代社会的"共和制"。辛亥革命形成了一座历史的分水岭,将秦汉到明清以来的各大封建王朝与近代、现代社会截然分开,前为古,后为今。古今之别,不仅仅是外相上的男人发髻、女人服饰之变,更为重要的,当从社会内里透析其骨髓之焕。而影视艺术,既可录其外相之变,又能透其骨髓之焕,谓之于"史实再现、梦幻达成"也。

一、早期中国电影对辛亥革命的实况记录

1905 年孙中山、黄兴等人发起建立"中国同盟会",立志"驱逐鞑虏、恢复中华、建立民国、平均地权",从而形成辛亥革命前期运动,与此同时,人类科技发展的新结晶——电影技术也传到了中国。立刻就有人借助于此,开始零星记录下当时中国社会的实际状况,为后世留下了极其珍贵的

影像资料。1909 年就有人拍摄了名为《西太后》[1]的影片,尽管现在未能留下拷贝资料,但其内容必定是表现晚清时期的宫廷生活;1916 年,中国电影的先驱者张石川与管海峰合作,拍摄了中国电影史上第一部超过 40 分钟的剧情长片《黑籍冤魂》,虽然并非直接表现历史的作品,但其内容揭示西方列国向中国贩卖鸦片给社会和百姓生活带来的灭顶灾难,在当时具有警世作用。

1905 年 8 月,华兴会、光复会等在东京组成中国同盟会。左二为光复会领导人蔡元培,左三为华兴会会长黄兴

1924 年至 1927 年之间,有"中国电影之父""香港电影之父"之称的黎民伟,其本人就是中国同盟会的成员,跟随"革命之父"孙中山拍摄了一批纪录片,为后代留下了珍贵的、直接与辛亥革命相关的历史影像。这些作品包括《中国国民党第一次全国代表大会》《孙大元帅出巡广东东北江记》《孙中山北上》《黄花岗》等。尤其是 1927 年完成的大型纪录片《国民革命军海陆空大战记》,黎民伟任制作兼摄影师,影片不仅仅是国民革命军海陆空的纪实,更以大量镜头记录了孙中山演讲、视察、检阅军队、与外国嘉宾交流、从广州到北京以及最终在北京逝世的实况,可谓是全面记录、展现了辛亥革命先驱者孙中山后期革命活动之经典作品,成为今人研究辛亥革命、研究孙中山先生不可多得的史料。

正如中国同盟会踏开了辛亥革命运动、推翻清王朝的救国之路一样,中国早期的这批电影人及其作品也同样开启了那段历史的影视创作之先河。

二、两岸三地影视对辛亥革命历史的不同演绎

中国的辛亥革命至今整整一百年。这段历史对于中国社会和百姓来说具有不可磨灭的印记和深远的意义。以足量的影视作品来表现、展示、探求、研究这场革命运动,对于后世的中国社会和百姓来说,是必不可少的时代内容和文化传承。"以史为鉴"是中国人的一种文化传统,也是通行人类的共有法宝。历史又造就了中国现阶段内地、台湾省、港澳特区"两岸三地"不同的行政区域,形成了各自的影视创作模式。三地的影视创作者们都对辛亥革命历史及其相关人物有着自己的表现手段和认知角度,因此多年来拍摄制作了不同视角、不同风格的相关作品。

上世纪 80 年代以来,内地多家电影制片厂和电视台先后拍摄了《革命军中马前卒》《秋瑾》《药》《知音》《廖仲恺》《孙中山》(电影、电视各一部)、《非常大总统》《孙中山与宋庆龄》《孙文少年行》《走向共和》等作品,分别从不同角度诠释了辛亥革命的历史与人物;同期,台湾影人拍摄了《辛亥双十》《国父传》(又名《国父孙中山与开国英雄》)等作品,香港影人拍摄了《大军阀》《火烧圆明园》《垂帘听政》《宋家皇朝》(又名《宋氏三姐妹》)等作品。影视创作者们以他们的视角和手法,或直接或间接地表现了辛亥革命前后中国历史的状况与变迁、时代与人物。

尽管两岸三地的社会形态、意识形态各不相同,但对于辛亥革命的历史和人物的认知与诠释却大同小异,并不相互矛盾,因为那是中国人共有的一段历史,大家都不会对辛亥革命的历史地位、历史功绩产生异议。只是在表现手法上,在艺术特色上,以及某些特定历史人物的选择上,各有不同把握而已。在这些作品中,描写刻画特殊历史时期、特别历史人物形象的占了多数。尤其是孙中山,他作为辛亥革命前后领导兴中会、中国同盟会等组织的首领人物以及中国国民党的创始人,自然是所有影视创作者把握这一历史素材时必须要认真塑造的角色。

1986 年是孙中山先生诞辰 120 周年,两岸三地同时拍摄和推出的《孙中山》《非常大总统》《国父传》等作品,皆以孙中山为第一主角。《孙中山》由内地"第四代"著名导演丁荫楠执导,《非常大总统》是上世纪三、四

十年代就驰骋上海影坛的老一代明星孙道临亲自指导并主演。而《国父传》则由台湾最知名的导演丁善玺执导，香港第一影业机构投资拍摄，动用了当时台港两地知名度较高的偶像明星演员林伟生、尔冬升、吕良伟、万梓良、惠英红、刘瑞琪、王道、王小凤等，十分具有号召力。巧合的是，内地丁荫楠版的《孙中山》与台港合拍丁善玺版的《国父传》同样采用的是编年体叙事方式，同样从1894年11月24日孙中山在美国檀香山创立兴中会开始，按时间顺序描写国父的革命生涯。

两位丁大导演皆为功力深厚，专拍重大历史题材、领袖人物的电影艺术家，对孙中山角色的塑造各有手段：丁荫楠注重于孙先生忧国忧民的忧患意识，注重于人物内心的情感表达，把握住了一位要把百姓大众从清王朝铁蹄统治下的悲惨生活中拯救出来的领袖人物形象，所以他的影片开头就是悲惨的百姓生活现状：民不聊生、尸横遍野的镜头；而丁善玺注重于在历史事件中把控领袖的坚定信念与沉着镇定，所以他的影片开头则是炮声隆隆的战场，革命军大炮向清王朝旧世界猛烈开火的镜头。丁荫楠的《孙中山》基本上是一个全景式的展现，带有纪实风格，前后各大历史事件基本平均用力，目的在于孙中山人物形象的立体可信；而丁善玺的

电影《孙中山》剧照

《国父传》则更侧重于故事性表述，结构张弛有度、疏细分明。有些情节以画面闪现形式和画外音作为交代，将南京辞任临时大总统、广州再任非常大总统、陈炯明叛变以及最后的辞世等几大段落作为重点情节展开细写，这样就使影片更具可看性。在演员选择上，丁荫楠让人到中年的刘文治扮演孙中山，注重其角色的稳重、干练，但角色前面的青年部分就显得过于老成；而丁善玺用台湾青年演员林伟生压阵，着重于人物个性的张扬，年轻时的孙中山是著名的"孙大炮"，给人的感觉是善于演讲、激情四射，

林伟生演来恰到好处,但后半部分的中老年镜头就略显稚嫩。不过,两位演员对孙中山人格魅力的表现都十分到位,他们俩均非外形的酷似,而在于内在气质的把握,其形象各有感人之优势。

比较遗憾的是,在至今可见的作品中还没有更多人物形象单个呈现。辛亥革命无数先烈,并非孙文一人可塑,那个时代还有更多的反帝制、反封建的革命先驱者,即便是孙文身边的同僚们,也个个都是革命精英,他们的人品、他们的精神都值得专门拍摄作品予以弘扬。比如黄兴及其夫人徐宗汉,在整个辛亥革命运动中起到了极其重要的作用,比如曾与孙中山并肩革命,同为领袖,后又因意见不合而分道的章太炎,还有民国司法院长居正、北伐军总司令蓝天蔚以及宋教仁、陈其美、谭人凤等,都是辛亥革命的风云人物,值得大笔书写。即便是并非正面形象的袁世凯、黎元洪等角色,也是可以作为某一部影视作品的主角,予以客观揭示的。

相比之下,内地影坛拍摄的辛亥革命人物还略显多一些。丁荫楠导演在《孙中山》之前拍摄的《廖仲恺》也是一部经典之作。影片以极其细腻的笔触描写这位孙中山最得力助手在辛亥革命成功后,为国民政府鞠躬尽瘁的人生。《革命军中马前卒》塑造年仅21岁的邹容,写出《革命军》一书,并为其理想而献出了宝贵的生命,是谓辛亥革命之马前卒。著名导演谢晋1983年拍摄的《秋瑾》塑造了"鉴湖女侠"形象,但因当时创作氛围局限,过于神话英雄而使角色缺乏生活实感。

1997年香港女导演张婉婷与内地合作拍摄的《宋家皇朝》则是以宋霭龄、宋庆龄、宋美龄三姐妹为主角,以辛亥革命为历史背景的一部上乘之作。影片通过宋氏三姐妹在特定历史时期的道路选择和不同命运,揭示了那个动乱时代的本质特征。影片中除了张曼玉、杨紫琼、邬君梅扮演的三姐妹凸显个性之外,赵文瑄扮演的孙中山、吴兴国扮演的蒋介石、牛振华扮演的孔祥熙,作为三姐妹的丈夫们,也同样色彩鲜明,有血有肉。三姐妹的扮演者分属港、台、内地,男演员赵文瑄、吴兴国来自台湾,牛振华来自内地。这次两岸三地的合作使得创作者在对待历史问题上尽可能地去成见、求共识,具有相当的成功率。

除了人物传记作品之外,更能体现历史风云、展示时代面貌的,则是正面宏观的史诗性大作。在这方面,台湾1981年出品的由丁善玺执导的《辛亥双十》,内地2003年出品的由著名导演张黎执导的59集电视剧《走向共和》最具代表性。

《辛亥双十》全景式地再现了辛亥革命之武昌起义的前后全过程。影片从广州黄花岗起义失败之后说起,同盟会元老谭人凤秘密来到武昌,会见蒋翔武、孙武、邓玉麟等成员,准备再次组织发动新的起义。影片场面宏大、惨烈,在那个年代,如此制作已经属于超级巨片;人物众多,塑造的是在整个武昌起义过程中具有卓越贡献的英雄群体形象。狄龙饰演的邓玉麟、柯俊雄饰演的孙武、尔冬升饰演的刘复基、王道饰演的彭楚藩、陈观泰饰演的杨洪胜等都与史实相符,给人留下深刻印象。影片除了情节紧凑、战争场面壮观之外,还具有十分感人的细节,比如对刘复基、彭楚藩、杨洪胜三位烈士的描写,不仅浓墨绘其壮,亦工笔书其情,刘复基的兄长、彭楚藩的妻子、杨洪胜的儿子皆属此情感描写的点睛之笔。刘复基兄长买通狱卒欲为弟弟代死,却被他呵斥拒绝;彭楚藩之妻在看到丈夫被绑缚刑场时,盛装打扮坐在楼台,在丈夫头颅落地的瞬间同时跳下,以此殉夫;杨洪胜之子小小年纪,在父亲送其逃难时坚决不走,同样在刑场看着父亲牺牲并为父亲送上鲜花。这一幕幕情景,虽然短暂,却让人过目难忘。

《走向共和》充分发挥电视剧可以长篇巨制的优势,尽情展开波澜壮阔的历史画面。表现了清王朝必然进入坟墓,中华民族必然走向共和的大历史时代。全剧从光绪十六年(1890年)慈禧太后归政光绪皇帝,大兴土木为自己的"万寿庆典"建造颐和园开始,逐步深入,洋务运动、甲午战争、八国联军、戊戌变法、庚子新政、辛亥革命、袁世凯称帝、张勋复辟、孙中山二次革命等20余年间一系列重大历史事件皆有描绘。该剧在以浓彩重墨之法大写历史的同时,还在诸多历史人物方面大胆突破,一改以往教科书上的定论,作出新的诠释,谓之于"价值重估"。主要是对慈禧、李鸿章、袁世凯、孙中山几位主要人物作了有别于之前人们熟知的形象刻画。对前三位,并没有一味当作"反派人物"来描绘,而是较为客观地将他们置于特定环境中,为其所有行为举止找到必要的理由。比如,袁世凯就不再是一个奸诈骄横、玩弄权术的恶人,而是曾经有理想、有抱负并且对清朝末期的社会变革作出了巨大贡献的求新之人。而对慈禧、李鸿章的"卖国"也都给出了辩解的理由,说他们并非"软弱""自私",而是从国家之战局、战略考虑才不得已而为之。对于正面形象的孙文也不再是一个严肃作派的神圣模式,写了他年轻时的某些不成熟,还写了他与宋教仁、黄

电视剧《走向共和》剧照

兴等革命党人之间的矛盾与分裂。如此，该剧的播出也带来了史学界和观众的巨大争议。有人指责其与现有历史不符，更有人表达了愤怒声讨之言，但不能不承认《走向共和》在客观表述方面、在艺术手法上的确给无数观众带来了全新的审美感受，在研究历史事件、历史人物方面也给人们带来了新的思维空间和辨析方法。

还有两部作品虽然几乎被人淡忘，却也值得一提。一部是内地 1981 年生产的，根据鲁迅先生著名小说《药》改编的同名影片；另一部是香港 1972 年出品，著名导演李翰祥执导的《大军阀》。这两部作品，一为悲剧，一为喜剧，但都是以辛亥革命前后的历史为背景，通过某些可悲可笑的社会现象来揭示某些值得反思的道理。前者表现蒙昧的乡亲对革命党人惨遭杀害漠然无动，却反而要拿牺牲者的鲜血来当"药引子"。鲁迅先生塑造这些人物是愤慨于社会现实的封闭与不开化造成的民众愚昧。后者讲述一个目不识丁的土匪成为军阀之后的胡乱作为，最后在北伐志士的枪口下一命呜呼。影片中的"军阀"与鲁迅笔下的"愚民"异曲同工，较好地诠释了孙中山"革命尚未成功，同志仍需努力"的伟大遗训。

三、表现辛亥革命历史的作品还远远不够

实事求是地说，在辛亥革命一百周年之际来回顾、研究以这段历史为

创作素材的影视作品，不难发现，其实我们做的还非常不够，一是数量不够，二是质量不够，三是深度不够。

人类先后发明了电影和电视，又借助电影和电视来记录历史、展现历史、表达历史，因而历史题材的影视创作在很多国家都是具有重要地位的。不同的国家、不同的民族都拥有着各自不同的历史，其重大历史事件或者著名历史人物都会成为影视创作者们热衷研究的对象。诸如美国的南北战争史、解放黑奴运动及其重要领导人林肯，印度的"圣雄"甘地以及他领导的"非暴力不合作运动"等，都是影视创作的热门素材，产生过影响力巨大的作品，如影片《一个国家的诞生》《汤姆叔叔的小屋》《乱世佳人》《林肯传》《甘地传》等。而两次世界大战又为西方影视界提供了更为充足的创作源泉。迄今为止，影视创作者们还在继续以各种角度和艺术手法，不断生产并推出着各种风格样式的新作品。

美国 1927 年出品并获得第一届奥斯卡最佳影片的《翼》、1929 年出品随即成为第三届奥斯卡最佳影片得主的《西线无战事》，都是以第一次世界大战历史为背景，揭示人类情感、反思战争的艺术佳作。更多表现控诉、抵抗法西斯的"二战作品"，甚至已经成为数十年来西方各国影视创作的品牌，佳作精品层出不穷，如《大独裁者》《巴顿将军》《卡萨布兰卡》《这里的黎明静悄悄》《桂河大桥》《辛德勒名单》《美丽人生》《拯救大兵瑞恩》《钢琴师》《黑皮书》《朗读者》《无耻混蛋》《兄弟连》等等，形成一个蔚为壮观的二战影视经典长廊。所有这些经典作品都拥有一种共同的特点，那就是经得起时间的考验、经得起历史的检测、经得起观众的挑剔。

所以，对于辛亥革命历史的影视创作，我们可以拿出来亮相的那些作品，与之相比，简直就是屈指可数、寥寥无几。这段历史风云中那么多的事件、那么多的人物、那么多的杀戮与反抗、那么多的家仇与国恨……不说足以让我们的影视创作者们取之不尽、用之不竭，也完全可以在相当长的一个时期内成为不断的汲取之源，但我们似乎并没有太在意，没有拿出更多的人力物力投向这方面的制作。这使得当我们今天需要借助辛亥百年的纪念来进行研究探讨的时候，才发现其作品严重的数量不足。而没有足够的产品数量，也就难以对比评估出更高的艺术质量；没有足够的高艺术质量产品，也就更难推动在作品的深度和广度上下功夫。因此，所有这些作品的影响力还远远不能够与人家的品牌作品相比，没有一定的影响力同样也就很难产生深远的传播力,而影响力与传播力本来是应当相互作用的,如此,它们就只能是相互不作用或者反作用了。

四、用正确的史学观来对待辛亥革命的影视创作

近几年来,中国的影视产业尽管呈现出某种特别的"突飞猛进"之态,无论生产还是市场,都十分地"繁荣昌盛",总的产量和票房、收视率等都在不断更新飙升,但其中的历史题材作品却呈现某种悖反的态势,很多产品往往刚刚面世就立刻会遭遇受众的诟病。比如大导演陈凯歌的《赵氏孤儿》、女导演胡玫的《孔子》、青年导演金琛的《战国》等,都因"颠覆"了历史故事、历史人物形象等,被无数观众、网友批评问罪。中国百姓千百年来所熟知的历史和人物,在这些作品中全都变了样:赵氏孤儿不再受孤,他甚至拥有了两个深爱他的爸爸;文坛圣贤孔子居然成了武功高手,拥有神剑穿喉之能;至于战国的孙膑,那就更加变态无比了,让许多观众看了要喷饭。一部表现辛亥革命女英雄秋瑾的新作《竞雄女侠·秋瑾》,甚至尚未公映就已经遭遇秋瑾后人的炮轰。他们认为该片把秋瑾生硬描写成"江湖女侠",甚至是个爱打架、爱撒野的假小子,实在不妥。虽然历史上的秋瑾习文也练武,性格豪爽,还自称"鉴湖女侠",但绝非影片所表现的样子。秋瑾的亲侄孙秋经武先生表示:"秋瑾是救国救民的侠,是侠义的侠,不是飞檐走壁的侠。"他还指出:"剧本不尊重史实,内容相当庸俗,秋瑾随便打人,很粗野,很多与秋瑾从未谋面的人与秋瑾有大段的交往、对话,完全是戏说!"

这是当今影视圈内正在流行的一种病态追求,就是为了"出新"而出新、为了"颠覆"而颠覆。一部《走向共和》引起争议,产生轰动,很多人以为那突破传统的人物塑造就是属于"出新"和"颠覆",甚至将其归纳进"戏说"与"恶搞"的范畴。陈凯歌"颠覆"了《赵氏孤儿》的深仇大恨,却让最终的结局变得莫名其妙;胡玫"戏说"了孔子,让公众心目中的儒家圣贤变得有些滑稽可乐,却反而激怒了无数的公众;金琛"恶搞"了《战国》,把一个无中生有的"新孙膑"形象生硬地推销给观众,观众只能选择愤然离开。所有这些"颠覆""戏说""恶搞",其实与正常的"艺术突破"无关,那只是一种浮躁的、盲目的商业把戏而已。同样是表现清朝末年辛亥革命前后历

史的作品,意大利导演贝纳尔多·贝托鲁奇执导的《末代皇帝》就能够在打动西方观众的同时,还能够打动中国观众,而且还显得非常的与众不同。这位导演在拍摄影片之前,已经深入中国大清王朝的历史当中,把无数的关关节节都弄得一清二楚,才开始投入创作情境。所以,他能够深入浅出,他能够客观表达,他能够出新诠释。他的这部作品进入了世界电影经典长廊,也是唯一的一部与中国辛亥革命有关的奥斯卡最佳影片。对此,我们确实应当反思。

结　语

无论是表现辛亥革命历史还是其他任何一个阶段的历史,影视创作者们都应当本着一个基本的史学观,那就是要尊重历史。唯有在充分尊重历史的条件下,客观地钻研历史,才有可能去合理地把握历史、再现历史,才能深入其中探求出历史的真相,才能创作出有质量、有深度的精品。同时,也应当尊重艺术创作的规律,对历史事件及其历史人物进行必要的艺术加工。影视作品还原历史,并不是每个镜头都必须百分之百地可以用来历史考证,历史的逼真度才是更重要的。一部历史作品的历史逼真度越高,其可信度和艺术指数就越高;反之,则可信度、艺术指数就越低,甚至丧失殆尽。

【注释与参考文献】

[1] 参见"时光网"电影查询中国电影 1909 年度片目表。

【作者简介】

舒克,中国电影家协会会员,江苏影视评论学会常务副会长,《江苏广播电视报》记者、编辑,南京市文艺评论家协会会员。

浅析孙中山在影视作品中的形象

陶瀚澄

按照影视创作的基本规律,人物传记片的拍摄通常面临两大难题:一是人物原型的经历过于传奇性或极具争议性,导致创作者每选择一种视角阐释都会招致评论界的争论;二是人物原型在特定的历史条件下,或在一定的社会政治环境中被彻底概念化,使得影视的戏剧性处理、艺术加工手段都受到难以规避的局限,在内容层面上沦为传记片的历史教科书。从这两个角度去观察,拍摄伟人孙中山的传记作品,在当今中国的创作环境中,无疑是需要创作者持有巨大的精神力量和极为精准的历史观的——毕竟,论及孙中山个人的传奇性,以及他在当下中国所承载的历史意义,恰巧处于两大"难题"之间。因此,中国迄今为止尚未出现一部孙中山传记片的巅峰力作自在情理之中,好在众多优秀影视作品已然努力去还原孙中山的真实人生,创作者每一次的洞察与审视都足够耐人寻味。

缘起·从赛珍珠的一封信说起

电影史上不乏以孙中山为主角的作品,也不乏以辛亥革命的史实为主题的影视剧,但观众对这些作品的认识和了解大多是从上世纪 80 年代才开始的。其实对于孙中山这一极具传奇性和探讨性的人物,世界范围内的电影人早就打算将其搬上银幕了。按照出品时间估算,孙中山第一次在公开影像中出现,是 1944 年由美国投资拍摄的纪录电影《中国战役》(*The Battle of China*)。影片由曾获得过奥斯卡最佳导演奖的弗兰克·卡普拉(Frank Capra)和乌克兰著名导演安纳托尔·里维克(Anatole Litvak)联袂合作摄制。在这部 65 分钟的黑白纪录片中,导演把叙述核心全部放在了 1937 年之后,中国缘何受到日本侵略这一主题上,而对于伟大的革命先行者孙中山先生及其贡献卓著的辛亥革命则着墨寥寥,但无论如何这部发行有限的纪录片还是肯定了孙中山的历史地位。

赛珍珠

把孙中山这个角色植入剧情传记片领域的设想诞生于《中国战役》问世的两年之后。试图亲自担当编剧并计划融资拍摄成传记电影的,正是大名鼎鼎的美国著名小说家、诺贝尔文学奖获得者赛珍珠女士。1946 年春,赛珍珠曾以珀尔·巴克的真实署名,从美国向孙中山夫人宋庆龄寄来一封短信,在这封充满敬意和无限期待的信中,赛珍珠毫无保留地表达了自己的创作理想:"我觉得现在所能做的最重要的事情,就是创作一个剧本,剧本将用广泛的人性的观点,描述孙逸仙博士革命的一生,对中国人民所具有的重大意义,剧本写成以后可以拍成一部伟大的电影……我想让我国人民真正地了解他,深深地敬仰他,就像敬仰我们的林肯一样……不过,在我让你花时间考虑具体计划之前,我需要你对这个设想本身做出赞成的答复。"这封信现藏于上海的宋庆龄故居纪念馆中。

以今天的眼光来看,赛珍珠或许是孙中山传记电影最合适的编剧之一:其一,其不同于中国作者的国际性视角,很可能让电影的内容走向更显人性化和别致化;其二,赛珍珠在中国生活了将近 30 余年,在这 30 年中恰逢中国经历大变革,孙中山领导的一系列民主革命以及随后产生的社会影响,在赛珍珠眼中都是活生生的现实,因此她对孙中山的崇敬完全来源于体验式的关切。最关键的一点是,赛珍珠早在三年前就想把孙中山的故事排演成戏剧《孙中山传》,邀请中国著名表演艺术家金山和王莹,分别扮演孙中山和宋庆龄,但是迫于种种原因,这个计划最终搁浅。颇为遗憾的是,赛珍珠随后的这个电影计划也未能实现,因为宋庆龄当时认为"中国内战未息,还须等待机会"。1953 年,赛珍珠把未能落实的电影理想换作了一本亲笔写就的《那个改革了中国的人:孙逸仙的故事》,由美国兰登书屋出版,此书让众多美国人,乃至全世界开始了解孙中山。

众所周知,孙中山是中国近代民主主义革命的先行者、中华民国和中国国民党创始人、三民主义的倡导者。他首举彻底反封建的旗帜,"起共和而终帝制",1911 年辛亥革命之后,他被推举为中华民国临时大总统。1940 年,国民政府通令全国,尊称其为"中华民国国父"。1929 年 6 月 1 日,根据其生前遗愿,将陵墓永久迁葬于南京紫金山中山陵。对于孙中山的形象,国内外无数论著都用不同的主观性视角进行展示,其中既有共识又有争议,这在一定程度上给影视创作带来了障碍,因为当多数人对其了解还停留在历史论著或是教科书时,影视表演所带来的具像化效应,常常会造成难以规避的认识落差和困惑。或许也正因为此,在相当长的一段时间内,孙中山这一形象在中国影视领域是近乎绝迹的。

1986·孙中山的银幕之光

从赛珍珠 1946 年拟拍第一部孙中山电影,到上世纪 80 年代中国新锐导演崛起的 40 余年间,中国银幕一直被红色电影和非常时期的特殊作品所占据。但到了 1986 年——孙中山先生诞辰 120 的周年之际,中国银幕同时出现了两部以孙中山为绝对主角的电影:一部是由中国第四代著名导演丁荫楠执导的传记片《孙中山》,另一部则是由著名表演艺术家孙道临导演、主演的《非常大总统》。前者获得了当年中国电影百花奖最佳影片、最佳男主角奖(刘文治),后者则成为孙道临晚年艺术生涯的代表作之一。由于两者的叙事着眼点迥异,因此两部影片当年上映之后并未"撞车",各自的艺术魅力均在相当长的一段时间内为评论界所称道。

电影《孙中山》分上下两集,是一部 2 小时 29 分钟的超长巨片。丁荫楠在这部电影中完全采用了线性叙事方式,虽然在故事的编排上波澜不惊,但平实中见奇,塑造了一个充满抱负、能够在任何时候顶住压力的真正的革命领袖形象。影片的故事开始于1894年,当时中国正处于清王朝的统治中,孙文(孙中山)、陆皓东、王韬、宋耀如等心怀大志的青年人聚集起来,在檀香山成立了兴中会。但随后广州起义、惠州起义的接连失败,让流亡海外的孙中山压力巨大,但他依然用自己无与伦比的领袖才智组建了同盟会。丁荫楠导演在刻画孙中山的形象时基本遵循了"将神人请下神坛"的创作思路,把孙中山在危难中爆发的急智、关键时刻的领导执行力体现得淋漓尽致,尤其是在几次起义失败、遭受同盟的集体质疑时,他顶着强大的压力告诉周遭"战争就是钱",而又一口气"逼"出十万元捐款,此时观众看到的是孙中山作为一个颇具理想主义的革命者,所具备的令人匪夷所思的"执著",也进一步理解了辛亥革命成功的根本原因。

这里需提及中国社会科学院近代史所副研究员杨天石先生对《孙中山》的一个疑问:"不知《孙中山》中为什么把惠州起义处理为巨大的失败,尸横遍野?根据我的了解,惠州起义是一次胜利的起义,郑士良所向无敌。"其实就电影的艺术处理手法和独特的审美体统而言,丁荫楠显然是想通过合理地放大一次又一次的失败来着重表现孙中山屡败屡战的勇气和毅力,同时又极大程度地强调了辛亥革命赢得胜利的无比艰难。只是当胜利真正来临之后,丁荫楠特意精简了辛亥革命一锤定音的全过程,把叙事焦点又放到了孙中山与袁世凯的较量之中——始终保持"人"在"事"中演进和变化,完全符合传记电影的编排逻辑。

值得一提的是,《孙中山》尽管是用时间结点串联起重大事件,结构上并不奇巧,但丁荫楠却在细节处理上保证了人物性格的连贯性和完整性。评论家曾对《孙中山》解释孙中山为何把临时大总统之位让给袁世凯的原因颇为赞同,"资产阶级的软弱性和妥协性决定论"曾是教科书的定论,而电影却大胆地告诉观众,真正的原因是当时的南京临时政府财政非常困难,而孙中山向宫崎滔天告贷的话也是符合史实的。这种解释无疑与孙中山在影片之前篇中所表现的对"革命经费"的重视,达到了一脉相承的效果。刘文治在片中的表现渐入佳境,尽管其先前对"孙大炮"伶牙俐齿的特征表现得相对克制,但到"二次革命"流亡日本后,其内心的复杂性则演绎得相当精彩,不仅用百花影帝证明了其在表演上的成功,同时也达到了丁荫楠所期待的角色效果:"我写的孙中山是个失败的人,把握的就是他的'越战越烈,越挫越奋,永不言败',最后他自己也说'革命尚未成功,同志仍需努力',他的赤诚和牺牲精神该怎么表现,这是最主要的。"

相对于《孙中山》的全景式展现,孙道临执导并主演的《非常大总统》则只选取了孙中山人生中的一个片段进行深度挖掘,从而体现出了特别的艺术价值。影片大致是从辛亥革命推翻清王朝为叙事起点,呈现了正处于军阀割据、混战局面中的中国图景。电影的核心部分是孙中山于1921年在广州就任非常大总统并誓师北伐之后的一段经历,当时粤军总司令陈炯明谎称太夫人身体不适而对孙中山采取规避态度。而足智多谋的孙中山还是从胡汉民那里知道了陈炯明和吴佩孚企图破坏北伐的用心,于是便和他进行面谈。陈炯明在孙中山面前表现得非常得体,答应回广州后为北伐军筹办军饷。这时孙中山安排粤军参谋长邓铿在权力上暗自约束陈炯明,陈很快推翻自己的承诺,导致孙所设想的政治前景又陷入了一片迷茫之中。尽管影片上映后毁誉参半,1987年的《电影评介》还专门就电影中的若干细节问题进行质疑,但就电影本身犀利而准确的历史洞察力而言,作为导演的孙道临受到主流的肯定是当之无愧的。最典型的证据是:陈炯明失信的前提是当时徐世昌被赶下台,黎元洪重任大总统,因此孙中山的非常大总统是"非法"的,陈炯明抓住这个机会实施行动无疑是相当可信的。

客观而言,从电影的戏剧性和故事性上看,《非常大总统》比《孙中山》要略胜一筹,毕竟从小处着眼的传记电影在叙事上更容易施展拳脚。孙道临的表演水准依然令人赞赏,在严峻的政治局势面前,他把孙中山内心的交战、失落与彷徨、坚定与聪慧极有层次地表现出来,使得影片上映后获得一片赞誉。《非常大总统》日后的影史地位不及《孙中山》,但在孙道临先生心目中却是一部诚意的心血之作。孙道临晚年曾把本片的剧照挂在书屋的墙上,可见孙道临与孙中山这个意义重大的角色在灵魂上的深度契合。

在《孙中山》和《非常大总统》之后,中国影视业逐渐发展壮大起来,借助这种力量,关于孙中山的影视作品也层出不穷,即便每次孙中山在银幕或荧屏上出现都会引来"像与不像"的争论,但那种气质和神韵已然深入人心。

角色·两个男人的史诗

　　近 20 年来,关于孙中山的影视作品层出不穷,众多演技派演员都勇于尝试这个角色。譬如孙滨曾在话剧《归来去兮》里扮演孙中山,在电影《开天辟地》、电视连续剧《陈嘉庚》、电视系列剧《东方小故事》之《孙中山改装》中演过孙中山;章杰在电影《廖仲恺》、电视剧《宋庆龄和她的姊妹们》《巨人的握手》《叶剑英》以及《热血香洲》里饰演孙中山;张建新在电视剧《铁血共和》,孙承政在电视剧《生死之恋》里都演过孙中山。这些演员的塑造虽然基本达到了气韵神似,但总体影响力却不及两位演技卓著的男演员——中国台湾地区的著名男演员赵文瑄、中国内地的国家一级演员马少骅。从作品数量、表演成就和观众认同度上看,两人不分伯仲;在新近推出的两大巨片《辛亥革命》和《建党伟业》中,两人又分别出演了孙中山一角,银幕争锋实为精彩。

　　赵文瑄第一次扮演孙中山是在 1997 年由中国香港地区导演张婉婷执导的《宋家皇朝》中。影片虽从宋氏三姐妹的童年经历展开,但忽略了孙中山辛亥革命这部分的详细叙述,影片从 1912 年孙中山在南京宣誓就职之后开始讲起,宋庆龄接手了宋蔼龄的工作,开始担任孙中山的私人秘书。在日本共同工作的日子里,宋庆龄不仅照顾孙的饮食起居,同时也在精神上给了孙很大的鼓励和慰藉,两人由"革命"产生了感情。由于影片主要以女性视角切入,叙事重点也是宋庆龄与孙中山从恋爱到婚姻、到死别的过程,因此赵文瑄扮演的孙中山在片中实质上只是充当了一个符号——"中国的林肯",表演上的发挥余地非常有限,戏份甚至不及"宁波的拿破仑"蒋介石。赵文瑄的外型及气质与孙中山颇为相似,但孙中山咒骂袁世凯、与宋庆龄的几场对手戏以及性格随年龄的变化都显得比较生涩,再加上稍显古怪的配音,导致赵文瑄此次的表演落入平庸和肤浅。不过,四年后,当赵文瑄再次接拍电视剧版的《孙中山》时,演技可谓脱胎换骨。

　　在 2001 年出品、沈好放导演执导的电视剧《孙中山》中,赵文瑄把孙中山从 1895 年第一次武装起义到 1925 年病逝之间的年龄跨度驾御得非常逼真妥帖,令人信服,除了在推翻统治中国几千年的君主专制创立民国中他所表现出的勇毅之外,其不畏帝国主义列强和反对军阀的威胁、讨伐叛军陈炯明的越挫越勇的斗志亦被赵文瑄演绎得让人动容,从《宋家皇朝》里的形似蜕变到了神似。在这一基础上,赵文瑄接拍 2007 年的《夜·明》时似乎有了更大的底气。

中国香港地区导演赵崇基执导的《夜·明》,切入点和以往任何一部电影不同,整个故事发生在辛亥革命的前一年,也是孙中山最低谷的一段时期——2010 年,孙中山策划的第九次革命武装起义广州新军起义失败,清政府用 70 万两白银悬赏孙文的性命,几乎同时孙文被日本政府勒令离境,踏上了前去马来西亚槟城的路途。孙中山与槟城崇华学堂的老师罗肇麟邂逅,他并不知道罗肇麟在做老师的同时也在为槟城最大的帮会徐氏家族做事,当然也不知道为了安全起见,槟城同盟会的同志把他安排在了徐家。之后,孙中山遇到了一个在他生命中极为重要的女性陈粹芬。关于陈粹芬的非凡经历,之前鲜有影视作品表现,但《夜·明》却对这段故事进行了深入挖掘,影片中的孙中山比以往任何时候都更显"人情味",并且因为有了陈粹芬的照顾而显现了一种难得的浪漫情怀。赵文瑄日后也曾阐释过他对这部电影的表演心得,他认为影片一方面彰显了孙中山的精神,另一方面则重新唤起大家对这位伟大女性的瞩目,她从 18 岁起一直跟着孙中山到处吃苦、到处漂泊,一直到孙中山当上大总统之前她才离开他。《夜·明》未能在评论界引起强烈的反响,但论其故事视角和赵的细腻表演都值得一看。

相对于赵文瑄对孙中山从"宏观"逐渐走向"微观"的创作经历,马少骅对孙中山的诠释则完全属于艺术家渗入精魂的体验式创作了。和我们熟悉的任何一位诠释过伟人的特型演员一样,马少骅是迄今为止扮演孙中山的演员中形象与气质最为相似的一位,曾被孙中山故居的工作人员认为是"海内外惟此一人最像孙中山"。最重要的是,其出色的台词功底,让孙中山内心的挣扎、在混沌时局中的无奈、豪气冲天与无限困惑交错的苦闷,都演绎得恰倒好处,在大多数时间内,他都和角色融为一体。在过去的十几年中,马少骅曾在 14 集电视连续剧《黄齐生与王若飞》、9 集电视连续剧《李大钊》、8 集电视连续剧《平民大总统》和电影《风雨十二年》中扮演过孙中山,这些演出的经验积累终于让他在 2003 年的 59 集大型电视剧《走向共和》中走向极致。

众所周知,张黎执导的《走向共和》是一部引发众人争议的历史题材电视剧,由于作品从清末朝廷的颓势开始讲起,因此孙中山出场相对较晚。有趣的是,一直被概念化了的那个颇有书卷气的伟人形象,在电视剧中却成了行为有些夸张的鲁莽青年。清史专家沈渭滨先生曾说:"《走向共和》前半部分的描写过多地放大了孙中山性格中豪放、鲁莽的一面,也许创作者是为了表现领袖人物平民化的一面,但这种流于漫画式的刻画反而有损于孙中山形象——年轻时的孙中山因其个性热情爽直,确实有'孙大炮'的绰号,但创作者只注意了这个侧面,而忽视了他作为革命领袖机智沉着、深谋远虑的另一面。"

但不得不承认的是,《走向共和》是孙中山题材的影视作品中罕见地敢把有血有肉的革命者形象真实而毫不做作地表现出来的一部,也是创作者将自身对社会政治的诉求、对历史人物的个性想象最为大胆地表达出来的一部。而就马少骅个人的表演来说,他也层次分明地展现了孙中山在革命风云中不断变化的性格特征,在全剧结尾的那段"非著名"演讲中,马少骅驾轻就熟的演技、妙语连珠的叩问、热情似火的理想呐喊,不仅征服了观众,也彰显了创作者不曾苟且的勇气。

后记·关于孙中山热

近几年,随着国产电影的创作升温,孙中山的银幕形象似乎突然增多。在 2010 年的贺岁电影《十月围城》中,导演陈德森虚构了一个孙中山在香港被刺客追杀的故事,制片方为了获得商业上的利益,在宣传上特意将孙中山形象作为一个"卖点"——先是"只闻其声不见其人",直到上映前夕才公布扮演者是张涵予。但遗憾的是,影片虽然票房获得成功,但熟悉历史的评论家都对片中对于孙中山的形象塑造表示遗憾。在 2011 年的两部大戏《建党伟业》和《辛亥革命》中,马少骅和赵文瑄又分别出演片中的孙中山,虽然前者的戏份比后者略少,但公众关注的焦点依然是两位演员的较量,而非电影所能给予他们的施展余地,以及这个角色在电影中所承载的史学价值。香港地区著名演员梁朝伟也将在《国父孙中山》中扮演孙中山,暂且不论梁朝伟的外型是否与孙中山相似,单是这个选角决定就可看出影片在商业上的野心早已超过了电影本身的艺术宗旨。

一个耐人寻味的事件是,台湾地区当局"文建会"去年打算拿出2000万元新台币拍摄孙中山传记片,但担任纪录片监制的女作家平路却表示,这次创作要拍出一个"多元"的孙中山,可能会展现他"天真"的一面。台湾"中研院"院士胡佛提醒"文建会":倘若影片的内容违背历史、丑化孙中山,对方将面临"监察院"的调查。由此可见,无论哪个时代和社会环境,当我们试图用影视作品来描述和评价孙中山时,都必须用最严谨和最认真的态度去考证和创作,而非套用任何一个迎合新锐受众的借口,来刻意颠覆文艺作品的基本创作规律。

【作者简介】

　　陶瀚澄,江苏影视评论学会理事,江苏广电《东方文化周刊》影音责编。

民国时期(1912～1949)书法艺术概论

孙　洵

　　书法艺术有着几千年的悠久历史和深厚的文化积淀,它承载着厚重的中国历史与广大民众的审美理想。汉字是书法艺术的载体,汉字是从匋文、殷墟卜辞、古籀文、钟鼎文(以上均属大篆),在不断的应用实践中随着社会发展的需要而变化,到秦始皇统一中国后即为小篆(秦篆),后又成为隶书(以汉隶为代表)、楷、行、草书。更具有民族文化特质的是,书法是以实用性为主要功能,最后又演变、上升到艺术观赏性(名山大川的古刹、亭楼院阁、会堂书斋的抱柱楹联、斗方立轴等),这在世界上也是独一无二的。换个角度讲,一部汉字演变史就是一部中国书法发展史。在广大人民的心目中,书法是中华民族的国粹、瑰宝,是艺苑里的奇葩。虽说在中华历史长河中,民国是很短暂的,但离我们这个时代最近,值得总结与借鉴的经验也最多。

一

　　"100 年前——这是一个美好的年代,也是一个悲情的年代。美好的是辛亥革命的一声炮响,推翻了 2000 多年的封建专制社会;悲情的是,中国人民从此起一直到 1949 年,非但没有过上好的日子,反而进入了战火纷飞的年代。而正是在这样的年代、这样的土壤与气候孕育出了南京独特的意识形态,这样的意识形态在往后的 100 年里深深影响了这个城市的思想情趣与文化发展脉络。"以公允、朴实的语言辩证地审读逝去的岁月。"时值辛亥百年,民国范儿再受热捧。回顾民国,就是回顾离我们最近的中国'大历史'。在这段与新中国交接的承前启后的重要时期,众多精英涌现……"[1]无疑,书法艺术的生存状态也是回顾的重要内容。

从宏观上剖析,民国书法有从晚清一代传承而来的自然延续。例如清代乾嘉以降,许多学者热衷于朴学、强调考据,而碑学(金石学)是互通的。他们在治学上倡导言之有物、言之成理,博而能精、触类旁通。还有"扬州八怪"受石涛主张"笔墨当随时代""自出手眼"的启示,入古而出新,积极投向市场。于是进入民国后,"帖学"与"碑学"互相攻讦的局面逐渐改变,写帖也能写碑,有水平的大名家都以碑帖交融自成一家为追求,如

于右任

吴昌硕、李瑞清、于右任等。从时代背景来讨论"西学东渐"的内容是多方面的,广涉政治、经济、军事、教育以及文化艺术等。仅以教育为例,光绪三十一年(1905)8 月,清政府下诏停止科举,设新的"壬寅学制""癸卯学制"(分小、中、大三级学堂)。这个改变符合历史潮流。同时,蘸水笔、钢笔(自来水笔)、铅笔、橡皮擦等大量涌入我国,这使国人习惯用的毛笔使

用范围缩小了。始料未及的是书法作品的艺术观赏性加强了，人们发现有一笔上好书法的人受人尊重。始时，全国城乡的新型小学堂是远远不能满足民众的需要(有条件的小学堂开设书法课)，于是教学生从描红入手(练习书法的启蒙阶段)。背诵《三字经》《百家姓》《幼学琼林》的蒙馆(即私塾)与小学堂同时存在。诚然，"西学东渐"也确实介绍了西方科技的进步，严复翻译的《天演论》《原富》冲击了国人闭关自守、夜郎自大的心态。彼时要求民族振兴、思想进步的中国人"只要是西方的新道理，什么书也看。向日本、英国、美国、法国派遣留学生之多，达到了惊人的程度……"(毛泽东《论人民民主专政》)。

不过，"西学东渐"也带来了形形色色的西方腐朽没落的图画(多为春宫画)，这些图画冲击我国书法、国画的销售市场，从反面迫使中国的书画家谋求革新。当时，孙中山就强调学习西方国家的自然科学与物质文明，国人当"迎头去学""外国人的长处是科学"(《孙中山选集》下卷)。

不是什么都要，什么都好，对"西学东渐"要辩证分析、对待。

民国四年(1915)，以陈独秀在上海创办《新青年》杂志为标志，新文化运动兴起。这场运动以"民主与科学"为口号、为主要内容：反对以孔子为代表的儒家传统道德，提倡新道德；反对旧文学，提倡白话文、新文学。不久，李大钊《什么是新文学》在成都《星期日周刊》发表，李大钊认为新文学之"新"不在形式而在内容。胡适还率先以毛笔书写新体诗，力创文学革命要面向民众的新局面。不论当时口号多么激越，从上至下没有一句话攻击书法艺术，可见书法在广大民众心目中的地位。

二

评估民国时期书法艺术的存在与发展还有一个重要的史实：所有政治家都能身先士卒地带头弘扬书法艺术。中国国民党方面如孙中山、黄兴、林森、胡汉民、蒋介石等，中国共产党方面如李大钊、陈独秀、毛泽东、周恩来、朱德、董必武等都有相当的书法功力。他们在名胜古迹、报刊杂志的题字、题词或来往信函、公文批示等方面须臾离不开书法。深知书法为民族传统文化，是国粹，喜爱并运用书法对民众就有极强的号召力、感染力。尤其是孙中山、毛泽东书法造诣极高。孙中山是民国的缔造者，人称国父。"1912年1月12日孙中山对康有为与章太炎等应分别对待（亲笔）复蔡元培函。"具有历史意义的还有"临时大总统孙中山为南京莫愁湖'粤军殉难烈士墓'题写'建国成仁'四字，时在是年三月，后镌碑"迄今保存完好，供世人缅怀瞻仰。[2]

孙中山逝世后，从1926年奠基至1929年6月1日奉安大典，中山陵墓的主要建筑物上都镌刻有孙中山的手书：牌坊上"博爱"二字，陵门上"天下为公"，祭堂门外横额"天地正气"，祭堂两壁有《建国大纲》全文，墓室门上是"浩气长存"横额。尤以"博爱""天下为公"最为后人称道。代表着中国近代民主革命的先驱——孙中山终生为之奋斗的崇高革命理想，也是这位伟人多次书写用以自勉或勖励同志的文字内容。细心究之，孙中山书法多取法于唐、宋，融合北碑，构图平稳厚重，结字雄浑遒丽，气势恢宏，格调清新，在神采上有倔强的取势，这与他擅用中锋浓墨，注重跌宕起伏是息息相关的。中山陵不仅建筑风格宏伟壮丽，世界闻名，这里独到的庄重肃穆的书法氛围也让所有前来谒陵的人精神上受到鼓舞，为世界伟人陵墓所罕见。

孙中山逝世后，将政治思想与书法相结合的经典方式：一是机关、社会团体、大中小学校的礼堂、会议室，正面墙上挂有孙中山遗像，两旁有孙中山在《总理遗嘱》中的警句"革命尚未成功（上联），同志仍须努力（下联）"；二是城乡民众习惯用的月份牌，是一长方形（一般长为50～55 cm，宽为20～25 cm）硬纸版，下端是小长方形的"日历芯"。就在硬纸版上方印有孙中山遗像，两旁也如上述之内容。

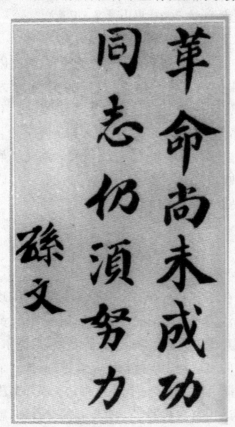

孙中山手书

这几个字在民国期间是家喻户晓、深入人心的。

三

辛亥革命以后，西方文艺思想不断涌入，冲击着我国旧有的文艺观念，于是，各种类型的书法展览在全国各地屡见不鲜。这时的展览开始改变只限于书家本人的师友亲属参观，"外人不得入内"的陋习，使书法展览逐渐走向社会化。对外开放就能与外界同好切磋交流，广交朋友，提高创作水平、鉴赏能力，也增加各自的知名度；再说，一边公开展览，一边还可以论价销售，使书法展览会具备了市场性质。这样的边展边销还能增加个人收入，作出符合市场销售规律的新选择。基于以上展览性质、功能逐步完善，全国各地的风景名胜、公园、会堂、会馆(同乡会)、博物馆(院)、图书馆、商业公司的展厅(例上海永安、先施等大公司)以及寺庙、教堂，一直到茶馆酒肆(例南京夫子庙的魁光阁、永和、雪园茶社等)，皆可以成为书展(含书画展、书法篆刻展)的地址，这比前人在思想观念上前进了一大步。

1927年国民政府定都南京后，先后建成的对外文化交流机构主要有：

1. 励志社。原称"黄埔军官学校校长会"，又称"黄埔同学会"。后经蒋介石、宋美龄批准改名为"励志社"，成立于1929年1月1日。该社的覆盖面很大，全国各大城市与省会、国外华人区都有分支机构。蒋介石自任总社社长，总干事是留美归来的黄仁霖。主要活动是舞会、放电影、文化茶会、馈赠名家书法绘画作品等。[3]

2. 文化会堂。此会堂由隶属于国民党中央党部下属的文化运动指导委员会管辖。设有展厅、电影院、会堂、舞厅。文化界人士与平民百姓皆可出入，故该处有过多次书法展览。地址在国府路香铺营。[4]

3. 国立美术陈列馆。该馆筹委会于1935年成立。国民政府主席林森为主任，蒋介石、张道藩为副主任。次年建成于南京国府路口。[5]该馆以高层面的书法、国画展对公众服务。

四

随着科学技术的进步，石印已逐渐为铅印所取代，印刷与照相技术的结合,金属版和珂锣版的推广使用,尤其是珂锣版能逼真地反映原作品的精彩之处,为书法艺术在民国时期的普及与深入细致的学术研究提供了有利的物质条件,此是清代无法比拟的。

传统书学研究又分碑学、帖学。前者如叶昌炽《语石》、缪荃孙《艺风堂金石文字目》、王国维《国朝金文著录表》、马衡《中国金石学概要》、朱剑心《金石学》、陆和九《中国金石学讲义》等,既是传承,也有不少拓展研究范围。帖学有张伯英《法帖提要》、冼玉清《广东丛帖叙录》等。《法帖提要》未能及时面世[6],然其编著该书的意义是深刻的。

值得世人瞩目的是:自殷墟卜辞、西北简牍、敦煌晋唐写经、汉魏南北朝墓志等相继出土与发现,既是古文化研究史上的大事,也给书法艺术本体研究与创作带来了前所未有的盛况。虽说彼时战乱频祸,社会动荡,还是有一批孜孜不倦的专家学者为之倾注毕生心血,硕果累累,福祉后学。仅说甲骨文字,从罗振玉、王国维、董作宾直至郭沫若《甲骨文字研究》等,为1949年以后广泛深入开展的研究、创作奠定了基础。还有美学家、心理学家的参与,如留学日本、美国还遍游欧洲返国的邓以蛰(为清代碑学大师邓石如的嫡传后裔)发表《书法之欣赏》评"书法是纯美术""为艺术之最高境界";赴德留学归来的宗白华在《中西画法所表现出的空间意识》中写道:"中国的书法本是一种类似音乐或舞蹈的节奏艺术……";留学英法两国的心理学家朱光潜《杂文杂谈》说:"书法可以表现性格和情趣,不但是抒情的,而且可以引起移情作

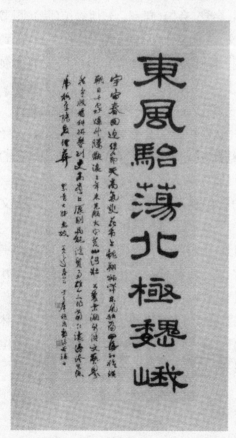

郭沫若隶书

用。"如果说大部头的专著则首推留学美国后转赴德国,获哲学博士学位的林语堂,1934年、1936年分别用英文撰写了《中国人》(另名《吾国与吾民》)、《苏东坡传》,比较深刻地广泛地涉及书法艺术。这是辛亥革命以后第一位中国学者向西方世界详述书法。

鉴于印刷技术的进步和书法在民众心目中的地位,各种普及的法帖、碑拓影印件名目繁多,遍布城乡。南京的《中央日报·文艺副刊》《南京人报》经常刊登书法作品与评论文章,杭州的《东南日报·金石书画副刊》与华北的《北平晨报·副刊》《北洋画报》(天津)等,名家书法刊登比较常见,专业论述水平好,较受广大书法爱好者欢迎。

五

辛亥革命后,全国各地纷纷筹建美术学校。1922年初,由著名美术教育家沈溪桥、萧俊贤、吕凤子等人创办南京美术专门学校,是年5月28日成立。1923年6月创刊《南美杂志》,亦名《南美校友会杂志》。只办两届,后因故停办。

民国期间,全国各地的书画社团亦如雨后春笋,在海内外产生影响者,南京即有三家。

1. 江苏省金石书画研究会。由书画篆刻家丁二仲(1868~1935)发起,张二澍、王东培、仇埰、张金鉴等人参加活动,并有上海、山东、安徽众多爱好者加盟。会址设在南京夫子庙瞻园路张舜民家中(张是会员,又是泮宫东首泮池书店的老板)。

2. 白雪书画社,简称"白雪社"。湖南籍书法篆刻家谢梅奴与本地名家高月秋等人组成,每周活动两次,请丁二仲、张二澍等开书法、国画、篆刻讲座,抗战爆发后即停止活动。

3. 中国美术会。该会于1932年在南京成立。张道藩为主要召集人,是民国期间独一无二的官方机构,抗战爆发后该会迁往重庆,1940年与重庆美术界抗敌协会合并改名为"中华全国美术会",由张道藩任理事长。

六

民国时期有成就的书法家很多，限于篇幅，以南京为例，本文选登如下：

于右任（1878～1964），原名伯循，以字行，号骚心、髯翁，晚号太平老人。陕西三原人。光绪二十九年举人，后入同盟会，追随孙中山从事民主革命。曾任国民政府监察院院长。1931年发起成立标准草书研究社，创办《草书月刊》，"以汉字改革为出发点"。其书初从赵孟頫入，后改为北碑，专攻草书，参以魏碑笔意，自成一家，人称"于体"。民国期间，凡与书法相关的题字题匾，事必躬亲。南京升州路登隆巷口有一永泰茶庄，挺小的门面，招牌即出此老之手。外地来南京办书法篆刻展的会标，几乎有求必应，口碑甚好。

谭延闿（1876～1930），字组安、组庵，湖南茶陵人。清光绪进士。宣统六年被推为湖南谘议局议长。辛亥革命以后任都督，1928年后先后为南京国民政府主席、行政院院长等职。中山陵碑亭"中国国民党葬总理孙先生于此"即为谭氏手书。谭氏书法初从刘墉，后以十年时间专攻钱南园、翁松禅两家，晚参米南宫，骨力雄厚，堂宇宽博。

李瑞清（1867～1920），字仲麟，号梅庵，江西临川人。光绪乙未进士，入翰林，曾任南京两江优级师范监督，兼江宁提学使。他是我国在高等师范学堂创办"手工图画科"的第一人。入民国后署清道人在沪鬻书画以自给。他少习北碑，工于大

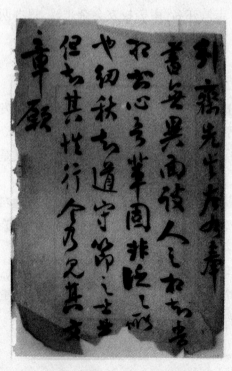

谭延闿《致邠斋书札》（局部）

篆、汉碑,下笔坚实,博通精善;行草书得力于黄山谷,楷书出自晋唐。时至今日,南京成贤街东南大学校园内,墙垣上保留此老题写当年之校名。因吕凤子、胡小石等是其早年入室高弟,他在高教界书名甚响。

柳诒徵(1879～1956),字翼谋,号劬堂,江苏丹徒人。清光绪间优贡,后列江阴籍学者缪筱珊(荃孙)门墙,并协助缪师在南京龙蟠里创设江南图书馆(今南京图书馆)。后又随缪师北上筹建京师图书馆(今国家图书馆)。辛亥革命后历任南京高师、东南大学教授、江苏国学图书馆馆长、中央研究院院士。南京东北角(伊村)"航空烈士纪念碑"(时在 1946 年)即此老遗墨。书法颜真卿、汉魏六朝碑版,著有《国史要义》《国学图书馆总目》《柳诒徵史学论文选》传世。

胡小石(1888～1962),字光炜,号倩尹、夏庐,晚年号沙公、子夏等。祖籍浙江嘉兴,生长在南京。两江优级师范毕业后曾去李瑞清家中一面课其子侄,一面深造,并求教沈曾植、陈三立等名家。历任北京女高师、武昌高师、西北大学、金陵大学、国立中央大学教授,曾任"中大"国文系系主任。以治甲骨、钟鼎、古文字音韵、楚辞、杜诗闻名海内外。早年从李师宗北碑,得力于《郑文公碑》与《张黑女墓志》;中年后兼治钟繇、二王。书论有《中国书学史绪论》《程瑶田金石学》等。1934 年,他在金陵大学国学研究生班开书学课,此乃民国期间书法教育最高形式,他的弟子、再传弟子遍布海内外。

从继往开来的意义上说,南京还有著名学者型的书家,如王瀣、王东培、杨仲子、沈子善等前辈[8]……回眸百年,民国时期书法的方方面面确有不少业绩,可谓粲然初具,恰好为新中国成立后书法艺术的学科化、体系化做了较好的铺垫。

【注释与参考文献】

[1] 采自《南京晨报》2011 年 6 月 24 日 A35 版。

[2][8] 孙洵.民国书法篆刻史.上海交通大学出版社,2011(7)

[3] 新中国成立后,该社社址即为中共江苏省委中山东路 307 号招待所。

[4] 现为南京长江路香铺营江苏省歌舞剧院。

［5］现为江苏省美术馆。

［6］广东籍学者李天马将此书与余绍宋《余氏书录辨伪》合成一书。齐鲁书社1987年版。

［7］实为一篆刻作品集，由艺坛名宿汪锜（1918～2009，江苏扬州人）珍藏。"雪泥鸿爪"四字为该校首届毕业留校任教的马万里（1904～1979江苏常州人）题写。

【作者简介】

孙洵，退休医师。中国书法家协会会员。

民国绿叶——赵声

诸荣会

一

只要是读过中学的人,大概都知道辛亥年(1911 年)春天的广州曾经打响过一阵密集的枪声,虽然这一阵密集的枪声十分短暂,但射出的子弹终将大清王朝这具行将就木的僵尸打穿了几个孔,流下了几滴血。当然,打响这一阵枪声的人流的血更多。正因此,其中有两位就因为这一阵枪声而成就了历史上的英名:一位是黄兴,因为正是在这一阵枪声中,他的中指和食指被打飞,使得他从此获得了一个"八指将军"的美称;另一位是林觉民,因为他用自己 24 岁的生命为这一阵枪声作了最后的祭奠,还留下了一篇《与妻书》,从历史的天空中飘然而落,直落到了我们今天的中学语文课本中。

至于这一阵密集而短暂的枪声本身之于五个多月后暴发的武昌起义、之于整个辛亥革命,甚至之于中华民族和整个国家命运的意义,更有人总结道:"是役也,碧血横飞,浩气四塞,草木为之含悲,风云因而变色,全国久蛰之人心,乃大兴奋。怨愤所积,如怒涛排壑,不可遏抑,不半载而武昌之大革命以成。则斯役之价值,直可惊天地、泣鬼神,与武昌革命之役并寿。"

写下这短文字的不是别人,是有着中国革命的先行者之称的孙中山,这段文字出自他的《黄花冈七十二烈士事略·序》中,这篇文章也收在今天的中学语文课本中。因此,今天只要是读过中学的人也都因此而知道了"黄花冈七十二烈士",也知道了那一阵密集的枪声便是历史上著名的"黄花冈起义",也叫做第二次"广州起义"。

但是,若问这场起义的总指挥是谁,恐怕一般人就不知道了。

是孙中山?

是黄兴?

是林觉民?

——都不是!

起义前,孙中山在马来西亚的槟榔屿是参与过策划的,后来则一直在南洋和檀香山等地筹集经费。也就是说,对于同盟会发动的这么一场起义,他当然事先是知道的,但是起义的具体情况他几乎是一无所知,更不要说指挥了,直到起义失败后,他才从当地的报纸上知道消息;而黄兴,虽然他实际指挥了160多同盟会员对两广总督府发起攻击,但他并不是整个起义预先选定的总指挥,相反,近百年来一直有人指责他,说他此行为虽精神可嘉,但却是一次瞎指挥,为此对整个起义的失败是负有一定责任的;至于林觉民,他只是进攻两广总督府的160多人中的一名普通战士。

历史就这样在有意无意间忽视了一个人,他的名字叫赵声——一个让今天的许多人都感到陌生的名字。

当黄兴率领着160多人的敢死队向两广总督府发起飞蛾扑火、夸父逐日般的进攻时,赵声则率领着300多革命党人正在从香港赶往广州的路上,等到他赶到广州城下,枪声已经停息,广州城死一般的静寂,一切都已不可为。

当黄兴化装逃出广州与他在香港相见时,他能做的只能是与黄兴抱头痛哭一场,然后是"哇"的一声呕出大口大口

赵 声

的鲜血。

当林觉民等视死如归地走向刑场时,他在香港的一家医院里用生命最后的一点力气吟完了"出师未捷身先死,长使英雄泪满襟"两句杜诗后溘然长逝。

——这实在不像是英雄的死法!

赵声既没能像黄兴那样断指喋血于战场,也没能像林觉民一样成为黄花冈上的第七十三位烈士。

然而,就因为这,历史就应该忘记他吗? 我们就应该忘记他吗?

二

赵声,原名疏声,字伯先,号百先,生于 1881 年 3 月 16 日,卒于 1911 年 4 月 20 日下午 1 时,江苏镇江丹徒人。

说来我与赵声也算是有缘吧,我的大学是在赵声的故乡镇江上的,那儿有一座伯先公园,我因此而较早地知道了赵伯先(赵声)的名字;我上大学是在 1981 年 9 月,入学后不久便参加了一系列纪念辛亥革命 70 周年的活动,因为这一系列的活动,我的一位老师与我们说起了赵声,因为这位老师竟是赵声的同乡,而那一年又正好是赵声 100 周年诞辰。我至今清楚地记得,当老师将"出师未捷身先死,长使英雄泪满巾"这两句赵声当年临死前吟过的杜诗含泪吟出做了赵声一生的总结后,他又愤愤地补充了一句:"如果赵声不死,我相信他在历史上的地位和影响至少不会在黄兴之下。"

我的这位老师的话说得有点书生气。一是因为历史是无法假设的;二是我相信,赵声这位本质上也是一介书生的革命家,他的革命绝不是为了替自己去与谁争"地位"和"影响"。

赵声出生在书香门第。父亲赵蓉曾为清朝禀生,隐居乡里讲学。母亲葛氏,孝谨和厚,劳心家计,因此家庭可谓殷实而优裕。赵声生得聪明伶俐,很小便在父亲所设学馆"天香阁"读书,据说八九岁时就能通读"四书""五经",不满十岁就能下笔为文,且文采烂漫。难能可贵的是,赵声还生得一副魁伟体魄和豪爽性格,再加上他平时又自练武艺,可谓是一位文武兼备、才貌双全的美少年。

兄妹四人中，赵声排行老大。因此在父母的心目中，赵声无疑寄托着他们巨大的期望，这期望当然是当时多数人不约而同的，这就是有朝一日能金榜题名，从而出人头地、光宗耀祖。1898 年，17 岁的赵声参加县试，一举考中秀才，亲友自然登门恭贺。然而他面对亲友笑着说："大丈夫当为国效力，使神州复见青天白日，区区一秀才何足道哉！"他说这番话时，在北京，为了变法维新，谭嗣同等人正血洒菜市口。因此，在他看来，不要说这区区秀才功名，就是举人、进士、状元又有什么用呢？那些都顶着功名的戊戌君子们的一颗颗脑袋不是说砍便被砍了吗？于是赵声不想再在这条求取功名的道路上走下去了，他要走出书斋，他要寻觅一条新的道路。

这让许多人不解和惋惜，但赵声决计沿着自己选定的道路走下去。

从 1898 年以后的两年间，赵声在江淮之间游历，他所到之处，所见所闻，无不是一片民不聊生、哀鸿遍野的情景。这期间，北方义和团运动失败，八国联军入侵，最后是庚子赔款，又一次将灾难深重的中国人民拖进了无底的深渊。

1900 年，赵声母亲去世，他带着痛苦、疲惫和迷惘回到了家乡。中国的道路究竟在哪儿？属于我赵声的道路又究竟在哪儿？此时的赵声在心中一遍又一遍地这样问自己。

他想起了几年前的一件旧事。

赵声家所居之丹徒大港镇，北临大江，历来舟辑便利，市场繁荣，但是由于官府的盘剥和敲诈，所以许多乡民的日子并不好过。那一年，赵声才14 岁，大港的巡检司的几个衙役又设计敲诈乡民，但是有一乡民实在拿不出什么来了，可恶的衙役不但不放过他，还无故将他拘捕。此事一经传开，乡民们愤愤不平，年仅 14 岁的赵声更是义愤填膺，他一怒之下，与几个乡民一起冲进司衙，凭着一股正气，更凭着自己的一身武艺，将阻挡他的衙役打翻在地，最终将被拘乡民解救了出来。从此，赵声被誉为"义侠少年"。

这件事使赵声意识到，手上的那支笔终究力量太有限了，最有力量的还是武艺、还是刀枪。大概就是从那时起，赵声就在一种不知不觉间开始构建和完善着自己的文化人格了。

100 多年后的今天，我在考察赵声的文化人格时，发现他身上有两点实属难能可贵,一是他的豪爽与大气,二是他的拼命与实干,而这两者往往正是中国历代知识分子身上所缺乏的。

当然,在我之前就早有许多人看到了这一点,如赵声的同学章士钊,他曾在《赵伯先事略》一文中写道:"(赵声)魁梧多力,相貌不类苏产,又激于意气,踸驰不霸,被酒大言,无所避就,尤与寻常苏人异撰。"

但是章氏并没能发现赵声这一人格形成的原因,不过他倒是有一点判断得很准确,这就是赵声实际上并不是江南人。据史料记载,赵声先祖子褫,为宋燕王德昭五世孙,宋时为避靖康之乱而南迁京口,居于大港二十余世,一脉相承,至今赵氏祖坟犹存。也正是因此,赵声常在自己的文字后自署"宋王孙赵声"。因此说,赵声虽生于江南长于江南,也有着倚马立就的文才,但并不是世人印象中的江南才子,至少不是柳永、唐伯虎式的江南才子,他是辛弃疾式的人物。

镇江是辛弃疾两度出任通判的地方。正是因为在镇江,辛弃疾才写出了他一生中最重要的词章《南乡子·登京口北固亭有怀》和《永遇乐·京口北固亭怀古》等。赵声读着这些词章长大,那北固山和北固楼,赵声无数次的登临。

镇江还是曾经"金戈铁马,气吞万里如虎"的刘裕的故乡,还是"闻鸡起舞""击楫而歌"的祖狄北伐的起点……

"投笔方为大丈夫",从镇江走出的赵声终于投笔从戎了。

三

南京的江南水师学堂,因它于1898年招收了一位叫周豫才的学生而在历史上十分有名。后来成了"鲁迅"的周豫才当年进水师学堂(后转入其附设的路矿学堂),多少有点无奈。而赵声则完全不同,他是将此作为他投笔从戎的第一步。

就在鲁迅从水师学堂的管轮班转学去了路矿学堂后不久,赵声以第一名的成绩考入了江南水师学堂。

然而,这所学校让赵声大失所望。

我们通过鲁迅著作中记录下的发生在当年江南水师学堂的两件事情,就不难理解赵声为什么会失望了。一件是一位老师竟然在课堂上说,

江南水师学堂旧影

地球有两个,一个叫"东半球",一个叫"西半球";还有一件是,学校的游泳池淹死了两个学生,学校当局竟然填平了游泳池,并在上面建了一座关帝庙"镇邪"。

鲁迅决不相信这样的学校能培养出合格的新式海军,所以他转学了;而赵声选择了与校方交涉,要求校方改革校章和课程,结果当然可想而知——以赵声的"自动退学"而告终。

海军当不成了,还可当陆军呵。此时南京还有一座江南陆师学堂,但是招生期已过,赵声不得不寄居在陆师学堂附近的一僧寺中。每天在寺庙中听得清清楚楚的陆师学堂的号声,给了赵声无限的遐想,他每天都隔着学堂的栅栏眺望学员的操练,心中充满了羡慕。自然而然他成了许多水师学堂学生的朋友。

此时,陆师学堂监督(校长)是俞明震。有一天,俞学监在批阅学生作文时为一篇文章所吸引,阅罢大为惊喜,于是将这位学生叫到了跟前,但是只问答几句,俞明震就发现这篇"议理激越、文气畅达、文彩斐然"的文章绝不是眼前这个学生的手笔,于是厉声喝问:"此文系何人所作?"

"是学生苦心思索所得。"

"量你再怎么苦心思索也写不出这等文章,快将实情讲来。"

这位学生不得不将寄居在学堂旁寺庙中的赵声"供"出。俞明震还算开明,他一面命人将这篇文章张布于课堂,一边急召赵声来见。待见到赵声并进行了一番交谈后,俞明震特许他插班就读,与章士钊等人同学。这颇具戏剧性的一幕终于使赵声实现了投笔从戎的愿望。

俞明震没有看错人:1902年年底,赵声于江南陆师学堂毕业,不久去日本考察军事,10年后成了中华民国的第一位陆军上将。或许这就是这座以培养陆军军官为教学目标的学校所创造的最值得骄傲的"成绩"吧?

四

孙中山当然是"中华民国"的最伟大缔造者。

但是黄兴死后,同盟会元老、国学大师章太炎给他的挽联却是:"无公则无民国,有史必有斯人。"

这样的对联无疑是一种盖棺定论,如此几乎是至高无上的评价送给黄兴,他是当然能够承受得起的。

有人说,黄兴是孙中山的"左膀右臂",没有黄兴,民国的建立恐怕还要艰难和迟缓许多。

还有人说,黄兴一辈子甘做绿叶,这一副对联则代表历史送给了他一个春天。

这些话当然都不无道理,但是我以为,黄兴最多只是孙中山的一条"左膀",他不是"右臂"。"右臂"是赵声。

20多年前,我去瞻仰赵声墓,见墓前的石柱上赫然刻着这样的对联:"巨手劈成新世界,雄心恢复旧山河。"这样的评价不也是几乎至高无上了吗?

孙中山、黄兴和赵声三人走到一起,是中国革命的幸运,也是中国历史的幸运,甚至也是我们这个多灾多难的国家和民族本身的幸运。

1903年2月,赵声东渡日本考察军政,结识了黄兴等人,使他多年忧愤于国家危难的沉闷心胸豁然开朗,他说:"中国事尚可为也。"并认识到革命真正的战场还在国内,"徒留日本空谈,于革命无补也",遂很快回国,积极从事革命宣传和革命活动。在家乡镇江一带创办"阅书报社""安港学堂""体育会"等,把乡间欲有作为的热血青年发动并组织起来,向他们宣传革命真理。他还应聘任教于南京两江师范学堂,内结同校教员、学生,外结社会上的进步同志。为了宣传革命,他还把丢弃的笔又重新捡拾起来,秘密创作了唱本《歌保国》,以慷慨、通俗、顺口、易记的形式抨击清王朝对内压迫人民,对外卖国求荣的罪恶行径,号召人民起来推翻清朝政府的反动统治。

1905 年 8 月,中国同盟会在日本东京成立。

一阵热烈的掌声后,黄兴用浓重的湖南口音宣读着由他起草的"中国同盟会章程(草案)"。

黄兴说:中国同盟会的宗旨是"驱除鞑虏,恢复中华,创立民国,平均地权。可用三个词概括,即,民族、民主、民生"。

黄兴说得慷慨激昂,那响亮有力的声音传得很远很远,传向了大海彼岸的中国。

控制着垂死的清王朝的那个垂死的女人听到了这个来自大海那一边的声音,听得她浑身一阵发抖,然后迷迷糊糊地嘟囔道:"怎么又是一个广东人、一个湖南人呵!康有为不是很识相了吗?谭嗣同不是早已经杀了吗?"

这个声音赵声当然也听到了,他听得举酒痛饮,吟诗寄友:

> 百年已过四分一,事业茫茫未可知。
>
> 差幸头颅犹我戴,聊持肝胆与君期。
>
> 欲存天职宁辞苦,梦想人权亦太痴。
>
> 再以十年事天下,得归当卧大江湄。
>
> ——赵声《乙酉初度寄友》

同盟会成立大会上还推举产生了领导人:由黄兴提名、大会一致通过孙中山任中国同盟会总理。由孙中山提名,大会也一致通过由黄兴任执行部庶务,并明确"庶务实居协理之职,总理缺席时,有全权主持会务"。

中国同盟会的成立是中国革命的一个分水岭。从此以后,中国的革命力量开始由无序走向有序,由分散走向聚集,由自发走向自觉。然而,许多年以后,每当我们一次又一次地审视这一段历史时,有人说,中国同盟会的成立完全是一群年轻人热血的聚会,是一群书生激情的爆发。

是的,当时的会场上一定是一个群情激奋,热血沸腾的世界,在场的哪一个不是年轻的书生啊！他们发誓要放下笔，拿起枪，用自己的青春与热血去拱翻清王朝的江山。

此时唯有赵声已不是书生，他已在"新军"中任参谋官和管带，他除了高兴得聚三五好友举杯痛饮一醉方休，更用具体的工作实绩与孙中山、黄兴的开天地辟地之举作遥相呼应。此时，由赵声创编的《歌保国》，在《苏报》主笔、赵声在陆师学堂读书时的至交学友章士钊的帮助下，秘密印刷了数十万份，广为散发，它与同年问世的邹容的《革命军》和陈天华的《警世钟》《猛回头》一样，成为当时推反帝制、创立共和的极有影响的宣传品，长江中下游的新军几乎是"人手一纸"。革命的火种已由赵声亲手在长江流域的新军中播下，开始等待燎原的那一天。

1906 年初，赵声正式加入同盟会，并被推为长江流城同盟会"盟主"。

至此，孙中山、黄兴和赵声的革命"铁三角"开始形成。

1909 年 10 月，孙中山指示发动广州起义，赵声、黄兴到达香港一同策划，决定由赵声担任起义总指挥，并制订具体的起义计划。

当孙、黄、赵三人的手真正握在一起时，那是一个伟大时刻，因为从这一时刻后，他们三人之间这个"铁三角"不但得到了进一步巩固，而且似乎还从此形成了相对固定而明确的分工，这就是孙中山主全面和外交，而黄与赵主军事和内务。

1910 年初，孙中山去日本和南洋各地筹款，赵声与黄兴具体组织和领导庚戌广州起义。

1910 年 6 月，孙中山先生电召黄、赵赴日本，共同总结庚戌广州起义的经验与教训，并研究再次组织和发动起义。6 月底，中国同盟会总部从东京迁至香港，孙中山被推举为外部总长，赵声被推举为内部总长，同时赵声还被推举为香港同盟会会长。

1911 年 1 月，广州起义领导机关统筹部成立，孙中山被推举为部长，赵声为副部长兼交通部长。随后孙中山去南洋筹款，赵声与黄兴负责起义的准备与组织。在 3 月 10 日统筹部召开的"发难会议"上，赵声被推举为起义总指挥兼交通部长，黄兴任副总指挥。

如此的分工的确可以说赵声在革命中的地位和作用"至少不会在黄兴之下"。

五

第一次广州起义,作为总指挥的赵声,曾制订了计划。计划大体上分为三步:(一)利用春节假日发动起义。(二)起义以新军为主力,由城外进攻广州,巡防营在城内响应配合,实行内外夹攻;同时发动惠州等方面的会党民军起事声援广州。(三)占领广州后,赵为革命军总司令、倪映典为副总司令,率军统一广东,进而兵分两路北伐,一路由江西取南京,一路出湖南攻武汉。

第二次广州起义,大的战略步骤大体仍是如此,但赵声吸取了第一次失败的教训,起义的具体战术由重点从外围攻城改为重点从城内暴动,并且他将起义军分为十路:第一路由赵声亲率江苏军攻打水师行台,第二路由黄兴带领南洋、福建同志攻击两广总督署,第三路由陈炯明领东江健儿堵截满界,第四路由朱执信领顺德队伍守截旗界,第五路由徐维扬领北江队伍进攻督练公所,第六路由黄侠毅领东莞队员打巡警道,第七路由莫纪彭领军策应徐维扬、黄侠毅两队,第八路由姚雨平率领陆军响应,第九路由洪承点派队分途攻守,第十路由刘古善领队分途攻守。各路且约定好暴动时间,同时行动。1911 年 4 月 23 日,起义组织者在两广总督署附近的越华街小东营五号设立起义总指挥部,又将原定十路进军计划改为四路:黄兴率一路攻总督衙门,姚雨平率军攻小北门,陈炯明带队攻巡警教练所,胡毅生带队守南大门。

这样的起义计划,即使用今天的眼光来看,除了对于敌我双方力量估计不足外(其实不应该说这是他们的估计不足,而更应该看作是革命者一种大无畏精神的表现),应该是周密的、细致的。前面我曾说到,赵声身上除了豪爽与大气外,还有一种闪光的文化人格,这就是拼命与实干,而这种不顾敌强我弱的决绝无疑体现了他的拼命,同时计划的周密和细致又无疑体现了他的实干。而这一切又让我常常对赵声的知识分子人格产生怀疑,因为这一人格不是中国知识分子的常见文化人格;相反,中国的知识分子,特别是传统知识分子,往往总有些天真与幼稚、软弱与浮躁,理想远大往往流于空谈,失败面前往往表现浮躁,坚韧不拔往往流于执拗。总之,不实际,无主见,很脆弱。往远了说,如李白、杜甫,他们都自诩自己有"致君尧之上"的辅宰之才,但事实上呢？李白根本就缺乏起码的政治眼光,永王李璘一个召唤,他就屁颠屁颠地下山了,但很快就弄得个"世人皆曰杀"的狼狈地步;杜甫则心胸狭窄,遇事常常执拗得可爱,最终证明他虽是诗中圣哲,但绝不是政坛领袖,甚至连官场高手也算不上。还有我们都熟悉的陆游,他的爱国热情是毋庸置疑的,但他的有些主张却很值得商榷,正是为此,钱钟书在一千多年后还对他多有非议,说他"喜论恢复,几近大话空言"。再往近了说,如康有为,当恭亲王问他"祖宗之法如何可变"时,他回答说:"杀了几个大员就可以了!"一句话将本来对新法有一定好感的恭亲王推到了新法的对立面。政治上偏激,行为上执拗,这不能不说是康有为人格上的一种缺陷。再比如鲁迅(因为他与赵声是校友,所以我平时常常将他们二人比较)。众所周知,鲁迅勇于解剖别人,也勇于解剖自己,换句话说,鲁迅总怀疑别人,也总怀疑自己,他的这种多疑注定了他几乎不可能有真正知心的朋友,而事实上也几乎如此。我们称鲁迅是"伟大的文学家、思想家和革命家",我以为前二者是名符其实的,但"革命家"其实更多的是从他思想的角度给予他的尊称,因为一个没有朋友的革命家是不可想象的。

赵声为人豪爽,所到之处总呼朋唤友,这一点他与鲁迅很不同,倒是与孙中山有点相同。

众所周知,在同盟会元老中有两个著名的绰号,一个是"孙大炮",一个是"章疯子",这两个绰号的主人,前者是孙中山,后者是章太炎。革命需要一种敢于放"炮"的霸气和"疯"劲,尤其是领袖人物有时更需要具有这种精神,但是仅有这种精神是万万不够的,革命有时更需要拼命的执著和精细的实干,但是作为人文品格,其二者是很难在一个人身上统一的,而赵声身上正难能可贵地统一着这两种品格。因此,我觉得赵声本质上是个文人,是个知识分子,但也是一个天生的革命家。

章太炎

当然,这并不是说孙中山在革命的过程中只会放"炮",也不是说赵声比孙中山更伟大,但是孙中山作为一个统帅全面的领袖,无论如何都需要有赵声这样的助手,或者说革命本身无论如何也是需要赵声这样的实干家的。当然也需要黄兴,因为黄兴也是类似的人物。

熟悉中国近代史的人都应该清楚,在革命党人发动的一次又一次如飞蛾扑火式的起义中,孙中山一般都只是更多地从战略上作一些宏观的策划,而具体的实施者多是赵声或黄兴,说赵声与黄兴正是天赐予孙中山的一对左膀右臂,是一点儿也不为过的,至于这左膀和右臂,谁的作用更大,谁的地位更高,实在很难说,事实上也没必要说,因为他们一直配合默契。

但也有失调的时候。

第二次广州起义前夕,张鸣歧调任两广总督,由于张认识赵声,便决定赵声带领一支人马伏于香港,起义前再坐船到广州城下,与城内义军里应外合。谁知由于突发事件,黄兴沉不住气了,在多人劝阻、其他九路人马并不知情的情况下,他竟然决定提前一天起义,于是他率领林觉民等100多人向两广总督府发起孤军攻击,结果不但他们的攻击因寡不敌众而无法得手,还造成了整个起义惨遭失败。因此,对于这一失败,黄兴实际上是负有一定责任的,但是历史望着他在作战中奋不顾身、身先士卒的身影,更念着他那被打飞的两个断指,便原谅了他。只是不知道黄兴自己有没有原谅自己,当他逃出广州与赵声在香港抱头痛哭时,他的泪水中除了起义失败的悲痛外,有没有在总指挥面前一种悔恨的流露呢,只有他自己知道。

但是一切都晚了!

起义失败了!

赵声也死了!

赵声死于盲肠炎(今天一般称阑尾炎)。这种病即使在当时也不是什么大病,并不会夺命,但他最终就因为这病而死去了。因此,赵声的生命完全与黄花冈的烈士们一样,都是为了起义,为了中国革命而付出的,同时也是为了自己心中的信念而拼掉的。

听到赵去世的消息,硬汉黄兴昏了过去……

六

广州起义后五个多月,武昌起义成功。

对于辛亥广州起义的意义,我在本文开头就写到,孙中山曾对此作了总结。让我们再回过头去看一看孙中山所写的这一段话吧,或许是因为文体的要求,这段话虽然写得饱含深情、文采斐然,但并没说出多少实处,如果用一句通俗的话来说,无非是说广州起义给后来的武昌起义产生了很大的影响。

至此人们自然要问,如果说武昌起义是在广州起义的"影响"下产生的,那么这革命的胜利未免来得也太容易了吧?但若不是这样,那么这"影响"的意思又是什么?它与一场哗众取庞的"行为艺术"所造成的"影响"又有何本质的不同呢?可起义毕竟是付出了一群热血青年的鲜血和一批中华精英的生命啊!

正是在这种追问中,人们又记起了赵声。

武昌起义导火索是保路运动。所谓保路运动,是指发生在清未的一场声势浩大的保卫铁路所有权和经营权的运动。它的起因是清政府的"铁路干线国有"政策。根据这一政策,清政府强行将粤、川、湘、鄂四省的商办铁路收归国有,而实际上收回后却是为了进一步出卖给外国列强。这不能不激起各地人民的反对,于是各地纷纷成立"保路同志会"等组织,与清政府对抗,而其中以四川最为激烈。为了镇压四川的保路运动,清政府调湖北新军入川,湖北革命党人趁机而动,动员余下新军倒戈,并获得成功。这就是武昌起义。可见武昌起义与广州起义实际上是属于这篇革命大文章中的两个不同的章节和段落。就连孙中山本人也在后来的另一篇《有志竟成》的文章中写道:"武昌之成功,乃成于意外……初不意一击而中也。此殆无心助汉而亡胡者欤?"

然而历史实际上是不存在"意外"的。

武昌起义成功的关键是新军的倒戈,而新军之所以会倒戈,原因当然有许多,但是请别忘了赵声的《歌保国》在他们手上"人手一纸"所起的作用。

辛亥革命最终在长江流域取得了成功,这当然有着天时、地利、人和等多种因素,但是别忘了这长江流域同盟会的"总盟主"正是赵声,是他曾经的大量的脚踏实地的工作,才在天时、地利之外为革命在这一带成功赢得了人和。

当广州起义制订计划,将武汉与南京首当其冲地选为北伐目标,其原因便是黄兴曾长期在武汉宣传革命活动,而南京则更是赵声学习、生活和战斗的地方,几乎是他革命的根据地。

当武昌起义的枪声打响时,最先与之策应的便是南京九镇新军对南京的包围进攻,而这些新军正是赵声当年战斗过、活动过的部队,他们中有许多人就是赵声当年的战友、部下和朋友。

……

的确,这一切使得人们在民国成立的伟大时刻很容易想起赵声,想起这位国民革命的实干家的。

1912年1月,中华民国临时政府在南京成立,为了表彰赵声为革命作出的贡献,孙中山追授赵声为"上将军",并决定在赵声故乡镇江营造烈士陵墓,让烈士魂归故乡。

英雄赵声因此而实现了"得归当卧大江湄"的人生愿望。

"大江东去,浪淘尽,千古风流人物!"

但赵声终究不会被人们忘记,相反总时时被人们记起。

七

南京是中华民国的首都,我每天生活在南京,那些民国遗迹我大多是游了又游、看了又看,如"总统府",每有客至,我必陪之参观,次数多了,竟清楚地记得刻在一块石碑上的一篇奇文,那是孙中山就任临时大总统时宣读过的誓词:

倾覆满清专制政府,巩固中华民国,图谋民生幸福,以国民之公意,文实遵之,以忠于国,为众服务。至专制政府既倒,国内无变乱,民国卓立于世界,为列邦公认,斯时文当解临时大总统之职,谨以此誓于国民。

中华民国元年元旦

这一誓词,我每读一次都会想,这恐怕是世界上最奇怪的总统就职誓词了吧,因为作为总统,还没上台却在一心想着下台的事。

然而这就是事实。

怎么会这样呢？国民革命不是中国历史上最先进的一次革命吗？它立志创建的民国不是中国历史上最先进的国家制度吗？

是的,曾几何时,中国历史上一次又一次的改朝换代,但每一次都实际上是前一次的翻版。推翻了一个旧王朝,来了一个新皇帝。朝代更替,但制度亦然。孙中山、黄兴和赵声们经过一次一次的失败、一年一年的探索,终于为我们这个古老的民族找到了一条新生的道路,这条道路是前人所从来没有走过的。中华民国的建立标志着我们这个古老的民族在新生的道路上已艰难迈出了第一步,它是革命党人用鲜血和生命赢得的胜利。

然而胜利仅仅就是走出了这一步。

此时,袁世凯手握重兵,武汉三镇,汉口、汉阳二镇已被其占据,与革命军占领之武昌形成对峙。对于袁世凯来说,是继续替清廷卖命进军武昌,与革命军决一鱼死网破,还是听孙中山的,来个反戈一击呢？他拿不定主意;而对于孙中山等革命党人来说,也拿不定主意,这是因为欲与袁氏决一死战,能不能战胜,没有把握。

1912 年 1 月 14 日,孙中山不得不给袁世凯写信:"如清帝实行退位,宣布共和,则临时政府决不食言,文即正式宣布离职,以功以能,首推袁氏。"

此时人们又会想起赵声。因为从小站练兵和办保定军校起家的袁世凯,其最大的政治资本便是他手上的这支新军,而赵声恰恰是从保定军校和新军中走出来的革命党人——如果赵声不死,或许他会有办法和能力对付袁世凯吧!？

然而赵声死了。

尽管黄兴等革命党人痛心疾首,但是孙中山还是交出了大总统的职位,孙中山在临时大总统的位置上仅仅坐了一个多月。

这条虽四处漏水但已驶出了历史怪圈的"中国号"大船,又被袁世凯拉回了原来的轨道,伟大的国家计划成了一个历史的笑话,中国的历史呵,也从此变得越发的无常而诡异。

后来的"护法""护国""讨袁""二次革命"等不必去说,就说革命内部吧,竟也发生了纷争。

　　1912 年 10 月底,孙中山已决意要将大总统一职让于袁世凯,此时黄兴督师汉阳,重兵在握。许多不愿意眼睁睁地看着革命果实被袁世凯窃取的革命党人自发地拥至黄兴周围,主张另立黄兴为领袖与袁氏一决分晓。

　　然而黄兴选择了拒绝。他于 1912 年 10 月 31 日回到了故乡,来到了他早年读书的城南书院,登上了书院的天心阁。他在此久久地站立,望着城墙上累累的弹痕,他泪眼迷茫,与身边的随从说:"我革命的动机,是少年时阅读太平天国的杂史而起的。太平天国自金田起义之后,起初他们的兄弟颇知共济,故能席卷湖广,开基金陵。不幸得很,后来因为兄弟有了私心,互争权势,自相残杀,以致功败垂成……今之倡义,为国革命,而非古代英雄革命。洪会中人,犹以推翻满清,为袭取汉高祖、明太祖、洪天王之故智,而有帝制自为之心,未翻共和真理,将来群雄争长,互相残杀,贻害匪浅。望方以民族主义、国民主义、多方指导为宜。"

　　是的,国民革命虽然有一点还是与以往任何一次革命无异,这就是本质还是造反,中国似乎历来都并不缺乏造反者,这便是中国比世界上任何一个国家和民族都多农民起义的原因。那些造反者,他们的造反原因往往都是自己的日子过不下去了,我们熟悉的陈胜、吴广、梁山好汉、李自成、朱元璋、洪秀全等等都是这样,但是孙中山、黄兴、赵声们,大多家庭殷实,他们如果不选择革命,或许都能够过上比较安逸的生活,他们毅然踏上了革命这一条不归路,是他们不同于历史上所有造反者一点,也是他们伟大的一点:只要真的能使国家和民族走上一条新生的道路,人民不再受苦受难,他们什么都可以不要,不要说是安逸的生活,就是鲜血和生命也在所不惜。

　　至于个人的荣誉、位置、权力,那更是不在话下!

　　我想黄兴在天心阁上说出这番话时,一定想到了与天心阁只一字之差的天香阁及其主人了吧!因为这位"天香阁主人"早就写过"再以十年事天下,得归当卧大江湄"的诗句。

　　黄兴的这一番话道出了他自甘做一枚绿叶的原因,也见出了黄兴的伟大,但历史终究"给了黄兴一个春天"。孙中山说他的功劳"巍巍乎如昆仑",连法国人说他是"中国的拿破仑"。听,黄兴故乡的儿童至今还会唱这样一首儿歌："凉秋时节黄花青,大好英雄返故乡;一手缔造共和国,洞庭衡岳生荣光。"

惟有赵声成了一枚永远的绿叶。

我在南京写作本文时,也正是"凉秋时节黄花青",窗外的绿叶大多已经变黄。文章写完了,我推开窗户,一阵秋风袭来,一枚落叶飘进窗来,落到我的书桌上。我禁不住想,树上的叶儿落了,明年春天还会长出新的绿叶,但历史的季节深处,赵声这一枚绿叶有一天也会变成这样一枚落叶吗?

【作者简介】

诸荣会,中国作家协会会员,江苏教育出版社副编审。

国葬钟山人未识

——记被湮没的辛亥先烈范鸿仙

黄慧英

一

南京紫金山东麓，马群环陵路旁，一块省级文物标志碑伫立一侧，恰如一面呼啸的旗帜，引领人们登高向前。沿着牌坊拾级而下，蜿蜒进入一片静谧之地。这里松木参天，地势错落有致，辛亥先烈范鸿仙就安息于此。他的灵柩暂厝上海安徽殡仪馆20余年后，英魂得以陪伴着孙中山先生入土长眠。

第一次听说范鸿仙其人，是在大学毕业后分配到南京市档案局。当时，范烈孙女士也在档案局工作，有人告诉我，她是辛亥革命元老范鸿仙的孙女。范鸿仙？国葬于中山陵？我这个南京大学历史系的毕业生怎么没听说过。汗颜之余，就去翻阅教科书，却未见只字片语。这才明白，烈士的鲜血已被历史的尘埃所湮没。历史从来都是英雄史，而英雄的认定，会有天时、地利、人和、政治、意识形态方面的种种因素。

上世纪90年代末，范烈孙女士与我谈过为其祖父作传的事，我当时正在写《拉贝传》，以后又到明城垣史博物馆任职，工作繁忙，也就无法应承这样一个艰巨的任务。悠忽10年过去了，我也换了岗位，专门从事写作，有可能来做这件事了。

记得2006年10月我与南京市文联签约《范鸿仙传》，后来一位老作家听说了，对我说："你写范鸿仙？"当即大摇其头。我追问为什么。他回答说，你太年轻。其实"年轻"早已不属于我，我明白，他认为一百年前这样宏大的题材是不太好驾驭的，而且还是范鸿仙。范鸿仙是当年名闻大江南北的报人,博学多识,文采飞扬。难度不光在于题材背景的宏大与资料的缺乏,还在于范鸿仙留下的一些文章,引经据典,颇似章太炎之文风,难以读懂。所以"年轻"与"通俗"的隐语背面,就是有可能食而不化,把传记写得诘屈聱牙。

经常在一起探讨写作的一位作家,他也在写这段历史。他说看了那么多民国史料,至今还没见过一处提起范鸿仙。我说:"你没见到,不代表他不重要。"后来他告诉我,终于有史料提到了范鸿仙。他也感叹,历史的尘埃是如此无情。难度确实很大,在艰难曲折的写作过程与后来的联系出版中,我充分体会到了他们的真诚与善意。

《范鸿仙传》封面

现存有关范鸿仙的介绍,学界对范鸿仙的研究,与他的历史贡献严重不相称。辛亥革命已经过去一百年,关于辛亥革命历史的宣传,仍有不少有意无意的含混之处。或许是出于中国的国情吧,复杂的历史形势被简单化了,复杂的历史人物被脸谱化了;众多重要的历史人物,都为一个偶像式伟大领袖的阴影所遮蔽,而革命所产生的真实背景也就无从深究。

范鸿仙本人留下的史料,基本上是在报纸上发表的短评社论;另有国学大师刘文典所作范鸿仙行状、墓表及零星几篇他人的回忆录、论文,这些已由范烈孙女士编辑成书;还有台湾民国史大师蒋永敬先生的《范鸿仙年谱》,对范鸿仙的一生作了重要的梳理。但仅有这些,写篇论文是可能的,对于人物作传,只有大致轮廓是远远不够的。鲜活的人物,举手投足、性格爱憎,要写出个性,需要细节。

这是我写得最累的一部书稿。全力以赴,历时整整三年,在浩如烟海的史料中寻觅搜求,在历史的废墟中、在断砖残瓦中寻找可用之材,重新雕刻一块真实的碑石。范鸿仙,这位当年的风云人物,从历史深处缓缓走来。

二

关注民生是范鸿仙革命生涯中一贯的思想,这和他出生贫苦家庭,了解民间疾苦有关。

1904年,安徽寿县咸丰状元、光绪帝师傅孙家鼐聘请范鸿仙当家庭教师。孙家鼐在变法维新上曾经给光绪皇帝重要影响,并明确认识到"变法维新最重要的是'开民智''通下情'"。范鸿仙毕生致力于报纸宣传,与此自不无关系。他参加同盟会,也是孙家鼐侄孙孙毓筠介绍。在寿州相国府上,范鸿仙因接触新思潮而形成了新人生观,走上了革命道路。

1906年春,范鸿仙与当时名重一时的大儒一起任教芜湖赭山学堂,据冯自由《革命逸史》记载,刘光汉"与张通典、苏曼殊、范鸿仙诸人同事"。在这里他接触到了孙中山的三民主义思想。范鸿仙感到自己一直在思索关注的救国方略,尤以孙中山先生的革命思想最为符合中国实情。孙中山不但提倡民族振兴、人民权利,而且关注平民生计问题。范鸿仙出身低层,了解社会的甘苦。此后,范鸿仙在他的办报生涯中一直关注民生,并指出民不聊生的根源在于专制政权。

提倡白话文是范鸿仙在近代史上的贡献之一。

皖人收回了安徽铜官山矿主权,在近代从外国人手中收回主权,开了一个好的先例,这和范鸿仙在《安徽白话报》与《民呼日报》上不遗余力的呼吁有关。范鸿仙认为唤起民众,最好的做法就是办一张给他们看的报纸。1908年夏天,范鸿仙与一群安徽籍的革命党人创办了一份白话报。胡适当时在上海公学求学,并主编《竞业旬报》。《安徽白话报》第一期上就刊有笔名适之的文章,时年17岁的胡适认为承继兄弟的儿子做儿子一事,是一种"剥夺人权的野蛮制度","天下哪有不爱家的人能够爱国的道理,自己的父母尚且可以随意承认,那么自己的祖国也可以随意承认?唉!那种种拍外国人马屁、做外国人顺民的羞耻,原来都是起于这种卑鄙无耻的思想"。胡适把人伦提高到爱不爱国的高度,显然违背了人性,今天读来牵强、偏激而幼稚,但他的文章在当时具有反封建的意识,刊登少

范鸿仙

年胡适的文章,显然还有着提携的意味。胡适说,"该报只有几个月(实际一年多)的寿命,但刊登了他的多篇白话文章"。

有评论称:"清朝末年有过一阵'白话文运动',时期非常短暂,代表报刊为《国民白话日报》《安徽白话报》。"这为胡适等人后来的反对文言、应用白话做了一个非常好的铺垫,同时也使胡适的白话文受到了一年多的训练。后来胡适以 26 岁青年的身份在《新青年》首倡白话文学,领导了新文化运动。

范鸿仙深知革命非舆论宣传而得成功。除《安徽白话报》外,范鸿仙参与的笔政还有于右任相继创办的《神州日报》《民呼日报》《民吁日报》《民立报》。《民立报》实际上就是辛亥革命的机关报。

范鸿仙手中这支笔,可以说胜过十万大军,横扫千军万马,锐不可当。孙中山先生常说,范君"一支神笔胜十万师"。他常以"孤鸿"为笔名,发表时事评论文章。于右任称赞他的文章有"激昂高亢之音"。每天报纸一出,供不应求,以至有出一块银元而不得一份的盛况。所发挥的革命作用至少在两方面,一方面是对外反侵略、反帝国主义,另一方面是对内反专制、反封建主义。

对外反侵略、反帝的言论,在鸿仙主持的几个报刊中都有强烈的表示,以犀利的笔触震动了国人。其时,帝国主义的侵略势力伸入各省,安徽首先遭到英国势力的压迫,掠夺铜官山矿藏。因而挽救安徽的沦亡便成为该报的一个首要内容。皖人终于收回了铜官矿主权,这和范鸿仙在《安徽白话报》与《民呼日报》上不遗余力的呼吁有关。《安徽白话报》也因不断呼吁皖人抗拒英人掠夺安徽矿藏,惹恼了英国驻芜湖领事,在1910年初被迫停刊。共出12期。

范鸿仙稍后在《民吁日报》《民立报》各报的言论也都站在反帝、反侵略的前线。日俄战争后,日本从沙俄手中接管了辽东半岛,改称关东州。范鸿仙在《民吁日报》上发表《论中日贸易关系之切》一文,号召起来抵制日货。在东三省问题上,范鸿仙提出了过人见解。他以为"两害相权,必取其轻"。美国为自身利益考虑,较之与日本"必侵略我"有一定区别。范鸿仙在挽救中国危亡的问题上,始终走在摸索的前列。其对各国势力与中国的关系,如日本亡我之心急迫、美国的门户开放政策客观上有利于中国等超前的思想判断,在上百年的历史进程中一一得到了验证。

三

为了进行"革命三策"中的中部革命,范鸿仙等33位同志在上海组建了"同盟中部总会",《民立报》成为该会的大本营。大家分头进行,仅仅两个月另10天,武昌大革命就爆发了。经过商议,决定由黄兴与宋教仁去武昌指挥全局,范鸿仙与柏文蔚到南京策动新军,陈其美留在上海,负责上海与杭州的起义。

范鸿仙奔走于长江中下游各地,联络各方组成联军,担任特别交通和筹款,自沪上运送军资弹药以接济,成功光复了南京。之后,联军诸将为争夺南京都督,剑拔弩张,火拼在即,范鸿仙与宋教仁一日遍走各军协调,稳定了局面,避免重蹈太平天国内讧之覆辙。范鸿仙与宋教仁排解徐绍桢与林述庆之争,史书记载,多见宋而遗漏范,皆因宋教仁名位重于范鸿仙,所谓历史多为英雄史也。然而,调解之功实则多在范鸿仙,因范鸿仙之前有惠助于徐、林,称之为再造之恩也不为过;且范鸿仙自己毫无私心,光复南京,功勋表上排名第一,他却从不计较名利,二人在他面前争权夺利,你死我活,确实无地自容,始各自作出退让。

东南重镇南京的光复与稳定,迅速扭转了武汉方面的不利形势,其对辛亥革命的成功与中华民国临时政府的奠都南京有直接的关系。

其时汉口、汉阳相继失守,南京光复次日,南北停战议和。南方独立各省的代表是伍廷芳,袁世凯的代表是邮传部尚书唐绍仪。第一次议和主题主要集中在国家应该实行共和制还是君主立宪制。伍、唐在"召开国民大会表决国体"议题上达成共识,出乎中外意料。原来,伍廷芳虽是南方议和总代表,幕后操盘手却是张謇、赵凤昌,他们与袁世凯、唐绍仪在议和的关键问题上早有默契。伍廷芳与张、赵每日晚上都在一起商议,南北议和实际上摆脱了黎元洪的控制,也摆脱了同盟会的控制,成了江浙立宪派士绅代表与袁世凯代表进行的谈判。独立各省的领导权大多不在同盟会手中,江、浙两省又面临光复会的竞争,若再失去对南北议和的控制,一旦和议成功,国体采纳君主立宪制,同盟会连革命的合法性都成问题,因为同盟会的宗旨是驱除鞑虏。

中国走到了二千年来的历史岔路口,何去何从? 南北博弈的关键时刻,12月25日,孙中山从国外回到上海。这时,南北议和已举行了两轮会谈,商议停战和召开国民会议决定国体问题已有眉目。同盟会决定利用孙的声望,趁势在南京选举临时大总统,成立中华民国临时政府,造成共和国体的既成事实,以对袁施压,促使其早日迫使清帝退位。12月29日,17省代表在南京选举孙中山为临时大总统,以南京为中央临时政府所在地。

南北代表议和,南方坚持国民会议在上海举行,北方则坚持在北京举行,双方僵持不下。经过五轮谈判,在12月31日达成协议:南北双方就国体问题召开国民议会,听从国民公决,时间定于1912年1月8日。结果孙中山于1912年1月1日在南京就职,抢先确定了共和制。

南京的光复与稳定为临时政府提供了载体。在授奖南京光复400余名有功人员中,范鸿仙名列第一。

四

孙中山南京就职，其时不光同盟会诸公纷居高位，包括《民立报》诸贤都出任要职，立宪派中投机政客及旧官僚亦皆混迹其间，竟坐禄位以享尊荣。范鸿仙不屑争位，以此为耻，推辞任何职务，只求专心北伐。之后安徽发来电报，公推范鸿仙出任临时参议院议员，他认为事关立法大计，才没有坚辞。章太炎评价说，范光启（字鸿仙）"其志素坚定，非比暂时赴义要名者"。

范鸿仙决心组建一支军队，北伐彻底推翻清朝统治，坚信，除北伐外，共和别无出路。

范鸿仙比黄兴、孙中山等对袁世凯有更为深刻的认识。10月10日武昌起义爆发，清政府被迫起用袁世凯为内阁总理大臣，南北皆寄之以厚望。唯独范鸿仙挥毫逆扫，三天后以《袁世凯》一文抨击，直指其祸国殃民之本质"使袁氏拼死一战而胜，而肃清革党，则始必为中兴曾国藩，终必为国初吴三桂，再必为年羹晓，再下之，则与恩铭、孚琦辈相征逐于地下而已"，直指袁世凯狼子野心本质。袁世凯此后的人生轨迹就如范鸿仙目测一般，竟大差不离，可见其观察袁世凯人品，入木三分。

"南北和谈"开始，范鸿仙力主北伐，他向孙中山请缨以组建铁血军，获准，被任命为铁血军总司令。"铁血军总司令范鸿仙，将合肥李氏（李鸿章后人）开设'仁源''源记''福源'三典，一律发封，停当取赎以充军资。"范鸿仙妻子同盟会员李真如对子孙常说："你爷爷不死，准是共产党。"范鸿仙为后来创建的中国共产党，以革命名义"打土豪，分田地"开创了范例。

南北议和尘埃落定，范鸿仙仰天长泣，连声悲叹："伪孽虽去，袁贼末枭。北廷诸将，各仗强兵，跨州连郡，人自为守，而无降心。会权一时之势，以安易危，共和之政，不三稔矣。"在他看来，不剿灭袁世凯，和议只能以安易危，共和不过是两三年的游戏而已。后来的种种印证了范鸿仙的判断。

袁当了总统，通令各省军队改编。南北统一既定，就要服从大局，范鸿仙于是带头交出兵权。这是一个唯武力可以称雄，人人皆求拥兵自重的时代,许多独立省虽则无意北伐,却人人抓住兵权不放松。相比之下,范鸿仙毫不犹豫自释兵权,裁军不哗。刘文典在《故陆军上将范烈士墓表》中称,"前所未有也"。

因南北议和,范鸿仙以平民身份重回《民立报》担任主笔兼总理。袁世凯上台后,收买革命党人,暗杀宋教仁,解散内阁,共和已名存实亡。宋案发生,范鸿仙一直主张武力解决宋案,他不信法律和舆论能迫使袁世凯下台。他在《民立报》上写文章公开声明"与恶政府不共戴天",这一时期,他的 36 则时评,有 32 则是针对袁世凯的。

范鸿仙认为,总统控制下的法律解决总统杀人案,无疑痴人说梦。革命的宗旨就是改制,是既有制度的根本改变。而现在革命成了袁世凯等旧官僚改朝换代的工具,共和成了挂名的招牌。岂能容忍?这是国体问题,宁为玉碎,不为瓦全!他在《民立报》发表文章,呼吁"牺牲吾人宝贵之碧血,以刷新共和之颜色",即使是流血牺牲也在所不惜!

法律解决宋案,国民党即使不能赢得主动,也应等待时机,但孙中山、范鸿仙等人过于迷信革命,发动二次革命,很快失败。范鸿仙流亡日本,是孙中山忠贞不二的追随者。他带头加入中华革命党,党证号为 28 号。1914 年 1 月 10 日,袁世凯强令解散国会。孙中山决定再次讨袁,召集范鸿仙等多次商讨。范鸿仙在上海的秘密工作卓有成效,决定冒险强攻上海制造局。上海镇守使郑汝成侦知上海革命党首领实为范鸿仙,即电呈袁世凯,袁令郑"悬十万金购范鸿仙头"。孙中山即派蒋介石携款赴沪增援,范鸿仙感奋于艰难境况下中山先生的信任,说"今日吾知死足矣"。范鸿仙期待一举拿下上海。凶手收买了范的保镖,杀害了范鸿仙。准备起义的 200 多名武装人员也全部惨遭杀戮,多方准备的第三次革命就此遭受严重挫折。当时的形势并不具备武装起义的各项条件。范鸿仙视不可为而为之,只因抱定了捍卫共和的坚定信念。遇害时,年仅 32 岁。

五

在我国历史上,对"权力"的膜拜远胜于对权威的崇拜,因为两千多年的专制统治,"权威"大都依附于"权力",由"权"而"威",由"权"定"威",也由"权"废"威"。立宪派和革命党,包括孙中山,都没有逃脱对"权力"的迷信这一巢穴,在这方面,宋教仁用鲜血作了可贵的实践。

立宪,制定宪政,树立法制"权威",国家才能立于不败之地。范鸿仙在这方面曾经有过"灵光"闪动。尽管范鸿仙认为,君主立宪不足以解决中国问题,清廷决不会实行真正的"立宪",竭力反对中国实行君主立宪制,但他却又不回避君主立宪制在日本的成功。《民吁日报》创刊次日,张之洞病逝。范鸿仙发表《论南皮出缺与政局之关系》一文,中国失了栋梁之材,日本侵华、侵朝恐将变本加厉。一个重要人物的生死,在立宪(法治)与专制(人治)国家中则有不同之影响。他以中日两国比较,"日本维新以后……曾不见其因一二人之死亡,而国运因之而替。反观吾国,则其现象正与之相反……所谓其人存则其政举,其人亡则其政熄,正为专制国历史上一成不易之公例也。"

即使是在百年后的今天,范鸿仙也是识见犀利。在中日近代化的赛道上,洋务运动与明治维新同时起跑,尽管日本起步比中国还迟,然而最终结局却大相径庭,大清王朝愈加摇摇欲坠,日本帝国则一飞冲天。一悲一喜不在人才,而在体制:一为专制,一为宪政;一为人治,一为法治。范鸿仙认为,整个中国的近代化都是在畸形的轨道上爬行。而清廷一味强调中国的特殊国情而延宕政治体制的变革,并非甘心让出手中的权力。要想让中国飞驰,只有扒掉畸形的轨道重建。他为民族主义和民主主义的革命呐喊奔走,参与推动了两千年帝制的瓦解,功在千秋。

二次革命失败之后,孙中山决意"毁党造党",抛弃国民党,另组中华革命党,要求党员立誓约、按指模,宣誓牺牲效忠自己。甚至认为"你们的见识有限,所以必须盲从我",此举遭同盟会一些元老级人物的坚决抵制。黄兴指出,这种极权体制"岂不是与我等毕生奋斗的宗旨相违背"?就此而言,孙中山实际上已经走到了自己的反面,违背了当初推翻专制的初衷。范鸿仙是付诸实施的坚定追随者。

革命成功之后,在建立民族国家的道路上,一些革命党人开始视法治为一种妨碍,二次革命之后,个体的自由减少了,如孙中山要求党员绝对服从;追求"群体的自由",如民国建立后率先发动战争,破坏法治。因此在某种程度上讲,二次、三次革命打着讨袁的旗,矛头对准的却是民国;打的是袁世凯,疼的却是民国,开了近代武力纷争的先河。

范鸿仙有他的时代局限,他的局限以二次革命为界。范鸿仙追求单纯的民主主义目标,一如既往崇尚武力革命,在二次革命与三次革命中,不惜付出生命的代价捍卫理想。二次革命后他追随孙中山,竭力劝说大家服从孙公,无论如何以孙公之马首是瞻,"天下事犹可图,终成大业者,其孙公乎?"过分地推崇武力和领袖的独裁作用,即开始背离早年崇尚的英美式的宪政民主道路。范鸿仙忽视了一个根本问题,人性都是有弱点的,指望一个"伟人"与盼望一个"好皇帝"都有撞运气的成分。伟人即使出自崇高的个人动机,也可能在现实政治和专制土壤中渐渐蜕变,从而走向独裁与穷兵黩武之路。

六

传记成稿后,台湾蒋永敬先生看了书稿很是认可,认为对他的《范鸿仙年谱》有所补充。见到我,先生辟头就问了几个问题,说你怎么找到的,是通过什么方式搞清这些问题的。他说,你在搜集分析史料方面肯定是有独到之处的,你可在后记中介绍一下。蒋先生在学术界大名鼎鼎,是台湾国民党史的头号领军人物,江泽民主席曾专门接见过他。得到蒋先生的肯定,并为拙作写了序,我非常感动,在此深表谢意。

传记出版后,社会反响热烈,除各报刊杂志进行了评论介绍,已由中央电视台将烈士事迹拍摄收入《百年辛亥》纪录片中,安徽电视台、南京电视台更是拍摄了范鸿仙的专题纪录片。

作为传记作者,我还是有所遗憾。我相信,烈士的事迹还有许多湮没于不为人所知的角落,等待着人们去发掘研究。烈士的功绩必将更多地昭示于天下,为越来越多的人所熟知、景仰。

【作者简介】

黄慧英,文博研究馆员,南京市文联签约作家。

南京民国建筑的价值及其保护利用

长　北

建筑学家齐康指出："由于南京在中国近代历史上的特殊地位,南京的民国建筑丰富多彩,在中国近代建筑史上占有重要的位置。随着南京社会的发展和经济的腾飞,新的城市建设与近代历史形成的有价值的建筑和环境保护之间的矛盾,比以往任何时候都要突出。矛盾的合理解决,需要社会各界的关注和广泛支持,而首要的前提是让人们认识到近代建筑遗产的文化和艺术价值。"[1]南京民国建筑的价值何在? 应该如何保护利用? 本文在对现存南京民国建筑调查摸底的基础上,分析南京民国建筑的价值,提出其保护利用的具体意见,以期为政府决策提供依据。

一、南京民国建筑的价值

从建筑学、艺术学的角度看,南京民国建筑除中山陵、原中央大学大礼堂、原外交部等几座经典作品外,总体上兼容并包,缺少稳定风格。梁思成在世时曾经批评道:"前二十年左右,中国文化曾在西方出过健旺的风头,于是在中国的外国建筑师,也随了那时髦的潮流,将中国建筑固有的许多式样,加到他们新盖的房子上去。其中尤以教会建筑多取此式,如北平协和医院、燕京大学、济南齐鲁大学、南京金陵大学、四川华西大学等。这多处的中国式新建筑物,虽然对于中国建筑趣味精神浓淡不同,设计的优劣不等,但他们的通病则全在对于中国建筑权衡结构缺乏基本认识一点上。他们均注重外形的模仿,而不顾中外结构之异同处,所采取的四角翘起的中国式屋顶,勉强生硬地加在一座洋楼上;其上下结构划然不同旨趣,除却琉璃瓦本身显然代表中国艺术的特征外,其他可以说仍为西洋建筑。"[2]李允鉌评价中国近代民族形式的建筑"有过的成绩只不过是抄袭得更像或者使用更合乎古代形制的图案而已"[3]。但是,兼容并包也是一种风格,正如张道一先生在《南京民国建筑艺术》序言中说:"混杂的建筑反映了混杂的思想,恰好说明了这一历史时期的特征。"[4]作为民国首都,南京民国建筑比较上海、天津、广州等城市民国建筑的西化,可谓参酌古今、兼容中外、融汇南北,有南京文化的王家气度,是西风东渐特定历史时期中外建筑艺术的缩影,在全国和世界范围内都有典型意义。

从历史学、社会学的角度看,民国是我国从古代跨入现代的历史转换时期,南京又是民国史迹最为集中的城市。南京民国建筑不仅系统全面地展示了中国古代建筑向现代建筑的演变,是中国传统建筑艺术向现代建筑艺术转换、创造民族建筑新形式的实物研究资料和重要历史见证,也是中国城市向现代都市前进的实物研究资料和重要历史见证。就在民国的旧房子里,演绎过一段段惊心动魄的历史,发生过一件件震惊中外的事件,南京民国建筑又是民国历史的实物研究资料和重要历史见证、中国社会形态从封建社会过渡到现代社会的实物研究资料和重要历史见证,是对青少年进行爱国主义教育的极好阵地。保护好南京民国建筑,有利于让青少年了解历史,让人民了解历史,有助于对海内外人士进行宣传,有助于促进祖国统一大业。开辟南京民国史迹游览专线,寓教于游,是一件有历史意义、政治意义的大事。

从文化学、经济学的角度看,南京十朝遗迹,以南京民国建筑覆盖面最大,成为南京城市形象的主要外化特征,南京民国建筑及其生态环境的保护直接关系着南京城市个性形象的确立,关系着南京城市历史文脉的体现。四海宾朋向往南京,不是因为南京是现代化大都市,而是奔着南京丰富的历史文化遗迹,特别是丰富的民国历史文化遗迹而来的。据有关方面调查,外地游客来到南京,必选和首选的旅游项目就是中山陵和总统府。所以,要展示南京城市面貌的历史文化内涵,就必须把民国建筑这大块文章做足。保护好南京民国建筑,开辟南京民国史迹游览专线,有利于塑造南京个性化的城市形象,有利于吸引四海宾朋,拉动南京经济的可持续发展和地方特色旅游事业的可持续发展。因此,保护南京民国优秀建筑,在保护文化的同时,也就拉动了南京经济的腾飞。

二、如何保护南京民国建筑

1. 中山陵园的保护与建设

自20世纪20年代中山陵在紫金山下落成，经过几十年的营造和种植，中山陵园已经成为南京最重要的风景区，1961年被公布为全国重点文物保护单位。陵园内有原国民革命军阵亡烈士公墓建筑群(1932～1935)、谭延闿陵园建筑群(1931～1933)、原国民政府主席官邸(1931～1934)、廖仲恺墓(1935)等全国文物保护单位和省、市文物保护单位共28个，音乐台(1932～1933)、藏经楼(1935～1936)、桂林石屋(30年代)、仰止亭(1930)、流徽榭(1932)、行健亭(1933)、光化亭(1934)、正气亭(1947)、志公塔和国民革命历史图书馆等，都是很有特色的民国建筑。中山陵园在国际上影响极大，已经成为南京的象征。因此，陵园内每一项营造工程、每一项设施都必须和中山陵的文化品位、国际影响相适应，不得随意插入无关主题的建筑。谭延闿陵园已列入全国文物保护单位，墓前石供桌、石狮等圆明园旧刻缺乏保护措施，局部已经残损。廖仲恺墓也已列入全国文物保护单位，八角形墓表亭被拆，两座方亭已残。随明孝陵申

中山陵全景

报世界文化遗产,建议将明孝陵通往孝陵卫路程的绿化与建设提上议事日程,以带动原中央体育场(1929～1933,在今孝陵卫灵谷寺 8 号)的保护与开发。

2. 划出民国建筑景观路

民国时期国民政府机关建筑多分布于中山大道旁,原国民政府交通部办公楼(1933～1934,在今中山北路 303 号)、原国民政府铁道部建筑群(1928～1933,在今中山北路 252、254 号)、原国民政府最高法院(1933,在今中山北路 101 号)、原国民政府外交部大楼(1931～1935,在今中山北路 32 号)、原励志社建筑群(1929～1931,在今中山东路 307 号)、原国民党中央党史史料陈列馆建筑群(1934～1936,在今中山东路 309 号)、原国民党中央监察委员会建筑群(1936,在今中山东路 313 号)、原中央博物院建筑群(1936～1953,在今中山东路 321 号)堪称民国时期经典建筑。此外尚存:原国民政府军政部(在今中山北路 212 号)、原国民政府监察院(在今中山北路 105 号)、原国民政府财政部(在今中山东路 128 号)、原国民政府经济部(在今中山东路 145 号)等国民政府机关建筑。建议将中山北路萨家湾至鼓楼段、长江路路北、中山东路路北等几条交通干道辟为民国建筑景观路。沿路建筑限制层高,以中西合璧或民族样式的建筑为造型主调,以与民国建筑谐调。如果必须砌筑与民国建筑风格不一的高楼,宜后缩若干米,与民国建筑保持空间距离,使冲撞不至过于强烈。这一区域新砌建筑已有硬伤:原中央博物院仿辽庑殿顶大殿,斗栱粗壮有力,造型古朴雄浑。这样起结构作用的斗栱,辽代以后绝少见到。1999 年,风格近似的南京博物院新殿在其西侧落成,东侧高楼又不由分说拔地而起,不仅堵死了南京博物院的发展空间,也破坏了博物院建筑群的完整布局和恢弘气势,破坏了中山东路民国建筑群的整体风貌。中山北路南京军区政治学院是原国民政府行政院所在,在条件许可的情况下,建议对此建筑群进行全面修复。

3. 划出鸡鸣寺历史文化保护区

玄武区鸡鸣寺、鸡笼山一带有原国民政府考试院建筑群(1928～1934,在今北京东路 41 号)、原中央研究院建筑群(1931～1947,在今北京东路 39 号鸡笼山麓)、原中央研究院气象研究所建筑群(1928～1930,在今鸡笼山腰北极阁 2 号)和民国名人故居原宋子文公馆(1933,在今北极阁山顶)、原孔祥熙公馆(1936,在今高楼门 80 号)等,保护完好,风光优美,建议作为历史文化区加以保护。这一区域内最大问题在和平大楼。在玄武湖与紫金山的连接地带,在市政府大院门口,房产商建起高层大板楼。它是那么平、板、方、硬,蛮横霸气,毫无人情味。从北京东路看紫金山,从太平北路看紫金山,从太平门看市区,通向最美区域的视觉通道被它堵塞,历史文化区域美丽的建筑轮廓线被它无情破坏。更为糟糕的是,原本玄武湖绿阴后面、古城墙上方矗立着鸡鸣寺塔,构成一幅绝美的剪影。现在,和平大楼像压在玄武湖头顶的磐石,破坏了玄武湖入口处的美丽画面。在历史文化区砌筑高楼,使原考试院建筑群羞羞答答躲在后面,矮了半截;和平大楼则甚之又甚,无论地点、造型、色彩、层高,都错上加错。由于审批不严,层高不当,民国建筑如原励志社大礼堂、原金陵大学北大楼、圣保罗堂塔楼,其生态环境和建筑影像也被现代大楼破坏。国务院于 1995 年批准的南京市总体规划第 34 条第 1 款明确规定:"富贵山、九华山、鸡笼山保护范围内,山南建筑不得超越山的轮廓线。"市政府决定对鼓楼广场扩容,正出于打通视觉通道的考虑——将鼓楼附近的建筑古迹收纳入广场景区,把鼓楼广场建设成为突显历史文化积淀的现代广场。而新砌电信大楼突出的层高和刻板的造型成为从鼓楼广场向北观景的严重障碍。笔者以为,在历史文化区域建造大型建筑,务必推敲再推敲,慎之又慎,非上海博物馆那样的经典建筑压阵不可。

4. 玄武湖公园的保护与建设

城市公园是 20 世纪的新生事物。玄武湖公园内古城墙和绿树环抱,有翠虹厅(30 年代)、涵碧轩(1941)、诺那塔与喇嘛庙(1937)等民国建筑多座,理应以古朴自然为个性形象。上世纪 80 年代,城门口砌筑了"青楼",与城墙色彩、造型已属不谐,城门又画得黄一圈、红一圈,花里胡俏,更属乱套。倒是从解放门进园还保留着玄武湖的古朴纯净。前门不美后门美,这一反常现象说明,缺少历史文化内涵的景区包装,越包装,越毁了景区形象。

5. 原国民政府建筑群统一管理

作为全国文物保护单位的原国民政府建筑群(1928~1948,在今玄武区长江路 292 号),由于其特殊的历史意义、文化意义、政治意义,现已辟为南京中国近代史博物馆。多头管理,势必不利于统筹规划。随南京新图书馆的建成,原国民政府建筑群将与原国民大会堂(1935,在今长江路264号)、原国立美术馆(1935~1936,在今长江路266号)连成一片,成为鸡笼山外又一历史文化保护区。

6. 开放部分民国使馆和名人故居

民国时期各国使馆和外事机构建筑现存有:原英国大使馆(1922,在今虎踞北路185号)、原法国驻中华民国公使馆(20世纪20年代,在今高云岭56号)、原美国驻中华民国大使馆(1946,在今西康路33号)、原美国顾问团公寓大楼(1936~1945,在今北京西路67号、65号),还有原比利时公使馆(在今高楼门42号)、原美国新闻处(在今上海路82号)、原日本大使馆(在今北京西路3号)、原荷兰大使馆(在今南冬瓜市3号)、原加拿大大使馆(在今天竺路3号)、原巴西大使馆(在今宁海路4号)、原菲律宾公使馆(在今颐和路15号)、原墨西哥大使馆(在今天竺路15号)、原罗马教廷公使馆(在今天竺路25号)、原印度大使馆(在今北京西路42号)、原葡萄牙公使馆(在今北京西路54号)、原苏联大使馆(在今颐和路29号)、原意大利大使馆(在今武夷路13号)、原埃及大使馆(在今北京西路9号)。原英国大使馆一楼三面方、圆两排廊柱形成强烈的光影变化和虚实对比,二楼柱廊用爱奥尼柱式,为古典复兴式建筑,精巧雅致,很有观赏价值。

孙文执政时期曾住南京,国民政府执政时期又造花园洋房建筑。其中名人故居有:原孙中山住宅楼(20世纪20年代初,在今汉口路9号)、原孙中山起居楼(1912,在今长江路292号)、原陶庐温泉别墅(20世纪上半叶,在今汤山镇温泉路3号)、原中共代表团驻南京办事处(1934,在今梅园新村17号、30号和35号)、原八路军办事处(30年代,在今傅厚岗66号,现为八路军办事处纪念馆)、原宋子文公馆(1933,在今北极阁山顶)、原孔祥熙公馆(在今高楼门80号和中山北路128号)、原陈果夫和陈立夫公馆(1935,在今常府街30号)、原李宗仁公馆(1934,在今傅厚岗30号)、原汪精卫公馆(颐和路38号和西康路46号)、原何应钦公馆(1945,在今汉口路22号)、原孙科公馆(1946~1948,在今中山陵8号)、翁文灏故居(1948,在今五台山体育馆西侧)。民国名人故居还有:原周佛海公馆(在今山西路西流湾9号和中山北路150-1号)、原汤恩伯公馆(在今三步两桥12号)、原白崇禧公馆(在今雍园1号)、拉贝故居(在今小粉桥1号)、冈村宁茨故居(在今青岛路 33 号)、司徒雷登故居(在今青岛路 35 号)、陈布雷故居(在今湖南路 36 号)、于右任故居(在今宁夏路 2 号和中山北路 43、47、49 号)、原戴季陶公馆(华侨路 81 号)、原顾祝同公馆(颐和路 34 号)、原张治中公馆(沈举人巷 26 号、28 号)、原蒋纬国公馆(普陀路 15 号和上海路 11 号)、徐悲鸿故居(傅厚岗 4 号)、杨廷宝故居(成贤街 104 号),等等。

庐山美庐,因国共最高领导曾经居住,参观人流如潮,财源滚滚。浙江南浔小镇,在弹丸之地上挖出张石铭、张静江两个民国名人,开放其故居,提高了地方声誉,带动了旅游事业,给南浔带来滚滚财源。南京民国名人故居何止百所,其知名度又岂是南浔名人可以相比,却一所也不陈列开放,难道惟恐外地游客淹留南京?原宋子文公馆一侧囚张楼,理应作为历史人物故居开放。原高楼门孔祥熙故居,现为军官私宅,楼房在院子最深处,梧桐树可合抱。私人在南京闹市之中占据如此大面积庭院简直不可思议。原孙科公馆建筑,立面虚实相生,空灵剔透,艺术水平极高,部队使用以后,堵死建筑立面,破坏了原建筑的美感。大部分民国名人故居住着退役军官,似可动员他们以南京利益为重,另择良巢,而将名人故居逐步整修,有选择地开放。如原冈村宁茨住宅、司徒雷登住宅、拉贝故居等可吸引游人参观,带动旅游产业的发展。

7. 民国高级住宅区列入保护

鼓楼区今山西路以西、西康路以东,民国间共建花园洋房 9265 幢,车库、警卫室、卫生间、冷气暖气设施齐全。其中使馆有:原加拿大大使馆(在今天竺路 3 号)、原巴西大使馆(在今宁海路 4 号)、原菲律宾公使馆(在今颐和路 15 号)、原墨西哥大使馆(在今天竺路 15 号)、原罗马教廷公使馆(在今天竺路 25 号)等;名人故居有:原马歇尔公馆(1935,在今宁海路 5 号)、原汪精卫公馆(1936~1938,在今颐和路 38 号)、原宁夏省主席马鸿逵公馆(在今宁海路 2 号)、原阎锡山公馆(在今颐和路 8 号)、原汤恩伯公馆(在今珞珈路 5 号)、原湖北省政府主席陈诚公寓(在今灵隐路 11 号)等。此区以颐和路为主干道,以我国名胜为支道路名,如"灵隐""珞珈""普陀""天竺""莫干""牯岭""琅琊",迄今环境幽静宜人,高大的行道树遮出片片绿阴。南京政府已经采纳市民建议,将此区列入保护。建议区内新砌建筑限制层高,与民国建筑风格尽量谐调,逐步拆除少量风格游离于外的新建筑。

8. 塑造个性化的老校校园形象

民国期间南京创办了三所极有影响的高等学府。金陵大学与金陵女子大学为美国教会创办,采用了中国传统的建筑样式;原中央大学为中国人创办,却采用了西方古典的建筑样式。似应以历史积淀为依托,塑造个性化的老校校园形象。原金陵女子大学建筑群(1921～1936,在今宁海路

金陵女子大学新建校舍

122号)以宽阔的草坪为中心,中国传统宫殿样式的大楼呈中轴分布,整体典雅不失玲珑,端庄又见浑厚,角楼长廊,逶迤交错,雕梁画栋,林木扶疏,环境优美。南京师范大学较好地注意了老校区内新建筑与原建筑风格的协调,被誉为南京最美的大学。原金陵大学建筑群(1916～1936,在今汉口路22号)以北大楼为中心,十余座建筑作不完全对称布局,单体造型严谨对称,灰色筒瓦,青砖厚墙,除博风土红、细部有砖雕墙花外,全无雕梁画栋,林木森森,平淡自然,朴素宁静。原中央大学建筑群(1922～1933,在今玄武区四牌楼2号)以定型化的西方古典样式为主要手段,以简洁明确的几何形体构成庄严宏大的气派,配以规则的道路、草坪,颇具西方校园情味。南京大学和东南大学老校区新砌建筑见缝插针,新建筑与民国建筑混杂,风格不一。原金陵女子神学院(1912,在今新街口大铜银巷13号)、原金陵神学院(20世纪20年代,在今汉中路140号)、原明德

中学(20世纪20年代,在今建邺区莫愁路419号)内,也有富于特色的民国建筑群。建议将新建筑与民国建筑拉开空间距离,或就近协调统一。其余如原河海工程专门学校(今河海大学)、原国立中央政治大学(今中共江苏省委党校)、原工兵学校(今中国人民解放军工程兵工程学院)、原炮兵学校(今解放军南京炮兵学院)、晓庄师范学院(今南京晓庄学院)、南京高等师范附属中学(今南京师范大学附属中学)、南京市第一中学(今南京一中)、育群中学(今中华中学)内,各有民国建筑,不妨区别等级进行保护。

三、南京民国建筑的开发利用

具有观赏价值的南京民国优秀建筑大多在中山大道两旁,保护状况良好,沿线绿化、靓化亦好,交通十分便捷,具备开发旅游的条件。如从大桥或下关至中山北路,经鼓楼、鸡鸣寺至长江路,再至中山东路,出中山门,至紫金山天堡峰,观赏原国立中央研究院天文研究所建筑群,游程太长,一天难以结束。可以汉府街为始发站,设计作五条旅游专线:1. 中山陵园游。出中山门至中山陵、天文台,俯瞰南京新貌,回程经植物园并瞻仰廖仲恺墓,从太平门、龙蟠路回长江路。2. 民国中央政府机关故址游。从长江路发车,经过太平北路,至原考试院、原中科院、气象台登鸡笼山顶,俯瞰南京新貌,然后至中山东路看原励志社、原中央监委、原中央档案馆,参观原中央博物院,回长江路。3. 大学游。沿学府路参观原中央大学、原金陵大学、原金陵女子大学,回程顺道参观原汇文书院(今金陵中学),回长江路。4. 革命史迹游。从总统府带至梅园新村,参观纪念馆和附近民国建筑。5. 别墅区游。除参观颐和路一带别墅以外,还可登上鸡笼山顶,参观宋子文公馆和一侧囚张楼,俯瞰南京新貌。

自笔者1999年提出"保护南京民国建筑"的提案以来,南京在老城改造方面不断推出重大举措,如北极阁改造方案、颐和路高级住宅区改造方案、中山东路改造方案、博物院广场改造方案、中山宾馆门前改造方案等,说明相关专家和本人提案、调查、论文中提出的建议得到政府采纳,笔者深为欣慰。

曾任江苏省副省长的王珉在一次全省文化工作会议总结报告中指

出："要正确处理好现代化建设与保护文化遗存的关系,充分利用富有特色的文化资源,确定城市的文化形象和环境主题","特色和个性是一个地方的名片,是无形资产,会带来可观的经济效益"。我们要充分认识南京民国建筑的文化传播功能、思想教育功能、形象塑造功能和对城市经济发展不可估量的推动作用,把南京建设成为现代文明和历史文化交相辉映的山水园林城市。

【注释与参考文献】

[1] 引自中科院院士、东南大学建筑系博士生导师、建筑学专家齐康先生对笔者 2000 年著作《南京民国建筑艺术》一书的书面评语。

[2] 梁思成、刘致平《建筑设计参考图案》,梁思成序,转引自李允和《华夏意匠》,香港广角镜出版社 1982 年版。

[3] 李允鉌.华夏意匠.香港广角镜出版社,1982:444

[4] 长北.南京民国建筑艺术.江苏科技出版社,2000

【作者简介】

长北,本名张燕,东南大学艺术学院教授,聊城大学、南京师范大学客座教授。

试论南京民国建筑的科学性和民族性

——以总统府建筑群为例

卢海鸣　朱　明

在中国近代史上，南京作为中英《南京条约》签约地，清朝两江总督衙门所在地，太平天国的都城，中华民国的首都，风云际会，华盖云集，都城内各类建筑星罗棋布，这些建筑在为人类提供活动舞台的同时，又因人类的活动而充满生机和活力。时至今日，曾经活跃在中国近代舞台上的风云人物，大多已如过眼云烟，随风而逝；而当年的建筑，历经时代的变迁和人世的兴废，或多或少有一些保存下来。在今天的南京城内，保存至今的近代建筑，从某种意义上来说，不仅是城市的躯体，是城市的灵魂，更是社会发展的标志，它们具有历史、科技、艺术多方面的价值。

南京民国建筑是中国近代建筑的一个重要组成部分，始于 1840 年，讫于 1949 年。在中国建筑史上处于承前启后、中外交融的过渡时期，经历了由照搬照抄到洋为中用融会创新的发展轨迹，其中总统府建筑群堪称是中国近代建筑科学性和民族性有机统一的范例。

一、总统府建筑群的历史沿革

总统府建筑群，指的是长江路 292 号总统府旧址、东箭道19号行政院旧址，以及长江路288号、290号主计处和参谋本部（后为军令部、首都卫戍总司令部）旧址，现为南京中国近代史遗址博物馆。1982年，以"太平天国天王府遗址"的名义被国务院列为第一批全国重点文物保护单位。

总统府建筑群所在地，六朝时期（229～589年）是建康都城的核心——台城（皇宫）[1]所在地，明朝时期为降将陈理的归德侯府和汉王府，清朝时期为两江总督署，太平天国时期为天王洪秀全的天朝宫殿（又称天王府）。1912年1月1日，孙中山在两江总督署就任中华民国临时大总统，建立了中华民国。在1912年4月1日孙中山辞职后至1927年之间的北洋政府统治时期，这里先后做过留守府、都督府、督军署、副总统府、宣抚使署、五省联军总司令部等。1927年4月18日，南京国民政府成立后，至1937年11月，这里一直是国民政府所在地。同时，在国府东院设有行政院，西院设有主计处和参谋本部（后为军令部、首都卫戍总司令部）。1937年12月南京沦陷后，国民政府所在地先被日军第16师团占为司令部。1938年大汉奸梁鸿志在此设立伪维新政府行政院。1940年3月，汪精卫的伪国民政府成立后，为显示"正统"地位，欲以原国民政府所在地为办公地点，但日本人正在对蒋介石的重庆国民

两江总督署辕门

政府进行诱降，所以未予理睬。汪精卫只好在此设立了监察院、立法院、考试院。1946年5月5日，国民政府从重庆"还都"南京，仍以此为国民政府中枢所在地。1948年5月，蒋介石、李宗仁分别"当选"总统、副总统，国民政府改称"总统府"。1949年4月23日，中国人民解放军占领南京，总统府的历史翻开了新的一页[2]。

总统府建筑群的历史上起六朝,下讫民国,上下 1700 年。按理说,历代建筑物都应该有,但实际情况是,一方面由于我国传统木结构建筑寿命较短,难以保持长久;另一方面,在改朝换代的过程中,这里的建筑物往往在劫难逃。从隋朝灭陈后对建康城郭宫阙"平荡耕垦",到太平天国时期拆毁两江总督署,兴建天王府;再到清军入城后,烧毁天王府,重建两江总督署,总统府建筑群经历了数度兴废。[3]现在保持下来的建筑物,其年代上限为 1864 年清军镇压太平天国运动后,下限为 1949 年南京解放[4]。高丹予先生《南京民国总统府遗址考实》一文写道:"其具有晚清及民国时期近 130 年历史的建筑群,是国内罕见、保存完好的近代官府遗存……鸦片战争后,南京民国总统府的遗址沿革,犹如中国近代史的缩影。"[5]确切地说,这里作为清朝江南重镇,太平天国和民国的政治中枢,权力的角逐场,见证了近代中国的风云变幻,是一部无言的近代史。

二、总统府建筑群的科学性

所谓科学性,与对建筑的使用价值、经济价值的追求有关。赖德霖先生认为,对科学性的追求促进了"摩登"建筑以及"国际式"建筑的美学理论在中国的传播和发展。[6]从实践层面上来看,对科学性的追求推动了中国建筑形式由传统向现代的转型。

1. 从建筑式样上来看

总统府建筑群的科学性集中体现在对西方建筑文化的推崇上,在总统府建筑群中,有多种形式的西式建筑。

(1) 西方折衷主义建筑

西方折衷主义建筑是 19 世纪 20 年代在欧美一些国家流行的一种建筑造型。这种造型的建筑是有意识地将历史上不同时期、不同风格的建筑语言混杂在一起(如古希腊罗马时期建筑、中世纪罗马风和哥特式建筑、14～16 世纪文艺复兴时期建筑、17 世纪法国古典主义建筑等),不讲求固定的法式,只讲求比例匀称,注重纯形式的美。这类建筑在清末南京开埠后比较流行,多为对西方建筑形式的刻意模仿和克隆。如 1870 年建立的石鼓路天主教堂采用的是法国罗曼式教堂形制,1888 年建立的汇文书院钟楼(现为金陵中学办公楼)和 1890～1892 年建立的马林医院(现为鼓楼医院办公楼)采用的是美国殖民期建筑风格,1909 年建立的江苏咨议局大楼(现为江苏省军区司令部所在地)采用的是法国文艺复兴建筑式样,1912～1914 建立的扬子饭店(现为下关区公安分局办公大楼)为法国 17 至 18 世纪建筑式样,等等。民国建立后,这类建筑逐渐淡出。

总统府建筑群中的孙中山临时大总统办公室(1910 年建)、政务局大楼(1926 年建)、接待室和会客室(1930 年代建)属于此类。

临时大总统办公室是清朝末任两江总督张人骏建造的西式花厅,因位置在总督署的西面,故又称西花厅。这幢建筑坐北向南,建在 1 米多高的基座上。砖混结构。坡屋顶,顶覆灰瓦。单层,七开间,三间屋内有壁炉。朝南的一侧有一外廊,有十三座拱形门,拱形门的上部中央均嵌拱心石,下为铸铁栏杆,正中为入口,有一抱厦,抱厦顶部饰有山花,东、南、西三面各有一拱形门。拱形门之间的墙体上装饰着浮雕的西式柱头,使墙体自然变成了一个个柱身。整个建筑平面呈"T"形,外墙粉刷成黄色,造型对称美观,是西方折衷主义建筑的典型实例。

政务局大楼高两层,砖混结构。中间是过道,南北两侧的一层各有一外廊,分别有九扇拱形门;二层各有九扇拱形窗,门窗之间的墙体被装饰成简化的方形立柱。坡屋顶,顶覆红瓦,有老虎窗。外墙粉刷成黄色。无论是建筑材料、色彩,还是建筑形式、功能,都体现了西方折衷主义建筑的特点。

接待室(东)和会客室(西)为一栋整体的建筑物,各有五开间,中轴线(过道)从中贯穿而过。外墙粉刷成黄色,从造型上来看,应属于西方折衷主义建筑风格。

(2) 西方古典主义建筑

西方古典主义建筑主要是指 17 世纪后期从法国兴起的古典主义建筑。其特点是以古典柱式为构图的基础,突出轴线,注重比例,强调对称,讲究主从关系。这种造型的建筑多被应用在宫廷建筑、纪念性建筑和大型公共建筑中。古典主义建筑以法国为中心,首先传播到欧洲其他国家,后来又影响到世界上其他一些地区。大约在 20 世纪初,这种风格的建筑出现在南京的校园里。建于 1922～1924 年之间的国立东南大学孟芳图书馆(现为东南大学图书馆)、建于 1930～1931 年的国立中央大学大礼堂(现为东南大学大礼堂)、建于 1922 年的国立东南大学体育馆、建于 1924～

1927 年的国立东南大学科学馆、建于 1929 年的国立中央大学生物馆、建于 1936 年的新街口中央银行南京分行(现为交通银行)均采用了西方古典柱式构图。这类建筑留下了浓厚的照搬照抄西方建筑形式的痕迹。

总统府大门(1929 年建)的原型可以追溯到意大利的君士坦丁凯旋门,有三个门洞,外圆内方;大门在水平面上分为三段,中间高,两边低,左右对称,采用古典柱式构图,左右各四根爱奥尼亚立柱,整个建筑造型严谨,比例匀称,细部装饰精美,是西方古典主义建筑的典型实例。在大门两侧的围墙上也浮雕着若干根隐形西式立柱,烘托出大门的庄严壮观。

(3) 西方现代派建筑

西方现代派建筑也就是我们今天常说的鸽子笼式建筑。第一次世界大战后,由于欧洲政治、经济和社会思想状况的变化,西方现代派建筑应运而生。这种风格的建筑强调建筑式样与时俱进,主张摆脱历史上过时的建筑式样的束缚,积极采用新材料和新结构,创造出反映时代特征的新建筑风格。由于这一风格的建筑实用、经济而又美观,便于新材料、新结构的应用,所以一经产生,迅速在世界各地传播开来。20 世纪 30 年代这种思潮影响到中国的建筑师,他们紧跟时代的脉搏,在南京等地也设计建造了这一风格的建筑。如 1932～1933 年建造的首都饭店、1932～1933 年建造的国民政府最高法院、1933 年建造的福昌饭店、1933～1934 年建

国民政府(20 世纪 30 年摄)

造的行政院、1933～1935年建造的地质矿产陈列馆、1935～1936年建造的国际联欢社等。抗战胜利后,这一风格成为新兴建筑中最常采用的建筑风格。如1946年建造的美国大使馆、1946～1947年建造的美军顾问团公寓、1948年建造的馥记大厦、1948年建造的延晖馆等。

总统府建筑群东花园中的行政院建筑群(1933～1934年建)、文书局大楼(即子超楼,1934～1935年建)、主计处大楼(1930年代建)、参谋本部大楼(1930年代建)、总统府图书馆(1930年代建)、文官处宿舍(1930年代建)属于这一类。

行政院建筑群由大门、办公楼、车库等建筑构成。这些建筑物由华盖建筑师事物所赵深设计,北平华基公司承建。大门朝北,青砖砌筑,清水墙,三开间,每一开间的宽度相同。办公楼有前后两幢,与大门在同一条中轴线上,均为西式楼房,高两层,混合结构,青砖砌筑,清水墙,坡屋顶,上覆灰色洋瓦。值得注意的是,行政院的围墙用青砖砌出了数道凹槽,仿佛是一道道波浪线。整个建筑群显得简洁明快,线条流畅。

文书局大楼(子超楼)是国民政府主席林森在任时建造。它摒弃了1930年代流行的中国传统宫殿式大屋顶建筑的形式,采用西方建筑形式,在水平面上分为三段,中间高,两边低,呈对称布局。中间五层,两侧四层,平顶,鲁创营造厂承建。整幢建筑的南面是硕大的玻璃钢窗,窗户与窗户之间的墙体形成横向和竖向的线条,宛如一个"森"字,在墙面凸出的墙体和立柱部位贴有浅咖啡色耐火砖片。在整幢建筑的侧面和背面用水泥粉面,装饰了一些近似回形的花纹。大楼的入口处点缀着西式的街灯。整幢大楼沉稳大气的轮廓,简洁有力的线条,精致丰富的细节,配合阿代克(Art Deco)建筑元素,给人创造了一个低调、精美的视界。

2. 从建筑结构、功能和材料上来看

西式建筑与中国传统建筑相比,使用的建筑材料不同,建筑式样、功能和结构也不一样。

(1)总统府大门

1927年,国民政府选址旧督军署办公后,这里成为中国政治的中枢,外事活动日益增多,但院内场地狭小,汽车掉头都显得局促,实在是"有损国体"。于是,外交部长王正廷向蒋介石建议,将旧督军署大门拆除,重建一新门,"以壮观瞻"。蒋介石同意了这一建议。大门由建筑师姚彬设计,文达工程建筑公司承建。1929 年 9 月 5 日开工,12 月 20 日完工,总造价为大洋 2.945 5 万元。新建的大门采用钢筋混凝土结构,造型严谨,朝南立面的外部采用标准的八根爱奥尼柱式构图。开有三门,每樘为双扇连顶镂空铁门。大门从外部看是拱型的,从院内看是长方形的。大门的用料很考究,如水泥指定用南京龙潭中国水泥厂生产的"泰山牌"水泥,黄沙则由宁波运来,砖料是南京产青砖,木料为向上海久记木行购买的头号洋松,铰链、插销、铁锁等五金大都从法国进口。整座大门外圆内方,显得坚实雄伟、典雅气派。

(2) 礼堂

礼堂原为清两江总督署的旧花厅,后成为历任政府或政权举行会议和活动的场所。1930 年,国民政府主席蒋介石接受英国驻华大使辛格森递交国书,辛格森根据外交礼仪向蒋介石呈递国书后,从原路退出。因门口有一道十几厘米高老式门槛,辛格森没有在意,被门槛绊一下,差点摔个跟头,弄得很狼狈。蒋介石认为这座旧花厅实在有损国体,决定予以翻修。由南京著名的建筑师卢树森设计,将原来的建筑全部拆掉,向南、向西一直扩建到天井中,总面积扩大了将近一倍。室内的圆柱装修成方型,地面换上了新式的建筑材料拼花地砖,四周墙壁装了护板,顶部吊了天花,在接近屋顶的地方安装了一排可开启的天窗。因周围的建筑凌乱,故又建了一条将礼堂与中轴线主建筑连结起来的半敞开式穿堂,两侧天井中栽上了花木,穿堂又装上了毛玻璃。1949 年 5 月蒋介石就任"总统"的典礼之前,又将礼堂进行了改造,将四周的落地中式门窗拆除,只留了一些天窗,扩大了讲台。今天的礼堂基本上是 1940 年代时的面貌。

(3) 文书局大楼

文书局大楼(子超楼)一层为国民政府文官处,二层是国民政府政要办公场所,三楼为国府委员会议厅。上楼可以乘电梯,电梯是美国奥的斯公司 1930 年代的最新产品。楼梯台阶镶铜,扶手是整体橡木。一层南侧有一外廊。二层楼的东南角是一个大套房,共有三间,为国民政府主席办公室。东为休息室和卫生间。卫生间的地面贴有特制的进口蓝白相间的马赛克,与国民党旗的青天白日色调一致,墙面贴白磁砖,另配有美国进口的浴缸、洗脸池和抽水马桶。中为主席(总统)会客室,四周均是嵌入墙体的博古架和文件柜,中悬法国进口吊灯。西为办公室,墙体满是红木博古架。大套间的对面是一个小套间,格局与大套间略有差异,是两间带一卫生间,但只有橱柜,没有博古架。这是后来"当选"为副总统的李宗仁的办公室。三楼正中一大间为国府委员会议厅。厅正北面的墙上嵌有一块汉白玉石匾,上刻有林森手书"忠孝仁爱信义和平"八个金字。屋顶悬有造型别致的法国进口磨砂玻璃吊灯,灯上同样有回型图案。门框顶端和墙角都有精致的石膏装饰。这个会议厅的南北各有一个长方形的露天阳台。

对于近代以来的南京人来说,西式建筑是一个完全陌生的新生事物。清末南京陆师学堂的总教习、德国人骆博凯在 1896 年 10 月 23 日和 1900年 1 月 13 日写给大哥赫尔曼的两封书信中分别写道:"陆师学堂的工地上有数百名工人在干活。建筑的控制权掌握在上海的中国建筑企业手里,还从上海招来了建筑工人,因为他们也从未见过欧式建筑。""在南京建造一幢欧式房屋要花去一大笔钱,因为材料和工人都要请求上海协助。"[7]不仅清末南京的西式建筑是由来自上海的营造厂建造的,到了民国年间,南京的许多西式建筑和中西合璧的建筑仍然是由来自上海的营造厂建造的。例如,1926 年至 1931 年间建造的中山陵就是显例,它是由来自上海的姚新记、新金记和陶馥记三家营造厂共同建造。至于国民政府外交部、励志社、国民党中央党史史料陈列馆、国民党中央监察委员会、国民革命军阵亡将士纪念塔、国民大会堂、美龄宫、美军顾问团公寓等重要的民国建筑,基本上都是由上海的营造厂承建的[8]。1930 年代初期,南京本地人有 30 多万人,此外有 30 多万外地人口,其中外地人口以广东、湖南、浙江和上海人为最多,"至于上海人会在南京占有多量的人数,这因为近来南京正从事于物质建设,有许多巨大的工程,都由上海的大建筑公司承造的,而在商界及金融界上,也是少不了上海人的"[9]。据此我们可以推测,总统府建筑群中的西式建筑很可能是由来自上海的营造厂和工人建造的。

三、总统府建筑群的民族性

所谓民族性,与对建筑文化价值和社会价值的追求有关。对民族性的追求是近代"中国风格"建筑发展的动力[10]。尤其是在中华民族多灾多难的关头，强调民族性成为增强民族凝聚力、弘扬民族传统文化的一个重要手段。

总统府建筑群由中轴线建筑物以及东侧院、西侧院和东花园、西花园五部分组成[11]。其民族性既体现在建筑物的空间序列上，也体现在建筑式样、色彩和材料的应用上。

1. 从空间序列上来看

总统府中轴线的建筑物由南向北依次为照壁、石狮一对、大门、大堂、二堂(中堂)、会客厅和接待室、政务局大楼、文书局大楼(子超楼)。

照壁(20世纪90年代因拓宽长江路而拆除)是中国传统建筑的重要组成部分，也是中国官府建筑的重要标志。大门前的一对石狮(清末两江总督署的遗物)更使总统府建筑群充满了浓郁的中国民族特色。

中轴线建筑物由五个四合院组成。西式大门、两边的中式厢房与中式大堂围合成一个巨大的前庭，这是第一个四合院。中式大堂、中式二堂(中堂)与西式礼堂、中式东厢房构成第二个四合院，这个四合院呈"井"字形。中式二堂与西式接待室、会客室以及两侧的中式厢房围合成第三个四合院，呈"日"字形。西式接待室、会客室与西式政务局大楼以及两侧的西式厢房围合成第四个四合院，这个四合院也呈"井"字形。西式政务局大楼、西式文书局大楼与连接两者之间的西式东西回廊组合成一个仅次于前庭的后院，这是第五个四合院。上述建筑物属于我国传统建筑中的正房。这种四合院布局以及在一条中轴线上的纵深对称布局，与欧美建筑的横向铺成截然不同，可谓是民族性的又一重要体现。

东侧院从南到北全是中式平房，是总统府警卫队、军乐队、清洁队及勤杂人员的住房。建筑物相互之间围合成一个个大小不等的四合院。

西侧院位于礼堂北面，西花园之东，子超楼以南，会客厅和政务局大楼的西边。共有四进，前三进是平房，为中式建筑，最后一进是楼房，为西式建筑。两侧以回廊连接，围合成三个四合院。

上述四合院既有庄重典雅的大院落，也有小巧玲珑的小院落，还有细长的走廊和曲折的通道。疏密有致的布局，高低错落的植物和小品，构成了中国建筑的空间变化之美。

在总统府中轴线建筑物与西侧院西面是西花园，在总统府中轴线建筑物的东面、东侧院北面是东花园。东西花园中亭台楼阁、小桥流水、花草树木莫不毕备,它们是总统府建筑群的有机组成部分,也是中国传统园林建筑布局的一个重要形式。在东、西花园里,许多建筑物自成一体,形成园中园。如孙中山先生的办公室和起居室都带有独立的庭院。

总统府内石舫

2. 从建筑式样、色彩和材料上来看

总统府建筑群的民族性的另一个重要体现反映在它的建筑式样、色彩和材料上,中式建筑有大堂、二堂、厢房以及连接每一栋建筑的回廊。大多为平房,砖木结构,“人”字顶,顶覆灰色板瓦和筒瓦。木质圆形壁柱,廊柱外施红漆,下垫圆形石墩。

以大堂为例,它位于总统府大门内中轴线正北数十米,是一座与西式大门形成强烈反差的中式建筑,也是建筑群的主体建筑。大堂青砖铺地,灰瓦覆顶,内有二十四根木柱,外施红漆,立于圆形石墩上。这座建筑从清朝兴建,虽历经多次维修,仍然保持着旧貌。

大堂往北数十米,称二堂。为砖木结构建筑,屋顶覆灰瓦,建筑式样、色彩和材料与大堂相同,也是中国传统民族形式的建筑。

西花园建筑物主要有石舫、忘飞阁、夕佳楼、漪澜阁、临时大总统办公室等。除了临时大总统办公室为西式建筑外,均为我国传统形式的建筑,飞檐翘角、砖木结构,充满了江南园林气息。

总统府东花园为国民政府行政院,以及总统府时期的社会部、侨务委员会、地政部等机关所在地,完全是西式建筑。

令人费解的是,总统府建筑群中没有近代南京流行的中国传统宫殿式的近代建筑和新民族形式的建筑。

国民政府定都南京后,在 1929 年 12 月公布的《首都计划》中,有"建筑形式之选择"一章,其中明确强调首都南京的建筑"要以采用中国固有之形式为最宜,而官署及公共建筑物,尤当尽量采用"。"中国固有之形式"指的就是传统大屋顶宫殿式建筑。这类建筑是在传统大屋顶宫殿式建筑外壳中包容了现代的使用空间,它反映了设计者娴熟的职业技能,同时也反映了当时人们对传统文化的推崇。这种将传统的建筑形式与现代的功能、技术和建筑材料有机的结合在一起的建筑方法,曾在 20 世纪 20~30 年代的南京风靡一时,是中西方的建筑师力图将中国传统的建筑造型和西方现代建造技术结合起来而作出的一种尝试。代表性建筑有 1922~1924 年建造的金陵女子大学(现为南京师范大学随园本部)建筑群,1926~1929 年建造的中山陵、1928 年建造的铁道部大楼(1945 年后改为行政院,现为南京政治学院)、1929~1931 年建造的励志社(现为钟山宾馆)、1931 年建造的中央研究院地质研究所(现为中科院地质与古生物研究所)、1931 年建造的小红山主席官邸(现为美龄宫)、1933 年建造的交通部大楼(现为南京政治学院)、1935~1936 年建造的中山陵藏经楼、1935~1936 年建造的国民党中央监察委员会(现为南京军区档案馆)、1935~1936 年建造的国民党中央党史史料陈列馆(现为中国第二历史档案馆)、1947 年建造的中央研究院总办事处(现为中科院南京分院)、1936~1948 年建造的国立中央博物院筹备处(现为南京博物院)等,都是采用了这种造型的建筑。

然而宫殿式建筑造价昂贵,费时费工,建筑格局呆板,与西方现代建筑技术、功能相结合的过程中还存在着矛盾,有鉴于此,20 世纪 30 年代,中国一些有见识的建筑师提出了创新的主张,反对繁琐的复古主义形式,反对大屋顶,探索将中西方建筑有机地融合起来,创造出既具有时代气息,又具有传统特色的新民族形式建筑。这类建筑一般采用现代建筑的平面组合体型构图,大多采用钢筋混凝土平屋顶,或采用现代屋架的两坡屋顶,造型简洁对称,在檐口、墙面、门窗、入口部分以及室内施以中国传统建筑装饰,并辅以适当的传统建筑图案。这类建筑兼顾西方现代建筑技术、现代建筑功能的需要,同时又带有中国民族风格,追求的是新功能、新技术、新造型与民族风格的和谐统一。代表性的建筑有 1930～1933 年建造的中央体育场建筑群(现为南京体院体育场)、1930～1934 年建造的紫金山天文台、1931～1933 年建造的中央医院(现为南京军区总医院)、1932～1933 年建造的中山陵音乐台、1932～1933 年建造的外交部大楼(现为江苏省人大常委会办公楼)、1935 年建造的国民大会堂(现为人民大会堂)和国立美术陈列馆(现为江苏美术馆)、1936 年建造的中国国货银行(现为新街口邮局)等。

这两种类型的建筑未能出现在总统府建筑群中,其原因有以下几方面:一是在总统府有限的空间里,历史遗留下来的各个时期的各类建筑物鳞次栉比,已经难以腾出足够的空间容纳大体量的新建筑;二是民国定都南京只有 22 年,除去日本占领南京 8 年,实际在南京只有 14 年。定都南京期间,百废待兴,而中国传统宫殿式建筑造价昂贵,国民政府经费不足,大多数官府建筑只能因陋就简,至多也只能是局部改造和扩建[12];三是按照《首都计划》中关于南京城市功能分区的要求,将中央政治区建在紫金山南麓。所以蒋介石没有在总统府中大兴土木。而民国年间,蒋介石虽然名义上实现了全国的统一,但由于受到日本侵华的干扰,以及忙于发动内战,未能充分落实《首都计划》,将中央政治区迁到紫金山南麓,也导致总统府建筑群中缺乏中国传统宫殿式的近代建筑和新民族形式的建筑。

要之,总统府建筑群中外建筑形式和风格共生共荣、和谐共处,体现了科学性与民族性的统一,折射了在中西方文化碰撞背景下当权者对传统文化尊崇和对西方文化崇尚的一种奇妙而又复杂的心理。总统府建筑群作为南京的文脉所系,古都的灵魂,近代历史的见证物,我们可以预见,在不久的将来,它必将成为世界文化遗产大家族中的一员。

【注释与参考文献】

[1] 卢海鸣著. 六朝都城. 南京出版社,2002(9)

[2] 刘晓宁著. 总统府史话. 南京出版社,2003(7)

[3] 张祖方. 南京长江路 292 号大院建筑遗存考. 高丹予主编. 南京民国总统府遗址考实. 东南文化. 2000 增刊 2

[4] 21世纪以来,在总统府内陆续复建了一些建筑物,如东花园、陶林二公祠、马厩等,不在本文的考察论述之列。

[5] 高丹予主编.南京民国总统府遗址考实.《东南文化》2000年增刊2

[6] 赖德霖著.中国近代建筑史研究.清华大学出版社,2007(1)

[7] [德]骆博凯著.郑寿康译.十九世纪末南京风情录.南京出版社,2008(7)

[8] 卢海鸣.杨新华主编.南京民国建筑.南京大学出版社,2001(8)

[9] 倪锡著英.南京,中华书局,1936(8)

[10] 赖德霖著.中国近代建筑史研究.清华大学出版社,2007(1)

[11] 朱明镜.我所知道的蒋介石总统府.丹予主编.南京民国总统府遗址考实.东南文化.2000增刊2

[12] 倪锡英在《南京·南京政治机关巡礼》中写道:"总之,南京的政务机关有一个普遍的现象,便是因为经费的关系,都因陋就简,不能建筑起来,将来如果能够大规模地合住在一起建筑完成时,南京的气概将会更伟大而雄壮。"

【作者简介】

卢海鸣,南京出版社副社长,博士,编审,南京市文艺评论家协会理事。

朱明,南京明城垣史博物馆副研究馆员。